Thorsten Steffens
Klugscheißer Royale

Thorsten Steffens

Klugscheißer Royale

Roman

PIPER

Mehr über unsere Autoren und Bücher:
www.piper.de

Die Handlung und alle handelnden Figuren
sind frei erfunden. Jegliche Ähnlichkeit mit lebenden
oder realen Personen wäre rein zufällig.

© Piper Verlag GmbH, Georgenstraße 4, 80799 München
www.piper.de
Für direkten Kontakt und Fragen zum Produkt wenden Sie sich bitte
an: *info@piper.de*

ISBN 978-3-492-50165-1
© 2018 Piper Verlag GmbH, München
vermittelt durch die Literaturagentur Kai Gathemann
Redaktion: Eliane Wurzer, Julia Feldbaum
Covergestaltung: Favoritbüro, München
Covermotiv: Bilder unter Lizenzierung von Shutterstock.com genutzt
Printed in Germany

Von Klugscheißern kann man immer etwas lernen. (Ob man das auch will, ist eine andere Frage.) Im Nachfolgenden werden daher schwierige Begriffe und Neologismen jeweils an Ort und Stelle erklärt.

Neo|lo|gis|mus *m.; Gen.* -; *Pl. -men;* Bezeichnung für ein (oft von Klugscheißern) neu erfundenes Wort, das beispielsweise aus einer anderen Sprache entliehen oder aus bereits bekannten Wörtern zusammengesetzt wird

Kapitel 1

»Herzlich willkommen beim ProTrend-Kundenservice. Mein Name ist Timo Seidel. Wie kann ich Ihnen weiterhelfen?«, frage ich mit sonorer Stimme in mein Headset.

»Jo, es geht sich da um einen Brief, wo ich heute erhalten habe«, quäkt mir eine weibliche Stimme ins Ohr.

»Es geht um einen Brief, den Sie heute erhalten haben?«, verbessere ich die Kundin, ohne auch nur eine Sekunde zu glauben, sie verstehe mein korrektives Feedback. Es ist traurig, wie fahrlässig die Hälfte aller Deutschen mit unserer Sprache umgeht. Es sollte hierfür Strafzettel geben. Wie fürs Falschparken. Falsches Relativpronomen: Zack! Fünf Euro Strafe! Unangebrachtes Reflexivpronomen: Schwupp! Zehn Euro!

»Jo, genau. Am besten verbinden Sie mich direkt mit dieser Frau Neumüller, das is' nämlich die, wo mir den Brief geschickt hat und die behaupten tut, dass ich meine Rechnungen nicht zahl'.«

Ka-ching! Instinktiv verdrehe ich die Augen. Nicht nur wegen der kreativen Grammatik. Der Name Anke Neumüller steht nämlich auf all unseren Kundenanschreiben. Nur Gott weiß, ob diese Frau wirklich existiert. Jedenfalls nicht hier in unserem Callcenter.

»Frau Neumüller ist entlassen worden, weil sie so viele unverschämte Briefe verschickt hat«, antworte ich für meine eigene Bespaßung. »Aber ich helfe Ihnen gern weiter.«

Be|spa|ßung *f.; Gen.* -; *Pl. -en;* ProTrend-Kunden durch zynische Kalauer irritieren, um so die eigene Gemütslage zu verbessern

»Ja, na gut. Also, es geht sich darum«, fährt die Kundin fort. »Ich bin die Frau Bürgele. Und zwar habe ich mich heute sehr über diese Frau Neumüller aufgeregt. Sie müssen nämlich wissen, dass ich eine ehrliche Frau bin, die wo immer ihre Rechnungen zahlen tut.«

»Haben Sie denn Ihre Kundennummer zur Hand?«, frage ich. Inzwischen ist das eine rein rhetorische Frage, denn niemand hat jemals seine Kundennummer griffbereit. Seit fünf Jahren mache ich diesen Job nun schon. Zusammen mit knapp hundert anderen Mitarbeitern sitze ich in einem von zwei Großraumbüros und kämpfe täglich um Sauerstoff und Geduld.

»Ja, wo steht die denn?«, fragt Frau Bürgele.

»Oben links über Ihrer Adresse.« Ich wäre längst Millionär, hätte ich jedes Mal einen Euro für diesen Satz bekommen. Anfangs fand ich diesen Job noch entspannend. Faul auf dem Hintern rumsitzen und fürs Telefonieren Geld bekommen. Wie anstrengend kann das bitte sein?

Spätestens nach zwei Jahren allerdings möchte man den Großteil aller Kunden ins Dschungel-Camp wünschen. Und das geht nicht nur mir so. Dieselbe Ungehaltenheit kann man hier bei fast allen Kollegen beobachten, nachdem sie zwei Jahre ausgeharrt haben. Die meisten sind allerdings in der glücklichen Lage, dass dies für sie nur ein Nebenjob ist, um ihr Studium zu finanzieren. Deshalb bieten sie einem hier auch nur maximal einen Dreißig-Stunden-Vertrag an. Ich bin also der einzige Lappen, der hier nach fünf Jahren immer noch versauert!

Lap|pen *m.; Gen. -s; Pl. -;* ersetzt den inzwischen obsoleten Vollhorst

»Ach, da ist sie ja«, ruft Frau Bürgele mich in die Gegenwart zurück. »Meine Kundennummer ist 9066 5387 und die 9.«

Das hat ja fast nur eine Minute gedauert! Wie ferngesteuert gebe ich Frau Bürgeles Kundennummer ein und rufe ihre Kontoinformationen auf.

Den ganzen Tag lang plage ich mich mit verwirrten, redseligen oder unzufriedenen Kunden herum. Aber immerhin sitze ich in der Reklamationsabteilung. Das ist schon mal ein enormes Upgrade und um Längen besser, als in der Bestellannahme zu arbeiten, wo man den lieben langen Tag nichts anderes zu tun hat, als Bestellnummern einzutippen, um dann so etwas Poetisches zu sagen wie: *Entschuldigen Sie, Frau Müller, aber das modische Herrenpolohemd mit Stehkragen haben wir in Größe XXL nicht mehr in den Farben Rot und Magenta gestreift vorrätig, ich kann Ihnen aber eine tolle Alternative anbieten, die sogar zwei Euro günstiger ist. Es handelt sich hierbei um dasselbe Modell in der topmodernen Farbkombination lila kariert mit aufgesticktem Bärchen-Emblem.*

»Und dann auch noch so ein hoher Betrag, den ich angeblich nicht bezahlt haben soll«, empört sich Frau Bürgele.

»Welcher hohe Betrag? Es sind doch alle Rechnungen bezahlt. Ich sehe hier lediglich 12,95 Euro, die noch beglichen werden müssen.«

»Ah jo«, bestätigt sie. »Ich bin eine ehrliche Frau.«

Ein neuer Mitarbeiter setzt sich mir gegenüber und grüßt mich mit einem stillen Kopfnicken. Direkt auf seiner Schulungsmappe liegt ein Anschreiben der Universität Köln. Aha! Wieder ein Student! Bestimmt BWL, so, wie der aussieht. Manchmal kommt es mir so vor, als ob ich mit einer Autopanne auf dem Standstreifen stehe, während sich alle anderen auf der Überholspur befinden. Spätestens in vier Jahren wird er sein Studium abgeschlossen haben und in der freien Wirtschaft eine Mörderkohle scheffeln. Und ich sitze dann vermutlich immer noch hier und erörtere Kontoinformationen mit den Frau Bürgeles dieser Erde.

Schnell blättere ich durch deren Kontoauszug. Zum Glück ist sie keine Sammelbestellerin. Die bestellen nämlich für das gesamtes Dorf, sodass vermutlich selbst Peter Zwegat resignieren müsste. Nach wenigen Sekunden habe ich den offenen Posten gefunden.

»Die 12,95 Euro resultieren aus einer Bestellung vom Mai dieses Jahres. Da haben Sie zwei weiße Herren-T-Shirts, ein Halstuch, einen Plüschosterhasen und eine Damenjeans bestellt.« Moment mal! Wieso bestellt die gute Frau im Mai einen Osterhasen?

»Ah jo, des hab ich aber zurückgeschickt.«

Ich vergleiche die Gutschriften. Ich glaub's ja nicht! Ausgerechnet den Plüschosterhasen hat sie behalten? Im Mai?

»Frau Bürgele, haben Sie den Hasen behalten?«

Stille.

Nur noch drei Stunden! Dann habe ich für diese Woche mein Soll in diesem Irrenhaus erfüllt. Ab morgen habe ich erst mal Urlaub!

Es ist ja nicht so, dass ich nicht auch woanders arbeiten könnte. Mein Berufsberater hat mir damals kurz nach dem Abitur eine ganze Reihe an Berufen vorgeschlagen, für die ich angeblich äußerst geeignet gewesen wäre. Mir gefiel aber keiner so wirklich. Nachdem ich schließlich alle seine Vorschläge abgelehnt hatte, sagte er nur noch: »Bah! Sie sind ja noch 'nen größerer Klugscheißer wie meine Frau. Wissen Sie was, Herr Seidel? Ich hab 'nen Vorschlag für Sie: Werden Sie doch einfach Lehrer!«

Und das nur, weil ich ihn gelegentlich sprachlich korrigiert habe. Ist es etwa meine Schuld, dass mein Berufsberater sprachlich nicht wirklich sozialisiert war und somit fast keinen grammatikalisch richtigen Satz artikulieren konnte? Ich empfinde es als meine Pflicht, solche Leute aufzuklären. Gewissermaßen als Oswalt Kolle der deutschen Sprache.

Ich persönlich fand ja auch damals schon, dass man als Berater etwas mehr Contenance wahren sollte, aber nun gut – ganz unrecht hatte er nicht. Also habe ich mich an der Kölner Universität für die Fächer Deutsch und Englisch eingeschrieben. Sprachen haben mir immer schon gelegen. Mein Vater war gebürtiger Amerikaner, und ich bin die ersten dreizehn Jahre meines Lebens zweisprachig aufgewachsen.

Das Verhältnis zwischen mir und meinen Dozenten war aber – wie soll ich sagen? – ein wenig angespannt. Die meisten fragten mich nach einiger Zeit, wieso ich überhaupt dort hinkäme, wenn ich doch der Meinung sei, ohnehin schon alles zu wissen. Und ehrlich gesagt fragte ich mich das nach kurzer Zeit auch, weswegen ich nach zwei Semestern auch nicht mehr hinging. Das war zugegebenermaßen nicht die klügste Entscheidung meines Lebens.

Am anderen Ende der Leitung herrscht immer noch Stille.

»Frau Bürgele? Sind Sie noch da?«, frage ich.

»Mmh … ja, den Osterhasen, den habe ich behalten.«

»Und haben Sie den auch bezahlt?«

»Ja, ich weiß nicht mehr. Da muss ich mal nachschauen.« Klack! Frau Bürgele hat den Hörer beiseitegelegt. Ich höre, wie sie panisch davonschreitet.

Das ist jetzt nicht wahr, oder? Wo geht sie hin? Einen Kontoauszug bei ihrer örtlichen Sparkasse ziehen? Ich habe keine Lust mehr zu warten und drücke die rote Taste, um das Gespräch zu beenden.

Augenblicklich klingelt die Telefonanlage wieder. Das Display zeigt an: *Kunde wartet seit 126 Sekunden*. Prima, noch vier Sekunden, und er wird auf den Anrufbeantworter umgeleitet, wo ihm eine Frauenstimme mitteilt, dass die Leitungen leider derzeit überlastet seien, er aber seinen Namen, Telefon- und Kundennummer hinterlassen könne, da er in Kürze zurückgerufen würde. Bis heute habe ich nicht herausfinden können, wer bei uns im Büro diese ominösen Rückrufe tätigt. (Und ob das überhaupt irgendwer macht.)

Schwupp! Weg ist er! Es klingelt erneut. *Kunde wartet seit 119 Sekunden*. Was ist denn heute los? Ich nehme das Gespräch an.

»Herzlich willkommen beim ProTrend-Kundenservice. Mein Name ist Timo Seidel. Wie kann ich Ihnen weiterhelfen?«

»So, jetzt passen Sie mal gut auf! Ich hab diese Scheiße hier so was von satt«, brüllt mir ein Mann ins Ohr. »Wissen Sie, wie lange ich hier in der Warteschleife gehangen habe?«

»119 Sekunden«, antworte ich.

»Ach, schon wieder so ein Klugscheißer, was?«, echauffiert sich der Kunde.

Ja, was denn? Ich habe ihm doch nur seine Frage beantwortet.

»Ich bin's langsam leid. Wollen Sie sich über mich lustig machen, Sie unterbelichteter Büroheini?«

Obstsalat! Da bin ich doch jetzt aus Versehen auf die rote Taste gekommen! So was Blödes aber auch! Jetzt ist der freundliche Kunde auf einmal weg.

> **Obst|sa |lat** *m.; Gen. -(e)s; Pl. -e;* Salat aus unterschiedlichen Obstsorten, umgangssprachlich aber auch verwendet als Synonym für die (ebenfalls umgangssprachliche) Interjektion »Upsala« aufgrund seiner phonografischen Ähnlichkeit

Es klingelt erneut. *Kunde wartet seit 96 Sekunden.*

»Herzlich willkommen beim ProTrend-Kundenservice. Mein Name ist Timo Seidel. Wie kann ich Ihnen weiterhelfen?«, dudelt es aus mir heraus.

»Bitte, bitte, verbinden Sie mich nicht weiter. Ich habe schon mit zwei Kolleginnen gesprochen.«

»Sie sind jetzt in der Reklamationsabteilung«, sage ich dem Kunden. »Worum geht es denn?«

»Ich brauche ein Ersatzteil.«

»Dann kann ich Ihnen sicherlich weiterhelfen. Es sei denn, es handelt sich um Möbel. Dafür haben wir eine separate Hotline. Handelt es sich denn um ein Möbelstück?«

»Nein. Nein.«

»Können Sie mir dann bitte Ihre Kundennummer nennen?«

»Meine Kundennummer lautet 9067 3867 und die 2.«

Wahnsinn! Der hatte ja tatsächlich mal seine Nummer zur Hand. Ich bin fast geneigt, den Champagner zu öffnen, den ich für den Fall der Fälle in einem kleinen Kühlschrank unter meinem Schreibtisch aufbewahre. »Sie sind Herr Breuer?«

»Ja, genau.«

»Würden Sie mir dann bitte zum Abgleich und aus Datenschutzgründen noch Ihre vollständige Adresse und Ihr Geburtsdatum nennen?«

»Stefan Breuer, Hamburger Straße 14 in Bremen, geboren bin ich am 13. Juli 1972.«

Die Daten stimmen. »Vielen Dank. Wie genau kann ich Ihnen denn weiterhelfen?«

»Ja, ich habe das gerade schon einmal Ihrer Kollegin erklärt. Ich glaube, sie hieß Karin oder so. Hat sie Ihnen schon gesagt, worum es geht?«

Weshalb habe ich wohl gerade nachgefragt? Um Karins Angaben in einem komplizierten Lügendetektortest mittels Sensoren, die in der Ohrmuschel von Herrn Breuers Telefon befestigt sind, zu verifizieren? Ich weiß ja nicht mal, welche von den ganzen Studentinnen hier Karin ist.

»Nein«, antworte ich nur unwirsch.

»Ach so.« Herr Breuer hält kurz inne. »Soll ich Ihnen dann noch einmal sagen, worum es geht?«

Ich atme sehr tief durch. Manchmal gibt es so Momente …

»Ja, das wäre sehr hilfreich. Ich kann aber auch versuchen, Ihr Anliegen in einem lustigen Ratespiel herauszufinden. Wenn Sie zum Beispiel ein Faxgerät haben, könnten Sie versuchen, es zu illustrieren. So ähnlich wie bei den Montagsmalern mit Sigi Harreis in den 80ern. Kennen Sie die noch? Sie faxen das einfach hierher, ich schau kurz drüber und gebe einen ersten Tipp ab.«

Es ist still am anderen Ende der Leitung. Entweder hat es Herrn Breuer die Sprache verschlagen, oder er sucht gerade Papier, Bleistift und Faxgerät.

»Wollen Sie mich verarschen?«, fragt er schließlich.

Ich schlucke das runter, was in den letzten fünf Jahren zu meinem zweiten Vornamen geworden ist und sich ab und unkontrolliert Bahn bricht: meinen Zynismus.

Stattdessen sage ich: »Entschuldigung. Nach einem langen Arbeitstag hier im Callcenter werden wir manchmal etwas albern. Sie haben jetzt meine ungeteilte Aufmerksamkeit.«

»Ja, also. Wir haben vor vier Wochen einen Esszimmertisch und vier Stühle bestellt, die gestern geliefert wurden. Und da fehlt jetzt bei einem Stuhl eine Stoffauflage.«

Was ist das denn für ein Teilzeitgrübler?

Teil|zeit|grüb|ler *m.; Gen. -s; Pl. -;* Menschen, die nicht die volle Kapazität ihres Gehirns nutzen, sondern nur auf 450-Euro-Basis denken

Am liebsten möchte ich Herrn Breuer fragen, was er als Unbeteiligter zum Thema Intelligenz zu sagen hat. Stattdessen antworte ich ganz ruhig, langsam und so sachlich wie nur irgendwie möglich: »Herr Breuer, ich hatte Sie doch gerade gefragt, ob es sich bei Ihrer Reklamation um ein Möbelstück handelt. Das haben Sie verneint. Für Ersatzteile bei Möbelstücken müssen Sie leider eine separate Rufnummer anwählen. Die steht auch auf Ihrem Lieferschein.«

Na warte! Jetzt antwortet der Schlaumeier bestimmt, dass es sich bei der Stuhlauflage nicht um ein Möbelstück handelt.

»Nein.«

»Was nein?«, frage ich gereizt. Mein Blutdruck steigt langsam an. Es ist wohl wieder Zeit für meine Betablocker. Die bewahre ich direkt neben dem Champagner in meinem Minikühlschrank auf.

»Sie haben mich nicht gefragt, ob es sich um ein Möbelstück handelt. Sie haben nur nach meiner Kundennummer gefragt. Und nach meinem Geburtsdatum.«

Ich bin sprachlos! Und schon wieder so kurz davor, die rote Taste zu drücken!

»Na, wie dem auch sei«, murmele ich und fange mich wieder. Es hat ja eh keinen Sinn! »Sie hätten mir sofort sagen können, dass es sich um ein Möbelstück handelt. Nun müssen Sie leider bei unserer Möbelhotline anrufen. Haben Sie die Rufnummer?«

»Ja, das habe ich Ihnen doch sofort gesagt.«

Langsam werde ich wahnsinnig!

»Was haben Sie mir sofort gesagt?«

»Ja, dass es sich um ein Möbelstück handelt.«

Ich spüre meine Schlagader pulsieren, deshalb frage ich nun laut: »Herr Breuer, wollen Sie mich wahnsinnig machen?«

Es ist wieder kurz still am anderen Ende. Er denkt wahrscheinlich nach, und ich habe Angst, dass er sich dabei verletzen könnte.

»Ja, ich kann nichts dafür, wenn Sie zu blöd sind, mir zuzuhören«, schreit Herr Breuer auf einmal.

So, jetzt reicht es! Bevor bei mir irgendwelche Kapillaren platzen, rutscht es mir schon heraus: »Jetzt hören Sie mir mal gut zu, Sie Bezirkstrottel. Sie haben mir nicht gesagt, dass es sich um ein Möbelstück handelt. Selbst als ich nachgefragt habe, haben Sie das noch verneint.«

Ups, habe ich den *Bezirkstrottel* jetzt laut gesagt?

Stille am anderen Ende.

»Wie haben Sie mich gerade genannt?«, fragt Herr Breuer.

Anscheinend habe ich es laut gesagt. Was jetzt? Auflegen? Weiterstreiten? Ach, was soll's. Der hat sich im Leben nicht meinen Namen gemerkt.

»Ich habe Sie einen Bezirkstrottel genannt! Soll ich Ihnen das Wort kurz erklären?«

»Wie war noch mal Ihr Name?«

Na, also! Wusste ich es doch!

»Walter Weber«, sage ich. Das ist der Name unseres Vorgesetzten. Über den darf er sich meinetwegen gern beschweren.

»Gut, Herr Weber. Würden Sie mich dann bitte mal mit Ihrem Vorgesetzten verbinden?«

»Ja, das geht leider nur schriftlich!«, triumphiere ich. »Sie können Ihre Beschwerde direkt an die Zentrale nach München schicken. ProTrend, Abteilung Kundenbeschwerden, 80558 München. Auf Wiederhören!«

Zack! Die kleine rote Taste und ich werden heute noch richtig gute Freunde!

Die Telefonanlage klingelt erneut. *Kunde wartet seit 48 Sekunden.* Langsam scheint es ruhiger zu werden. Ich drücke die Abwesend-Taste an der Telefonanlage und gönne mir eine kurze Pause auf der Toilette.

Kapitel 2

Als ich vom Klo zurückkomme, stehen der wahre Walter Weber und Birte an meinem Arbeitsplatz. Ich frage mich, was die beiden von mir wollen. Ob sich der Kunde von eben schon beschwert hat? Quatsch, das kann ja gar nicht sein. Der wusste nicht einmal meinen Namen. Ich gehe langsam auf die beiden zu und runzle die Stirn.

»Herr Seidel, würden Sie mir und Frau Kaufmann bitte in mein Büro folgen?«

Abwechselnd schaue ich von Weber zu Birte: »Worum geht es denn?«

»Das erfahren Sie unten«, sagt Weber ernst.

Sein Büro liegt im ersten Stock. Insgesamt hat ProTrend in diesem Gebäude drei Etagen angemietet: Die Verwaltungsbüros befinden sich im ersten Stock, die Telefonbüros im zweiten und dritten.

Weber und Birte gehen in Richtung Treppenhaus. Ich trotte ihnen hinterher. Birte ist eine der fünf Supervisors. Eigentlich ist sie ganz nett. Wir haben vor fünf Jahren zusammen bei ProTrend angefangen. Inzwischen ist sie allerdings eine meiner Vorgesetzten, während ich mich nach wie vor mit dem Proletariat am Telefon herumschlagen darf. Aber im Grunde beneide ich sie eh nicht um ihren Posten. Den ganzen Tag lang müssen die Supervisors Aufgaben übernehmen, die früher der Stasi zugeteilt wurden. Sobald ein Mitarbeiter seine Pause um fünf Minuten überzieht, stehen sie schon im Aufenthaltsraum und machen denjenigen mehr oder weniger höflich auf sein Fehlverhalten aufmerksam. Daher hatte ich auch nie wirklich Ambitionen, Supervisor zu werden. Mal ganz abgesehen davon, dass die Chefetage mich niemals genommen hätte. Dafür bin ich viel zu *klugscheißerisch* (O-Ton Weber). Ich frage mich, wieso gerade dieses Wort immer wieder auftaucht, wenn es um meine Wenigkeit geht?!

Weber öffnet die Tür zu seinem unheimlich einfallslos eingerichteten Büro. Birte folgt ihm. Als Letzter schlurfe ich hinein.

Ich bin ja mal gespannt, was jetzt kommt! Mindestens einmal im Monat werde ich in sein Büro zitiert. Beim letzten Mal hat er sich beschwert, dass ich am Telefon zu unfreundlich war, davor ging es um die Gutschriften, die ich angeblich viel zu schnell ausstelle, und ein anderes Mal waren es meine ausufernden Pausenzeiten.

»Nehmen Sie bitte Platz, Herr Seidel.« Weber deutet auf einen der Stühle ihm gegenüber. Birte setzt sich ebenfalls. Sie nimmt einen Stift in die Hand, hat aber weder Papier vor sich liegen noch schreibt sie etwas auf.

»Herr Seidel, wir haben heute Ihre Gespräche mitgeschnitten«, eröffnet Weber.

Was? Dürfen die das überhaupt? Ich bin für einige Sekunden sprachlos und fühle mich, als ob man mir ein Holzpaneel direkt vors Gesicht geschlagen hätte.

»Seit wann ist das denn bitte erlaubt?«, frage ich schließlich, als ich mich wieder gefangen habe.

»Wir haben uns selbstverständlich abgesichert und das vorher vom Betriebsrat genehmigen lassen, Herr Seidel. Selbst die hielten das in Ihrem Fall für eine gute Idee.«

Weber lehnt sich selbstgefällig in seinem Bürosessel zurück. Ein Ausdruck von Triumph macht sich auf seinem Gesicht breit.

Birte starrt währenddessen auf den Schreibtisch und spielt umständlich mit dem Stift in ihrer Hand.

»Möchten Sie dazu etwas sagen, Herr Seidel?« Weber schaut mich eindringlich an.

Was soll ich dazu schon großartig sagen? Heute habe ich mindestens drei Kunden weggedrückt – dass das äußerst geschäftsschädigend ist, weiß ich selbst. Da gibt es nichts mehr schönzureden. Und das weiß auch Weber. Nach wie vor sitzt er gönnerhaft in seinem Sessel und grinst mich an. So, als wollte er sagen: *Schachmatt. Ich habe gewonnen! Das war es für Sie, Herr Seidel!*

Nicht, dass ich jemals an diesem Job gehangen hätte, aber es ärgert mich, dass Weber an der anderen Seite des Schreibtischs sitzt und bestimmen darf, wie die Dinge hier zu laufen haben. Denn das macht er leider alles andere als gut! Kurz nachdem ich hier angefangen hatte, hat er eine Mitarbeiterin wegen eines Fehlers derart zurechtgewiesen, dass sie vor versammelter Mannschaft zu weinen anfing. Und Weber schaute triumphierend in die Runde, damit sich alle Mitarbeiter klar darüber waren, wer in diesem Büro den Ton angibt. Spätestens seit diesem Tag ist der Typ bei mir unten durch.

Derselbe Gesichtsausdruck ziert auch jetzt wieder sein Antlitz, und ich merke, wie die Wut in mir aufsteigt.

»Ah ja, George Orwell lässt grüßen.«

»Wie bitte? Wer?«, fragt Weber irritiert.

Natürlich kennt er *Nineteen Eighty-Four* nicht. Er gehört vermutlich auch zu den Leuten, die *Big Brother* für eine Erfindung von RTL II halten.

»Er spielt auf einen Roman an«, sagt Birte. Ihr Blick ist immer noch auf den Schreibtisch fixiert.

»Na, wie dem auch sei«, fährt Weber fort. »Wie Sie wissen, haben wir Sie wegen ähnlichem Verhalten schon zweimal abgemahnt. Sie erinnern sich?«

Ich sage nichts – nicht einmal zu dem falsch verwendeten Dativ –, sondern seufze nur tief.

Und dann spricht Weber das aus, was ihm vermutlich noch bis ins Jahr 2040 Genugtuung verschaffen wird: »Das ist auch der Grund, weshalb wir uns von Ihnen trennen müssen. Aufgrund der Tatsache, dass Sie schon zweimal für dasselbe Verhalten abgemahnt wurden, dürfen wir Sie nun auffordern, unsere Firma mit sofortiger Wirkung zu verlassen.«

Birtes Blick ist unverändert auf den Schreibtisch gerichtet. Hoffnungsvoll wartet Weber auf ein Wort der Reue oder, schlimmer noch, darauf, dass ich ihn bitte, mich nicht zu entlassen. Ich weiß aber, dass ich ihn eh nicht umstimmen kann. Und selbst, wenn ich könnte …

»Ja, in Ordnung«, sage ich daher nur und erkenne meine eigene Stimme kaum wieder.

»Packen Sie bitte Ihre Sachen, und verlassen Sie unser Haus«, sagt er schließlich.

Ich stehe ohne Kommentar auf. Selbst Birte schaue ich nicht mehr an. Zum Glück brauche ich nichts zusammenzupacken. Meinen Schlüssel und mein Portemonnaie habe ich in meinen Hosentaschen. Und meine Wasserflasche kann ruhig hier bleiben. Hauptsache, ich muss nicht noch mal nach oben. Dort haben sich die Neuigkeiten bestimmt schon längst herumgesprochen. *Hast du gehört? Timo wird endlich gefeuert. Kein Wunder, bei dem, was der sich schon alles erlaubt hat.*

Draußen ist es unfassbar heiß. Bis zu meinem Wagen muss ich mindestens zweihundert Meter in brüllender Hitze die Helmholtzstraße entlanglaufen, während mir die Sonne Krebs auf die Haut zaubert. Wütend knalle ich die Tür meines 3er-BMWs zu. Mein ganzer Stolz!

Wenn ich schon 'nen Scheißjob habe, will ich wenigstens ein vernünftiges Auto fahren, habe ich mir gedacht, als ich mir den Wagen auf Pump gekauft habe. Tja, jetzt habe ich noch nicht mal mehr einen Scheißjob.

Ach, was soll's! Dann muss Cleo mir finanziell etwas unter die Arme greifen. Sie verdient ja schließlich genug. Irgendwie klappt das schon.

Cleo und ich sind seit fünf Jahren zusammen, und eigentlich heißt sie Cleopatra. Kein Witz! Der Name steht wahrhaftig in ihrem Personalausweis, den ich mir direkt beim ersten Date habe zeigen lassen. Keine Ahnung, was sich ihre Eltern dabei gedacht haben. Und die Tatsache, dass irgendein Urgroßvater Grieche war, macht das Ganze auch nicht besser. Jedenfalls wird sie sowieso nur von jedem Cleo genannt.

Also … finanziell wird's schon irgendwie hinhauen. Da mache ich mir keine Gedanken. Die Frage ist nur, was ich jetzt anstellen soll? Gelernt habe ich ja nie was Richtiges. Und das Scheißstudium habe ich hingeschmissen. *Der* Zug ist sowieso abgefahren. Welcher Trottel fängt schon mit Ende zwanzig noch mal an zu studieren?

Vielleicht kann Amadeus mir ja etwas beim WDR besorgen? Das wäre doch mal was!

Ich werde oft gefragt, warum meine Freunde so merkwürdige Namen haben. Da gibt es ja schließlich auch noch Bartholomäus. Meinen besten Kumpel. Aber wir nennen ihn immer nur Tholo.

Um ehrlich zu sein, weiß ich nicht, warum die alle so befremdliche Namen haben. Ich bin mit meinem ja eher innerhalb der deutschen Industrienorm. Ich vermute, dass ich in den letzten Jahren wohl einfach regelrechte Sensoren für sonderbare Namen entwickelt habe.

Als ich endlich bei meinem Schätzchen angelangt bin, schmeiße ich mich auf den Fahrersitz, schalte die Klimaanlage an, lasse den Motor aufheulen und mache mich auf den Weg nach Brühl.

Kapitel 3

»Du glaubst nicht, was heute passiert ist«, platzt es aus mir heraus, als ich unsere Wohnung betrete. Ich werfe meine Autoschlüssel auf den blauen Computertisch, der aus Platzmangel in der Diele steht, und sehe einen Haufen Pappkartons, die hier nahezu alles blockieren. Ich frage mich, was Cleo da gerade veranstaltet und warum sie eigentlich um diese Uhrzeit schon daheim ist.

Unsere Wohnung ist nicht besonders groß. Gerade einmal fünfundvierzig Quadratmeter. Keine Ahnung, wieso wir uns bis heute nichts Besseres gesucht haben. Im Grunde besteht die Wohnung nur aus dieser Minidiele, von der aus es entweder in das winzige Badezimmer (ohne Fenster), in das halbwegs passable Wohnzimmer oder in die viel zu kleine Küche geht, bei der wir sogar die Tür entfernt haben, damit wir den Raum dahinter nutzen können. Ansonsten gibt es nur noch das Schlafzimmer, das lediglich durch eine Rigipswand vom Wohnzimmer getrennt ist.

Cleo kommt aus dem Wohnzimmer: »Timo, wir müssen reden!«

»Der dämliche Weber hat mir gekündigt«, schneide ich ihr das Wort ab. »Kannst du dir das vorstellen?« Ich lege eine dramatische Pause ein und warte auf eine Reaktion. Ein Aufschrei der Empörung oder ein erstauntes *Was? Wie können die so etwas denn nur tun?* – aber Cleo sieht mich nur mit ernstem Blick an. »Hast du verstanden, was ich gerade gesagt habe?«, frage ich. Doch sie steht nur schweigend im Wohnzimmer und scheint gerade über irgendetwas anderes nachzudenken. Einen Moment lang zögere ich und warte wieder auf ihre Reaktion. Dann schüttele ich ungläubig den Kopf. Unfassbar, dass sie nichts dazu sagt. Ich verliere meinen Job, und Cleo regt sich vermutlich gleich lieber darüber auf, dass ich heute Morgen die Zahnpasta aufgebraucht habe, ohne Bescheid zu sagen.

Ich gehe ebenfalls ins Wohnzimmer und setze mich auf das rote Sofa. Mehr zu mir selbst sage ich: »Hat mich sowieso alles angekotzt. Du musst mir dann in den nächsten Wochen eben finanziell etwas unter die Arme greifen.«

Cleo hat sich umgedreht und starrt mich immer noch mit ernstem Blick an. Sie setzt sich auf einen der mit gelbem Stoff bezogenen Stühle am Esszimmertisch: »Wir müssen reden, habe ich gesagt!«

»Ja, mach dir keine Sorgen! Ich werd schon bald was Neues finden. Kann halt sein, dass ich die nächsten zwei oder drei Monate meinen Anteil der Miete nicht zahlen kann. So 'nen blöden Callcenter-Job finde ich doch jederzeit wieder.«

»Ich mache Schluss, Timo«, sagt Cleo.

»Ja, toller Gag!« Ich stehe auf und hole mir ein Bier aus der Küche. »Müssen die mir nach fünf Jahren nicht wenigstens eine Abfindung zahlen?« Cleo antwortet nicht. »Ja, jetzt sag doch auch mal was dazu«, fordere ich sie auf.

»Ich mache Schluss, Timo«, wiederholt Cleo. Ganz ruhig. Ganz ernsthaft. Ganz langsam.

Ich warte einen Moment, in der Hoffnung, dass sie so etwas sagt wie *Haha, war nur ein Scherz! Wir schaffen das schon. Du findest bestimmt ganz schnell einen neuen Job.* Aber nichts! Cleo starrt mich nur weiterhin schweigend an.

»Wie jetzt? Du meinst das ernst?«

»Die wichtigsten Dinge habe ich schon mal gepackt. Ich habe mir spontan diese und nächste Woche freigenommen. Annette kommt gleich und hilft mir mit den Kartons.«

Erst jetzt sehe ich, dass auch hier im Wohnzimmer überall Kisten herumstehen. Bei uns ist es öfter mal etwas unaufgeräumt. Da fallen ein paar Kartons mitten im Raum nicht unbedingt sofort auf.

Ich fasse es nicht! Wie ruhig sie das sagt! Im gleichen Tonfall wie *Im Fernsehen läuft heute nichts. Annette und ich gehen ins Kino.*

»Was soll das heißen, du machst Schluss? Wie willst du ohne mich überhaupt zurechtkommen?«

Cleo schnauft kurz durch die Nase. Dann steht sie auf und packt ihren Kulturbeutel in einen der Kartons, die neben dem Esszimmertisch stehen.

»Ja, Timo, wie werde ich ohne dich nur zurechtkommen? Vor allem finanziell wird es dann bestimmt richtig eng«, sagt sie in sarkastischem Ton.

»Jetzt geht das wieder los! Geht's etwa darum? Ums Geld?«

Ständig müssen wir uns über Geld streiten. Cleo verdient nun mal das Dreifache von dem, was ich bei ProTrend bekomme – ich korrigiere: bekommen habe. Da ist es doch nur normal, dass sie den Großteil der Miete und der laufenden Kosten trägt. Umgekehrt würde ich das schließlich auch tun.

»Nein, Timo. Es geht nicht ums Geld. Das Geld könnte mir nicht weniger egal sein. Es geht darum, dass du nur an dich selbst denkst und dein Leben nicht auf die Kette kriegst. Es geht immer nur um dich! Und dann die ganze Klugscheißerei! Du *weißt* alles besser, du *kannst* alles besser und ohne dich wäre die Welt aufgeschmissen. Und ich erst recht!« Sie schaut mich nicht mal an, während sie weiter Kleinigkeiten in einen der Kartons packt.

Ich weiß nicht, was ich sagen soll. Das Ganze ist so surreal – und andererseits auch nicht. Es ist ja nicht das erste Mal, dass wir so eine Diskussion führen. Bislang nur immer ohne Umzugskartons.

»Die Sache mit deinem Job tut mir natürlich leid«, sagt sie schließlich. »Aber wen wundert's? Im Büro führst du dich bestimmt genauso auf wie hier zu Hause.«

Das ist ja mal geschmackvoll! Ich verliere meinen Job, und anstatt mich zu unterstützen, haut sie in dieselbe Kerbe. Und nicht nur das! Sie beschließt einfach, dass ausgerechnet heute der beste Tag ist, um Schluss zu machen.

»Und wieso waren wir dann fünf Jahre lang zusammen?«, frage ich überlegen. »Wenn ich doch so ein Egoist und Klugscheißer bin?«

»Keine Ahnung! War halt ein Fehler!«

Na, sehr lange musste sie über diese Frage ja nicht nachdenken. Meine Überlegenheit schwindet. Ich schaue zu, wie sie den Karton mit Paketklebeband verschließt. Woher hat sie überhaupt die ganzen Kartons? Und seit wann haben wir Paketklebeband?

Ich warte darauf, dass sie etwas sagt. Irgendetwas. Aber es kommt nichts.

»Und wie soll's jetzt weitergehen?«, unterbreche ich die Stille. Meine Stimme klingt wieder ganz komisch. So dumpf.

»Den Rest meiner Sachen hole ich in den nächsten Tagen ab.«

Ihre restlichen Sachen!

»Ich meine, wie es mit uns weitergeht. Mit unserer Wohnung hier.«

»Die war doch sowieso immer viel zu klein für uns beide. Die Miete wirst du dir wohl noch leisten können.«

»Dein Name steht aber doch im Mietvertrag«, rufe ich ihr nach, während sie im Badezimmer verschwindet.

»Ja, meine Güte. Dann lässt du den Vertrag eben umschreiben. Das wirst du gerade noch hinkriegen, oder? Irgendwann musst du schließlich mal erwachsen werden.«

»Was soll das jetzt wieder heißen?« Langsam werde ich laut. Strikt nach der Devise: Wer am lautesten brüllt, hat auch recht.

»Och, bitte Timo! Seit fünf Jahren kümmere ich mich um alles. Du kannst nicht kochen, kannst weder die Spülmaschine noch den Wäschetrockner betätigen und bist scheinbar physisch nicht in der Lage aufzuräumen. Wenn ich hier nicht ständig sauber machen würde, könnten wir unsere Wohnung an Wissenschaftler vermieten, die seltene Schimmelpilze erforschen.«

»Ich räume doch ständig die Spülmaschine ein«, protestiere ich. Es ist ja nicht so, dass ich im Haushalt gar nichts mache. Meine Toleranzgrenze, was Schmutz angeht, ist einfach nur ein wenig höher als Cleos.

»Oh ja, genau. Wie konnte ich das nur vergessen? An jedem Teller, den du einräumst, klebt noch ein Drei-Gänge-Menü. Und was glaubst du eigentlich, wer die Spülmaschine danach wieder ausräumt? Die Heinzelmännchen?«

Na herrlich – die Spülmaschinen-Diskussion schon wieder! Wie oft führen wir die? Mindestens einmal pro Woche. Ich räume die Spülmaschine ja immer irgendwann aus. Spätestens sukzessive dann, wenn uns die Teller und das Besteck ausgehen.

»Timo, du kannst für nichts und niemand Verantwortung übernehmen. Nicht mal für dich selbst! Du bist quasi vom Hotel Mama direkt ins Hotel Cleo gezogen.«

Auch den Spruch habe ich schon hundert Mal gehört.

»Weißt du was, Timo? Ich hole meine Sachen in den nächsten Tagen ab. Du kannst mich übers Handy erreichen, wenn etwas sein sollte. Aber bitte nur, wenn es absolut notwendig ist, und nicht, wenn du wissen möchtest, ob zu deinem Rührei auch Schnittlauch passt.«

Ich kann's immer noch nicht glauben, dass ich einfach so abserviert werde. Vollkommen ohne Vorwarnung! So, als ob ich sie betrogen hätte. Dabei bin ich ihr immer treu gewesen. Welcher Mann kann das bitte von sich behaupten? Meine Enttäuschung schlägt langsam in Wut um. Was glaubt die eigentlich, wer sie ist? Glaubt sie, dass sie jemand Besseren als mich findet?

»Keine Angst! Ich komm auch ohne dich zurecht. Wer braucht dich schon?«, würge ich hervor.

Cleo zieht eine Augenbraue hoch.

Mir waren Leute, die das können, schon immer suspekt.

»Weißt du was? Ich höre jetzt auf mit dem Packen und mache in den nächsten Tagen weiter. Ich sag Annette, dass sie auch nicht mehr kommen braucht. Aber du kannst mich gerne auf dem Laufenden halten, wie es bei dir läuft«, sagt sie schließlich und schließt den Karton, an dem sie gerade herumhantiert. »Ich glaube nämlich, dass du ohne mich keine einzige Woche zurechtkommst. Am besten rufst du jetzt schon mal deine Mutter an und sagst ihr, dass du spätestens in ein paar Tagen bei ihr einziehen wirst.« Cleo nimmt sich einen der Kartons und öffnet die Wohnungstür. Bevor sie geht, fügt sie noch hinzu: »Werd ruhig glücklich mit deinem beschissenen Mülleimer!«

Uff! Tiefschlag! Jetzt hat sie schon wieder meinen heiß geliebten Hightechmülleimer beleidigt! Ein Sammlerstück, das es schon seit etlichen Jahren nicht mehr zu kaufen gibt! Der Eimer öffnet und schließt sich automatisch per Lichtschranke, wenn man etwas wegschmeißen möchte. Ich persönlich halte das für die tollste Erfindung seit der Errichtung der Bierbrauereien. Gut, das Teil macht einen Höllenlärm und man denkt, Godzilla würde gerade New York angreifen, aber dieser Mülleimer ist wie ein Sohn für mich. Und er war Cloe schon immer ein Dorn im Auge.

Klatsch! Die Tür fällt zu. Weg ist sie. Und ich stehe allein zwischen gepackten Kartons.

Ohne-Cleo-Tag Nr. 1
(formerly known as chapter 4)

Immer noch aufgebracht ignoriere ich die gestapelten Kartons und schalte den Fernseher an. Den wird sie ja wohl nicht auch mitnehmen wollen.

Wenn wir mal ehrlich sind, waren die letzten Jahre sowieso nichts Besonderes mehr. Alles war nur noch Gewohnheit. Manchmal habe ich schon gedacht, dass wir zu den Paaren gehören, die nur noch zusammen sind, weil sich keiner traut, einen Schlussstrich zu ziehen.

Spülmaschinendiskussion hin oder her. Vielleicht ist es ja sogar besser so? Vielleicht hat Cleo einfach nur den Schritt gewagt, der schon längst überfällig war. Ich habe mir zum Beispiel nie vorstellen können, mit ihr alt zu werden und eine Familie zu gründen. Sie wollte ja sowieso nie Kinder haben. Und selbst wenn – so richtig haben wir nie zusammengepasst, finde ich. Der Sex war immer gut, aber ansonsten … Ich meine, wenn sie einfach so aus der Tür marschieren kann, war es sowieso nicht für die Ewigkeit bestimmt.

Ich gehe zum Hamsterkäfig und kippe neues Futter in die kleine Porzellanschale. Gundula haben wir vor zwei Jahren auf mein Drängen hin gekauft. Quasi als vorläufigen Kinderersatz, da Cleo selbst einen Labrador noch als zu große Verantwortung ansah.

Gundula kommt aus ihrem Holzhaus gekrabbelt, was total untypisch für sie ist. Normalerweise kommt sie nur nachts zum Vorschein, aber wahrscheinlich merkt auch sie, dass etwas nicht stimmt.

»Und dich wollte sie auch nicht haben, was, Kleine?«, sage ich zu dem Nager und streichle ihr mit dem Zeigefinger über den kleinen, pelzigen Kopf. Gundula nimmt sich eine Erdnuss aus der Schale, verstaut sie in ihrer Backe und läuft zurück in eines der Holzhäuschen. Nicht mal gefragt hat Cleo, wer von uns Gundula behalten soll. Ich meine, ich hätte sie sowieso nicht hergegeben!

Ich werfe mich wieder aufs Sofa und schalte zu den *Simpsons*. Die konnte Cleo auch nie leiden. Allein zu wohnen hat also vielleicht auch seine Vorteile. Der ständige Streit ums Fernsehprogramm fällt ebenso aus wie die stundenlange Okkupation des Fernsehers für Serien wie *Grey's Anatomy* oder *Scandal*.

Ok|ku|pa|tion *f.; Gen. -; Pl. -en;* weibliche Aneignung des gemeinsamen HD-Fernsehers mit Schokolade in der einen und dem Telefon samt Standleitung zur besten Freundin in der anderen Hand

Krrrrrr. Mein Hightechmülleimer öffnet sich automatisch. Offensichtlich ist eine Fliege innerhalb des Laser-Radars geflogen. *Krrrrrr.* Der Mülleimer schließt sich wieder. Ach nee, schöne neue Welt ... Aldous Huxley lässt grüßen.

Während Bart und Lisa gerade einen Aufstand im *Camp Krusty* verursachen, denke ich über meine finanzielle Situation nach. Wie soll ich nur über die Runden kommen? Selbst ohne Job und mit Cleo wäre es schon brenzlig geworden, aber ohne Job und ohne Cleo?

Mich ergreift kurzzeitige Panik. Was ist, wenn sie recht behält und ich das Ganze wirklich nicht finanziell stemmen kann?

Ich springe vom Sofa auf und renne zum Schreibtisch in der Diele. Vor ein paar Wochen habe ich auf einem Zettel einmal eine Auflistung mit meinen monatlichen Fixkosten gemacht. Ich reiße hastig die einzelnen Schubladen auf. Irgendwo muss dieses verflixte Stück Papier doch sein. Ich muss dringend schauen, welche Ausgaben ich habe, um zu wissen, welche Einnahmen ich demnächst benötige.

Wie mag es wohl mit den Küchengeräten aussehen? Ob sie die auch alle mitnehmen will? Die meisten Dinge hat nämlich Cleo bezahlt, außer den Dyson-Staubsauger und den Kühlschrank. Aber die Mikrowelle kriegt sie nicht.

Endlich habe ich den Zettel gefunden.

Fixkosten
Anteil Miete & Nebenkosten: 300,– EUR
Stellplatz: 40,– EUR
Rate für BMW: 245,– EUR
Versicherung: 80,– EUR
Benzin: 250,– EUR
Handy: 50,– EUR

Für alles Weitere ist bisher Cleo aufgekommen. Lebensmittel, Strom, Wasser, GEZ und der ganze Kram. Im Callcenter habe ich monatlich circa 850 Euro netto verdient. Logo, mehr als Mindestlohn haben die natürlich eh nicht bezahlt. Mehr Geld gab es höchstens mal, wenn man ein paar Überstunden machen konnte. Aber das Thema ist ja jetzt sowieso abgehakt.

Meine Liste muss ich jetzt wohl überarbeiten. Das Benzin, um täglich nach Köln zu fahren, fällt schon mal weg. Juhu! Dafür steigt allerdings die Miete auf 615 Euro. Mist!

Wie lange wird es wohl dauern, bis ich einen neuen Job finde? Ich meine, so schwierig kann das doch nicht sein. Zumindest in einem Callcenter müsste man doch schnell etwas finden. In dem Bereich kann ich wenigstens auch Berufserfahrung vorweisen.

Und wie sieht es eigentlich mit Arbeitslosengeld aus? Das müsste ich doch jetzt bekommen. Wie viel ist das noch mal? Waren das nicht 67 Prozent vom bisherigen Nettogehalt? Schnell ziehe ich mein Handy aus der Hosentasche, teile 850 durch 100 und multipliziere den Betrag mit 67. Entsetzt starre ich auf die Zahlen im Display. 570 Euro? Das kann doch nur ein Scherz sein. Ich tippe noch einmal, doch mein Handy zeigt wieder denselben Betrag an. Das ist ja weniger als meine Fixkosten! Eines steht fest: Ich muss so schnell wie möglich einen neuen Job finden.

Heute Abend kann ich daran aber sowieso nichts mehr ändern.

Also beschließe ich, mir erst mal etwas zu essen zu holen. Job weg, Freundin weg, Kohle weg – ich kann schließlich nicht auch noch verhungern.

Ich fahre mit meinem BMW auf die A553 in Richtung Industriegebiet, um mir bei Subway ein Sandwich zu holen. Auf dem Weg schießen mir zahlreiche Gedanken durch den Kopf: Bin ich wirklich so ein Egoist? Wollte ich wirklich nicht alt werden mit Cleo? Ob sie wirklich niemals Kinder wollte? Was wird Tholo wohl zu unserer Trennung sagen?

Ich schalte die Freisprechanlage an und lasse Tholos Nummer wählen.

»Hallo?«, meldet er sich am anderen Ende. Im Hintergrund dudelt irgend so eine Brülltante. Vermutlich kocht Désirée wieder. Tholos Freundin kann nämlich nur bei abartig einfältiger Popmusik kochen. Dafür allerdings ziemlich gut.

Brüll|tan|te *f.; Gen. -; Pl. -n;* Bezeichnung für Popsängerinnen, die unangebracht Titel überinterpretieren und dadurch für das empfindliche männliche Ohr schmerzhafte Stimmfrequenzen erzeugen

»Wie steht's, Alter?«, begrüßt Tholo mich.

»Demnächst wohl nicht so gut«, antworte ich ihm. »Ich hab heut meinen Job verloren und danach Cleo rausgeworfen.«

Ich werde ganz bestimmt nicht mit der Neuigkeit hausieren gehen, dass Cleo mich verlassen hat.

»Echt jetzt?«, fragt Tholo. Im Hintergrund suggeriert mir Christina Aguilera gerade, dass ich trotzdem »beautiful« bin. »Warte, ich geh mal gerade ins Arbeitszimmer.« Die Musik wird leiser. »Du machst Witze, oder?«

»Nein, ich schwöre«, antworte ich ihm.

»Ist ja krass. Wie kam's denn dazu?«

»Wozu?«

»Na, zu beidem.«

»Weber hat seit gestern meine Gespräche überwacht.«

»Autsch! Das ist nicht gut.«

»Das kannst du wohl laut sagen! Tja, und Cleo hat sich völlig unsolidarisch verhalten. Also dachte ich mir, ich räum mal direkt richtig auf.«

»Ist ja krass, Mann. Und was willste jetzt machen?«

»Jo, erst mal so schnell wie möglich einen neuen Job finden.«

»Sag Bescheid, wenn du Geld brauchst, okay? Willste vorbeikommen und quatschen? Désirée kocht gerade.«

»Ne, danke, lass mal. Ich bin auf dem Weg zu Subway und hol mir da was.«

»Na, wenn du reden willst oder so, meld dich!«

»Klar, mach ich!«, sage ich. »Bis die Tage, okay?«

»Jo, bis denne.«

Auf dem Parkplatz bei Subway angekommen, sehe ich zwei Im-Auto-Sandwichesser.

Im-|Au|to-Sand|wich|es|ser m.; Gen. -s; Pl. -; Bezeichnung für seltsame Individuen, die es vorziehen, ihre Subway-Brote im Auto statt an einem Tisch oder zu Hause zu verzehren. Möglicherweise Anhänger der Steuersparbewegung, um so dem Restaurant die Differenz zwischen sieben Prozent Mehrwertsteuer für Nahrungsmittel, die mitgenommen werden, und neunzehn Prozent Mehrwertsteuer für Brote, die im Restaurant einverleibt werden, einzusparen

»'n Abend!«, begrüßt mich die Mitarbeiterin hinter dem Gemüsetresen. Eine blonde Mittzwanzigerin, die mich bereits kennt und vor der ich höchsten Respekt habe. Keine andere belegt die Brote so schnell wie sie.

Leider ist noch so ein nerviger Typ vor mir mit etlichen Sonderwünschen.

»Auf dem Chicken Teriyaki und auf dem Chicken Fajita hätte ich gern dreifach Käse«, säuselt er.

»Das kostet dann aber mehr«, sagt die Subway-Mitarbeiterin.

»Wieso das denn?«, fragt der Chicken-Experte perplex.

Ich klopfe mit meinem Zeigefinger auf den riesigen Pappaufsteller hinter mir, auf dem groß und breit steht, dass Extrakäse dreißig Cent mehr kostet.

»Bei uns in Düsseldorf kostet das aber nichts extra«, versucht er, sich zu verteidigen.

Ja, tschüss – ab nach Düsseldorf, will ich ihm am liebsten ins Gesicht brüllen. Was ist das bitte für eine Logik? Selbstverständlich kostet es mehr, wenn ich doppelt Käse haben möchte. Ansonsten kann ich ja sagen, ich hätte gern ein Sandwich mit extra Brot, extra Salat, extra Gurken, extra Zwiebeln, extra Paprika, extra Chicken, extra Soße … dann kratz ich mir die ganze Grütze zu Hause runter und hab ein zweites Sandwich gratis.

»Möchten Sie nun dreifach Käse?«, fragt die Mitarbeiterin.

»Nein, dann doch nicht.«

Seufz!

Nach einem Dutzend weiterer Sonderwünsche werde ich zum Glück endlich bedient.

»Eins oder zwei?«, fragt die Sandwich-Lady nur. Ich brauche auch gar nichts weiter zu sagen, weil sie schon weiß, welches Sandwich ich nehme.

»Zwei«, antworte ich kurz. Der Abend ist schließlich noch lang.

Wieder zu Hause angekommen sehe ich, wie Stasi-Stefanie zum Fenster kommt, als ich meine Wagentür zuwerfe. Sie ist die fleischgewordene Else Kling, die sich in alles einmischt und für eine 24-Stunden-Observation aller Mieter in unserem Haus sorgt.

Als ich gerade die Wohnungstür aufschließen möchte, fällt mich Stasi-Stefanie von hinten an.

»Sag mal, zieht ihr etwa aus?«, fragt sie neugierig.

»Nein«, sage ich.

»Aber Cleo ist doch heute mit Kartons durchs Treppenhaus gelaufen. Was macht ihr denn?«

Manchmal wundere ich mich, dass Stasi-Stefanie keine permanenten Abdrücke vom Türspion um die Augen herum hat. Aber vielleicht hat sie auch eine gepolsterte Deluxe-Version.

»Cleo zieht aus«, sage ich. Ich habe keine Zeit für weitschweifende Antworten. Ich habe Hunger.

»Ach was. Sag bloß!«

»Ja, hab ich doch!«, antworte ich.

»Und du bleibst hier wohnen?«

»Erst mal schon.« Ich drehe Stasi-Stefanie schon mal höflich den Rücken zu und schließe die Wohnungstür auf. Ich. Habe. Hunger.

»Na, du weißt ja, dass es für alle Mieter hier im Haus Pflichten gibt.«

Am liebsten würde ich antworten, dass ich leider keine Zeit habe, den ganzen Tag hinter den Gardinen zu verbringen. Das sage ich allerdings nicht, denn: ICH HABE HUNGER!

»Ja, ja, weiß ich«, antworte ich und bin schon halb durch den Türrahmen.

»Und jetzt, wo Cleo weg ist, wer putzt denn da das Treppenhaus?«

»Das bleibt so wie bisher: ungeputzt!«, sage ich und knalle Stasi-Stefanie die Tür vor der Nase zu. Als ob Cleo oder ich schon jemals das Treppenhaus geputzt hätten. Wir tragen uns immer nur in die Liste ein, die man abzeichnen muss, nachdem man angeblich geputzt hat.

Ohne-Cleo-Tag Nr. 2
(formerly known as chapter 5)

Zum ersten Mal in meinem Leben betrete ich die Korridore der Arbeitsagentur. Wie erniedrigend! Ich bin zudem etwas über die bunt gemischte Zusammenstellung der Arbeitslosen erstaunt, die hier ihr Geld einfordern, und finde es etwas schade, dass meine Vorurteile nicht bestätigt werden.

Ich stelle mich an der Information an. Es ist fast genauso wie bei der Sparkasse oder der Post. Auf dem Boden befindet sich ein aufgeklebter Streifen, der anzeigt, dass man einen Diskretionsabstand einhalten soll. Das ändert aber auch nichts an der Tatsache, dass mich die anderen sehen können, die im Wartebereich sitzen. Wie zum Beispiel Susanne Kleinmüller – eine ehemalige Klassenkameradin vom Gymnasium. Sie hockt im Wartebereich und hat mich auch schon entdeckt. Sie winkt mir zögerlich zu. Ich habe den Eindruck, dass es ihr ähnlich peinlich ist.

Ich müsste lügen, wenn ich sage, dass ich mich wohlfühle, als ich an den Schalter trete und die Worte »Ja, Seidel, Guten Morgen, ich würde mich gern arbeitslos melden« meinen Mund verlassen. Ich könnte genauso gut sagen: *Ich bin Timo Seidel und krieg mein Leben nicht auf die Reihe. Jetzt muss ich mich wie alle anderen Sozialschmarotzer vom Staat aushalten lassen.*

»Waren Sie schon einmal bei uns?«, fragt mich die Dame hinter dem Schreibtisch. Sogar sehr höflich. Ich würde jeden erst einmal von oben bis unten mustern, bis ich ihn schließlich ganz offenherzig bemitleiden würde.

»Nein«, sage ich voller Stolz. »Das ist mein erstes Mal.«

»Dann müssen Sie bitte diesen Bogen ausfüllen«, meint die

Mitarbeiterin und hält mir ein Klemmbrett mit Formular und Kugelschreiber hin. »Danach kommen Sie bitte wieder hierher.«

Ich setze mich auf einen der wenigen freien Stühle im Warte-bereich. Es ist brechend voll. Ich versuche, mich auf das Formular zu konzentrieren und Susanne Kleinmüller möglichst nicht anzu-sehen.

Auf dem Formular will man die üblichen Dinge von mir wis-sen. Name, Adresse, Geburtsdatum und Informationen zum bis-herigen beruflichen Werdegang. Nachdem ich alles nach bestem Wissen ausgefüllt habe, stelle ich mich wieder an. Es gibt zwei parallele Reihen. Ich nehme wieder die Mitarbeiterin von vorhin, auch wenn ihre Schlange ein wenig länger ist.

Nach wenigen Minuten übergebe ich ihr das Klemmbrett mit dem ausgefüllten Formular. Sie blättert durch die vier Seiten und schaut, ob alle notwendigen Informationen eingetragen wur-den.

»Es ist heute Morgen ziemlich voll«, sagt sie dann schließlich. »Möchten Sie warten oder lieber heute Mittag noch einmal wie-derkommen?«

Ich schüttele den Kopf. Schließlich brauche ich dringend einen neuen Job. »Wie lange wird es denn ungefähr dauern?«

»Ungefähr eine Stunde, schätze ich.«

Ich nicke und setze mich wieder in den Wartebereich. Ich versuche weiterhin, nicht in Susanne Kleinmüllers Richtung zu schauen.

Ich finde, sie könnten hier wenigstens ein paar Magazine aus-legen. Wie beim Friseur. Die *Gala*, den *Spiegel*, den *Stern* ... und einen *Playboy*. Das Übliche halt.

Die Mitarbeiterin an der Information scheint etwas von ihrem Beruf zu verstehen. Nach genau siebenundsechzig Minu-ten kommt eine andere Dame und ruft endlich meinen Namen laut aus. Wie praktisch! Dann wissen die anderen Wartenden jetzt wenigstens, wie ich heiße. So viel zum Thema Diskretion!

Ich werde in ein kleines Büro eskortiert, in dem in den nächs-ten fünfzehn Minuten etliche Daten aufgenommen und protokolliert werden. Zum Schluss händigt mir die Mitarbeiterin *elf* aneinandergetackerte Formulare sowie eine To-do-Liste aus. Zum Bearbeiten meines Antrags fehlen offensichtlich noch ein *paar winzige* Unterlagen: eine Kopie der Lohnsteuerkarte, eine Kopie des Personalausweises, eine Kopie des Arbeitsvertrages, eine Kopie des Kündigungsschreibens und ein ausgefülltes Formular meines ehemaligen Arbeitgebers über meinen Verdienst der letzten zwölf Monate. Ich bin baff und frage die Mitarbeiterin, ob sie gegebenenfalls noch einen Aktenordner und einen Einkaufswagen hat, damit ich die ganzen Unterlagen transportieren kann. Sie versteht meinen Scherz nicht und runzelt nur misstrauisch die Stirn.

Auf meine Frage hin, welchen Job man mir denn nun verschaffen könne, antwortet sie: »Das klären Sie im Vermittlungsgespräch. Ihre Sachbearbeiterin ist Frau Klose. Die hat aber in den nächsten zwei Wochen keinen Termin frei.«

»Wie bitte?«, frage ich entsetzt.

Es scheint fast so, als habe Cleo ihren Auszug mit militärischer Präzision geplant, denn als ich nach Hause komme, stelle ich fest, dass einige Kisten fehlen. Wahrscheinlich hat sie mit einem Feldstecher draußen im Gebüsch gelegen und darauf gewartet, dass ich die Wohnung verlasse.

Als ich ins Wohnzimmer gehe, trifft mich der Schlag. Sie hat die rote Couch mitgenommen!

Wo soll ich mich denn jetzt hinsetzen, wenn ich fernsehen möchte? Ich kann es nicht fassen! Ohne etwas abzusprechen oder mich vorzuwarnen, schmuggelt sie ihr Eigentum aus der Wohnung. Ein Wunder, dass sie nicht die Hälfte der Tapete heruntergerissen hat! Die haben wir schließlich auch zusammen bezahlt.

Es fehlen sogar einige Dinge aus dem Kühlschrank! Wer macht denn so was? Gestern Abend hatte ich noch einige Zweifel, ob ich Cleo künftig nicht doch vermissen würde. Aber das war's jetzt! Wie kann man nur so pingelig sein und bei einer Trennung seine Lebensmittel aus dem Kühlschrank mitnehmen? Soll sie ruhig glücklich werden mit ihrer Vollfruchtmarmelade und ihrem Karamellgebäck-Aufstrich! Hoffentlich nimmt sie jetzt erst Mal fünf Kilo zu!

Als ich mit meinem BMW in die Tiefgarage des HIT-Supermarkts fahre, beschließe ich, nur das Nötigste zu kaufen. Ich muss jetzt schließlich erst mal für ein neues Sofa sparen!

Aus der Gemüseabteilung brauche ich schon mal nichts. Viel zu viel Arbeit, das Geschnipsel.

Mit dem, was ProTrend mir überweisen muss, komme ich noch zwei oder drei Wochen aus. Spätestens dann werden die hier im Supermarkt an der Kasse aber meine EC-Karte zerschneiden – auf ausdrückliche Anweisung meiner Bank.

Okay, ab heute ist also Sparen angesagt! Bisher war ich ja offen gesagt nicht der Prototyp des Pfennigfuchsers. Ich gehöre mehr zu der Sorte Kunden, die im Supermarkt ein Toastbrot, zwei Flaschen Cola und eine Tiefkühlpizza kauft und die die Kassiererin dann erstaunt fragt: Vier *Tragetaschen? Ist das richtig?* Ich nicke dann entschieden und antworte: *Goldrichtig!*

Oh fein, es gibt heute Garnelen im Angebot! Ein Kilo für nur 18 Euro. Da hole ich mir am besten zwei Packungen, von einer wird ja kein Mensch satt. Super, denn jetzt darf ich doch wieder zurück in die Gemüseabteilung latschen, um Knoblauch zu holen. Sonst schmecken die Viecher ja nicht.

Lebensmittel einzukaufen hat mir noch nie Spaß gemacht. Also versuche ich, so schnell wie möglich durch die Gänge zu hasten, und werfe alles, worauf ich Appetit habe, in meinen Einkaufswagen: Instant-Currywurst, Jalapeños mit Dip, Kaffeepads, Rinderfilet, Kräuterbutter und eingelegte Oliven. Weil ich ja sparen muss, greife ich zu den günstigen Nudeln. Abschließend packe ich noch drei Sixpacks Bier in meinen Einkaufswagen. Der Mensch muss schließlich auch etwas trinken. Mit Cleos Auszug ist nun auch endlich die Prohibition aufgehoben.

Pro|hi|bi|ti|on *f.; Gen. -; Pl. -en;* durch Freundin verhängtes Alkoholverbot, das jedoch schnell revidiert wird, sobald man ihre Schogetten versteckt

An der Kasse beobachte ich die Kassiererin wie ein Luchs und sehe, wie die Beträge über das Display huschen. *Was?* 92 Euro wollen die für die paar Lebensmittel? Das reicht doch gerade mal für die nächsten drei Tage.

Widerwillig bezahle ich mit EC-Karte, nehme mir allerdings vor, ab dem nächsten Mal auf die Discounter auszuweichen. Wenn das so weitergeht, kann ich mir nämlich spätestens in zwei Monaten die Raten für meinen BMW nicht mehr leisten. Und nur Gott weiß, dass es *so weit* auf keinen Fall kommen darf!

Ohne-Cleo-Tag Nr. 21
(formerly known as chapter 6)

»Wie? Und jetzt hast du den BMW echt verkauft?«, fragt Tholo am anderen Ende der Leitung.

Ich kann es selbst immer noch nicht fassen. Nicht nur, dass ich jetzt keinen coolen Wagen mehr fahre, mit dem ich angeben kann. Nein, jetzt fahre ich gar keinen Wagen mehr. Ein Mann ohne Auto – schlimmer kann es nun wirklich nicht mehr kommen!

»Jo, was soll ich machen?«, antworte ich ihm. »Hab ja immer noch keinen Job gefunden.«

»Und auch noch keine Rückmeldungen auf deine Bewerbungen?«, fragt Tholo.

»Na ja, einige Absagen. Aber viele Firmen haben sich auch noch gar nicht gemeldet. Das ist ja schon mal ein gutes Zeichen. Da kommt bestimmt noch was.«

Ich versuche, möglichst gelassen zu klingen. In Wirklichkeit bin ich mir da inzwischen nämlich nicht mehr so sicher. Bisher gab es nicht einmal eine Einladung zu einem Vorstellungsgespräch, denn für die meisten Jobs fehlen mir schlichtweg die erforderlichen Qualifikationen. Und so viele Callcenter, wie ich gedacht habe, gibt es in Köln gar nicht mal.

Als ich heute auf mein Konto geguckt habe, hat mich fast der Schlag getroffen. Ich bin inzwischen fast 1.900 Euro in den Miesen! Bei 2.000 Euro ist die absolute Schmerzgrenze meiner Bank erreicht. Ab da lassen sie Abbuchungen wieder zurückgehen. Es ist ohnehin Wahnsinn, was ich jetzt alles allein bezahlen muss: Miete, Nebenkosten, Festnetz, GEZ, Kabelanschluss, Haftpflichtversicherung und was sonst nicht alles. Der blanke Wucher! Bislang wurde das meiste von Cleos Konto abgebucht. So langsam stelle ich fest, wie teuer das Leben ist.

Beim Verkauf des BMW bin ich auch gerade mal mit null aus der Sache herausgekommen. Unfassbar, was so ein Auto an Wert verliert! Dafür habe ich gestern aber erfahren, dass ich neben meinem regulären Arbeitslosengeld eine Aufstockung bei der Arbeitsgemeinschaft beantragen kann. Dort wird ermittelt, wie viel Geld ich brauche, um zumindest meine Rechnungen bezahlen zu können. Und etwas Geld für Lebensmittel müssen sie mir auch zur Verfügung stellen.

Aber allmählich muss wirklich ein Job her. Ich weiß nur langsam nicht mehr, auf welche Jobs ich mich noch bewerben soll, denn der Arbeitsmarkt schreit nicht gerade nach unqualifizierten Arbeitskräften. Wenn das so weitergeht, muss ich mich ernsthaft bei Zeitarbeitsfirmen bewerben.

»Übrigens, Désirée hat gestern mit Cleo telefoniert«, informiert mich Tholo.

»Ach, echt? Wie geht's ihr denn?«, frage ich, in der Hoffnung zu hören, dass sie seit unserer Trennung gewaltig zugenommen hat. (Irgendeine Genugtuung wird mir das Universum doch wohl gönnen!) Seit ihrem Auszug habe ich nichts mehr von ihr gehört.

»Ja, ganz gut wohl. Na, jedenfalls hat Cleo gesagt, dass sie diejenige ist, die Schluss gemacht hat. Stimmt das? Biste echt sitzen gelassen worden, Alter?«, fragt Tholo mit besorgter Stimme. Offensichtlich empfindet er das als genauso schändlich wie ich. Welches klar denkende Wesen mit Schniedel würde das nicht so sehen?

»Quatsch«, streite ich schnell ab. »Das war irgendwie so in gegenseitigem Einverständnis. Hat halt nicht mehr gepasst. Weißt doch selbst, wie oft wir uns gezofft haben.«

»Das ist wahr. Ja, und wie geht's jetzt weiter? Ich meine, irgendwie musste doch deine Rechnungen und Lebensmittel bezahlen.«

»Ach, das klappt schon irgendwie«, sage ich betont lässig. »Ich kann wohl noch Arbeitslosengeld II anfordern.«

Wer hätte gedacht, dass ich einmal Hartz IV beantragen muss?

Ich sehe mich schon in vier Jahren als Bestandteil einer interessanten RTL-Dokumentation, bei der ich nach meinem Beruf gefragt werde. Stolz werde ich dann in die Kamera sehen und sagen: *Ich bin Hartz-IV-Empfänger,* und die nette Reporterin wird sagen: *Ach, das ist ja interessant. Um wie viel Uhr müssen Sie denn da morgens aufstehen?*

»Na, viel wirste bestimmt auch nicht bekommen. Haste denn noch Geld gespart oder so?«

»Nicht wirklich viel.«

»Dann geb ich dir was«, sagt Tholo.

Ich bin geplättet, denn ehrlich gesagt weiß ich nicht, ob ich an seiner Stelle dasselbe vorgeschlagen hätte.

»Nee, brauchst du nicht«, sage ich schnell. Denn ich finde es peinlich.

»Quatsch, jetzt stell dich nicht so an. Mail mir nachher einfach mal deine IBAN, und dann überweis ich dir was. Kannste mir ja irgendwann zurückgeben, wenn du wieder flüssig bist.«

Ich weiß echt nicht, was ich sagen soll. Hin- und hergerissen zwischen Stolz und Bankrott willige ich kurzerhand ein, während mein Hightechmülleimer die Türen wieder automatisch für eine umherschwirrende Fliege öffnet.

»Wie läuft's denn so ohne Cleo?«, fragt Tholo.

»Ach, bestens. Hab mich inzwischen schon an meinen Singlehaushalt gewöhnt. Hat auch so einige Vorteile.«

»Mensch, du bist ja tough, Alter. Ich weiß echt nicht, wie's mir an deiner Stelle gehen würde, wenn meine Perle mich sitzen lassen würde.«

»Ich hab sie rausgeworfen«, betone ich noch einmal. »Ich bin voll damit beschäftigt, mein Leben wieder in den Griff zu kriegen. Da habe ich keine Zeit, um über meine Verflossene nachzudenken.«

Es stimmt ja auch. Was soll ich einer Frau hinterherjammern, die mich nicht mehr will? Ist doch völlig destruktiv. Früher oder später hätten wir uns sowieso getrennt. Der Zeitpunkt hätte meinetwegen ein anderer sein können – nicht unbedingt zusammen mit meiner Kündigung. Der vorläufige Tiefpunkt ist aber, dass ich, seitdem Cleo auch noch die Waschmaschine in einer Nacht-und-Nebel-Aktion mitgenommen hat, einmal pro Woche mit meiner Wäsche zu meiner Mutter gehen muss, weil es hier in Brühl keinen Waschsalon gibt.

Als ich aufgelegt habe, klingeln mir schmerzhaft Cleos Worte im Ohr, die ja leider Ähnliches prophezeit hat.

Zum Glück freut sich meine Mutter über die vermehrten Besuche in letzter Zeit. Ich glaube, wenn es hart auf hart käme, könnte ich sogar wieder bei ihr einziehen, aber das muss nun wirklich nicht sein. Es ist schlimm genug, dass ich meinen BMW verkaufen musste, aber mit achtundzwanzig wieder bei Muttern einziehen? No way!

Ohne-Cleo-Tag Nr. 24
(formerly known as chapter 7)

Wenn ich zum Discounter muss, habe ich die Wahl zwischen Aldi und Lidl. Die sind allerdings beide gute zwanzig Minuten zu Fuß entfernt von mir. Und dann bin ich jedes Mal wieder erstaunt, was die alles *nicht* im Sortiment haben. Also entscheide ich mich meistens für den Aldi, weil ich auf dem Rückweg dann an meinem geliebten HIT-Supermarkt vorbeikomme und da die Sachen kaufen kann, die ich im Discounter nicht bekommen habe.

Tholo, der Gute, hat mir heute tatsächlich 500 Euro aufs Konto überwiesen, was ich kaum fassen kann. Wir haben gar nicht darüber gesprochen, wie viel er mir leiht. Jedenfalls bin ich dankbar, weil ich jetzt wenigstens wieder Geld für Lebensmittel habe und die überhäuften Anstandsbesuche bei meiner Mutter einschränken kann.

Völlig ohne Auto auszukommen ist immens gewöhnungsbedürftig. Entweder schleppt man die Tüten wie ein Trottel bis nach Hause, oder man entscheidet sich für einen Balanceakt mit dem Fahrrad, bei dem man an den Lenker an jede Seite eine voll beladene Einkaufstüte hängt. (Ich bin mir bis heute nicht schlüssig, was nun wirklich besser ist.) Abgesehen davon, kann man die Tüten dann später aber nicht vor dem HIT-Markt im Auto deponieren, sondern muss sie an der Information zutackern lassen. Das ist fast so demütigend wie der Gang zum Arbeitsamt. So, als würde ich sagen: *Schauen Sie mal, ich habe die viel günstigeren Lebensmittel aus dem Discounter mitgebracht. Vielleicht können die ein bisschen in ihrer Obst- und Gemüseabteilung spielen?*

Diesmal bin ich vorsichtig mit den Markenprodukten, denn

das Geld ist wirklich knapp. Gerade, als ich noch überlege, ob ich mir den teuren Schweizer Käse kaufen soll, weil er so gut schmeckt, sehe ich Cleo bei den Joghurts stehen. Kein Wunder, denn die hat sie sich ja immer eimerweise gekauft. Einen Moment lang überlege ich, ob ich so tun soll, als hätte ich sie nicht gesehen, und mich blitzschnell hinter dem Ketchup verstecke. Ich meine, was gibt's schon groß zu bereden? *Hey, macht gar nichts, dass du alle Dinge, die ich zum Leben brauche, aus der Wohnung geholt hast!?*

Aber wenn ich genauer darüber nachdenke, finde ich, dass es schon das ein oder andere zu bereden gibt. Ich weiß zum Beispiel nicht einmal, wo sie jetzt wohnt. Da sie auch hier einkauft, gehe ich davon aus, dass sie in Brühl geblieben ist. Vielleicht wohnt sie bei Annette?

Ich gehe auf sie zu und klopfe ihr von hinten auf die Schulter. Sie dreht sich um, und ich sehe, wie ihr die Gesichtszüge entgleiten.

»Timo«, sagt sie äußerst überrascht – in etwa mit der gleichen Begeisterung, wie man so etwas sagen würde wie: *Ach, wie lecker, du hast Hundefutter anstatt Hackfleisch für die Bolognese genommen. So esse ich sie eh am liebsten. Und ist ja auch weitaus günstiger.*

»Hallo«, sage ich.

»Ja, Mensch, wie geht's dir denn?«, fragt sie immer noch etwas lethargisch. Vermutlich ist ihr Gehirn gerade mit einem Fluchtplan beschäftigt. Ich kenne Cleo schließlich. Deshalb klingt sie so abgelenkt.

»Mir geht's bestens«, sage ich. »Wie geht's dir?«

»Auch gut. Leider habe ich überhaupt nicht viel Zeit, weil ich …«

Ich falle ihr ins Wort, und wir beenden den Satz synchron: »… noch einmal dringend ins Büro muss.«

Sie schaut mich verdutzt an. Wie gesagt: Ich kenne Cleo! Und ich kenne ihre Ausreden. Bislang hat sie die allerdings nur für andere benutzt.

»Wo wohnst du jetzt?«, frage ich sie direkt.

»Hier in Brühl.«

»Wo genau?«, möchte ich wissen. Ich will sie dort ja nicht überfallen, aber ich beabsichtige auch nicht, irgendwann vor irgendeinem unserer Freunde zu stehen und mich zu blamieren, weil ich nicht weiß, wo meine Ex wohnt.

»In Vochem.«

Ich nicke. Einen Moment lang sagen wir nichts. Eine Frau mit Kind im Einkaufswagen möchte vorbei. Ich gehe kurz zur Seite, denn Cleo steht immer noch wie betäubt vor mir.

Sie sieht anders aus. Irgendwie stylisher als sonst. Ich meine, für die Arbeit hat sie sich immer herausgeputzt, aber heute sieht sie besonders gut aus. Irgendwas hat sie mit den Haaren gemacht, sie ist ziemlich stark geschminkt und trägt eine eng anliegende Bluse mit tiefem Ausschnitt. Sie scheint auch etwas abgenommen zu haben. Ihr kleines Bäuchlein ist in der weißen Bluse nicht mehr zu sehen.

»Wie läuft die Jobsuche?«, fragt sie plötzlich.

»Super«, lüge ich und finde, dass ich ein wenig zu rasch geantwortet habe. Deshalb mache ich eine kurze, dramatische Pause. »Ich habe schon zwei Angebote und nächste Woche noch drei Vorstellungsgespräche.«

»Echt?«, fragt sie und legt die Stirn in Falten.

»Ja, wieso?«

»Na, du hast ja nicht unbedingt die besten Qualifikationen.«

Da spricht wieder die Karrierefrau, die wir alle so zu schätzen gelernt haben.

»Dafür weiß ich mich eben zu verkaufen.«

»Was für Angebote sind das denn?«, fragt sie – so, als würde ich mir hier irgendwelche Märchen ausdenken. Gut, das ist ja auch der Fall, aber das kann sie schließlich nicht wissen.

»Zwei Callcenter-Jobs«, sage ich. Immer schön realistisch bleiben. »Und die Bezahlung ist ziemlich gut. Fast das Doppelte wie bei ProTrend.«

Cleos Stirn legt sich wieder in Falten. Das war vielleicht ein bisschen zu viel des Guten.

Ich mustere noch einmal ihren Bauch. All die Jahre habe ich

sie nicht dazu bewegen können, ein bisschen Sport mit mir zu machen, und jetzt hat sie in ein paar Wochen bestimmt locker drei bis fünf Kilo abgenommen.

Aber was ist das? Jetzt bin ich derjenige, der seine Stirn in Falten legt. Ich starre verdutzt auf Cleos Hände. *Pornonägel!* Wie oft hab ich ihr gesagt, sie soll sich ein paar von denen zulegen. Und jetzt?

»Sind das künstliche Fingernägel?«, frage ich.

»Mmh, ja«, sagt Cleo verlegen und reibt sich mit der rechten über die linke Hand.

Ich glaub's ja nicht. Jetzt sind wir getrennt, und meine Ex hat sich endlich in eine schlanke Acrylbratze verwandelt. Das, was ich mir – im tiefsten meines Inneren – immer gewünscht habe.

A|cryl|brat|ze *f.; Gen. -; Pl. -n;* umgangssprachliche Bezeichnung für Menschen weiblichen Geschlechts, die besondere Erscheinungsmerkmale (z. B. Kunstfingernägel, Haarverlängerungen, solariumgebräunte Haut) aufweisen

Künstliche Fingernägel wollte sie sich nie zulegen. Das sei zu unpraktisch bei der Arbeit und teuer noch dazu, hat sie immer gesagt.

»Sieht gut aus«, sage ich nur kurz. Sie weiß ja, dass ich auf solche Dinger stehe. Was soll ich jetzt also anderes sagen?

»Danke.«

»Und?«, frage ich ganz nebenbei. »Triffst du dich mit jemandem?« Sie druckst herum. Wie gesagt: Ich kenne Cleo! Mehr braucht sie nicht zu sagen. Das heißt: Ja!

»Ist schon okay«, nehme ich ihr vorweg, bevor sie noch an ihrem Verlegenheitsräuspern erstickt.

»Ja, also, ich will halt nicht, dass du denkst, dass ich mich deshalb von dir getrennt habe.«

»Nee, ist schon klar«, sage ich. »Du hast dich getrennt, weil ich so ein Riesenarschloch bin.«

»So habe ich das nicht gemeint!«

»Wie gesagt. Ist schon okay. Ich find's ja auch gut, wieder mal Single zu sein«, sage ich und schaue ihr tief in die Augen.

»Wirklich?«

Ich bilde mir ein, einen Funken Eifersucht erkennen zu können.

»Triffst du dich auch mit jemandem?«, fragt sie weiter, meines Erachtens ein wenig zu bemüht, gelassen zu wirken. Ihre Stimme klingt dabei ein wenig höher.

»Nein, nichts Festes. Halt ein bisschen die Sau rauslassen … tut auch mal wieder gut nach fünf Jahren«, sage ich grinsend.

Peng! Das hat gesessen! 1:0 für Timo. Jetzt sehe ich eindeutig Eifersucht in ihren Augen.

Mit der Tatsache, dass ich mich seit Cleos Auszug noch mit niemandem getroffen habe, möchte ich mich dann später in einem Brief an das Dr.-Sommer-Team auseinandersetzen – also, falls es das überhaupt noch gibt. Memo an mich: Vorn im Zeitungskiosk schauen, ob die BRAVO daliegt. Falls ja – nachsehen, ob es das Dr.-Sommer-Team noch gibt. Falls ja – ein Exemplar kaufen. Falls zu teuer, nur die Adresse rausschreiben.

Ich will vor Cleos Augen ganz bestimmt nicht als Loser dastehen. So, wie sie es prophezeit hat! Deshalb muss ich jetzt ganz klar klotzen!

»Und wie klappt es finanziell?«, fragt Cleo.

Na toll! Den Joker musste sie natürlich noch ziehen. Klares 1:1.

»Bestens«, sage ich nur kurz. Was soll ich auch mehr sagen? Sie weiß schließlich, dass es knapp ist.

»Haut denn alles hin? Sonst kann ich dir was leihen.«

Foul! Foul! Innerlich schreie ich nach einem Schiedsrichter, aber der Treffer gilt. Ja, genau, ich kann mir nichts Schöneres vorstellen, als mir von meiner Ex-Freundin Geld zu leihen! Ich hoffe, Tholo hat nicht überall herumerzählt, dass er mir ausgeholfen hat.

»Nee, nicht nötig«, sage ich. »Das klappt alles besser, als ich dachte.«

»Ja dann. Ich muss mal weiter«, sagt Cleo, lächelt kurz und zieht mit ihren Pornonägeln, ihrem Einkaufswagen und ihrem verflixten 1:2 davon.

Ohne-Cleo-Tag Nr. 27
(formerly known as chapter 8)

Heute habe ich einen Brief von Stasi-Stefanie bekommen, die bei uns die Hausverwaltung macht. Ich solle doch gefälligst den Fernseher nachts nicht so laut stellen. Was versteht die denn bitte unter nachts? Wenn ich abends um halb zwölf bei Markus Lanz was mitbekommen möchte, muss man die Kiste halt ein wenig lauter stellen. Außerdem fängt da der Abend doch erst an – zumindest für mich.

Ohne Freundin und ohne Job kann es auch ganz nett sein. Ich habe auf einmal eine Menge Zeit für mich, kann pennen, Bier saufen, Bücher schmökern, mich endlos im Bimmer-Forum aufregen und mir in der Kiste anschauen, was ich will, ohne mir penetrantes Gemecker anhören zu müssen.

Bim|mer *m.; Gen. -s; Pl. -;* Slang-Begriff für BMW

Ohne Geld ist es allerdings relativ bescheiden. Jeden Tag merkt man, was man sich alles *nicht* leisten kann.

Auf einmal klingelt mein Handy. Ich schaue aufs Display. Es ist Amadeus. Mein bester Freund.

»Hey, Alter«, begrüße ich ihn.

»Na, du Hartzer!«, zieht er mich auf. »Wie hängt's?«

»Jo, kann nicht klagen«, sage ich und schaufle mir eine weitere Handvoll gesunder Erdnussflips in den Mund.

»Pass auf, ich kann nicht lange, weil Andrea und ich auf dem Sprung sind, aber wir wollten dich für Samstag einladen. Wir machen ein Dinner, so richtig aufwendig mit zahlreichen Gängen und allem, was dazugehört. Tholo und Désirée haben auch schon zugesagt.«

Meine Begeisterung hält sich in Grenzen. Amadeus und Andrea wohnen in Köln, das heißt, ich bin auf die olle Straßenbahn angewiesen. Außerdem, was kann ich schon zur allgemeinen Konversation beitragen? Während alle anderen von ihren Jobs und Beziehungen erzählen, kann ich nur über die neusten Trends der deutschen Fernsehlandschaft philosophieren.

»Was ist?«, fragt Amadeus ungeduldig. »Du kommst doch, oder?«

»Na, ich weiß nicht.«

»Was gibt's denn da nicht zu wissen? Wir machen ein Vier-Gänge-Menü und laden unsere besten Freunde ein. Da will ich, dass du auch dabei bist.«

In letzter Zeit habe ich tatsächlich wenig mit meinen Freunden unternommen und werde hier langsam, aber sicher zum Eremit.

> **Ere|mit** *m.; Gen. -en; Pl. -en;* Bezeichnung für eine Person, die von der Menschheit abgeschieden lebt, hier: arbeitsloser Mensch, der aus Beschämung und finanziellen Gründen das Haus vorläufig nicht verlassen kann, solange der soziale Status dem der Ex-Freundin weiterhin untergeordnet ist

Das ist größtenteils darin begründet, dass ich mein heiß geliebtes Auto nicht mehr besitze. Mitten in der Nacht eine Stunde auf die Bahn zu warten ist nicht gerade das, was ich unter entspannender Freizeitbeschäftigung verstehe.

»Ey, Alter, das wirst du mir jetzt nicht antun, oder?«, mahnt mich Amadeus.

»Ja, schon gut. Ich komme. Wann geht's denn los?«

»Wir haben für sieben eingeladen. Sei pünktlich!«

»Jo.«

»Ach so, Andrea hat auch noch eine Überraschung für dich.«

»Eine Überraschung? Was denn?«, frage ich skeptisch.

»Wird sie dir dann selbst erklären. Okay, wir müssen los. Mach's gut, und sei pünktlich!«

Wieso betont er das? Ich bin immer pünktlich. Zu spät war

ich nur im Doppelpack mit Cleo, weil die sich noch stundenlang dekorieren musste.

de|ko|rie|ren *(Verb)* umgangssprachlich für schminken

Und welche Überraschung hat Andrea wohl für mich parat? Mit ihr habe ich eigentlich nicht wirklich viel zu tun. Sie ist halt Amadeus' Freundin, aber ansonsten reden wir nicht viel miteinander. Na, das kann ja ein spannender Abend werden!

Ohne-Cleo-Tag Nr. 30
(formerly known as chapter 9)

Da Amadeus und Andrea sehr zentral wohnen, muss ich von der Haltestelle aus glücklicherweise nicht noch einen Marathonlauf hinter mich bringen. Über solche Dinge macht man sich als Autofahrer ja gar keine Gedanken!

Ich steige also am Hansaring aus und gehe von dort aus in die Maybachstraße, in der die beiden schon seit drei Jahren wohnen. Als ich noch bei ProTrend gearbeitet habe, bin ich nach Feierabend oft bei Amadeus vorbeigekommen, und wir haben ein Bier zusammen getrunken. Jetzt bin ich in Brühl so gut wie abgeschnitten von der Zivilisation.

Als ich aus dem Fahrstuhl steige, höre ich bereits Stimmengewirr aus der Wohnung dringen. Amadeus begrüßt mich an der Tür.

»Da bist du ja, alter Junge!«

Désirée und Tholo sind auch schon da.

»Bin ich zu spät?«, frage ich, denn laut meinem iPhone ist es nicht mal 19:00 Uhr.

»Nee, alles bestens.«

Es klingelt erneut an der Tür. Ich gehe in die Küche, um Désirée und Andrea zu begrüßen. Außerdem will ich wissen, welche Überraschung für mich bereitsteht.

»Alles in Ordnung hier?«, frage ich.

»Hallo, Timo!«, begrüßen mich die beiden fast synchron.

»Momentan ist es etwas schlecht«, sagt Andrea. »Aber ich muss nachher noch mit dir sprechen.«

Was soll diese Geheimniskrämerei? »Ja, Amadeus hat da schon so was angedeutet«, sage ich.

»Später! Später!«, scheucht Désirée mich wieder aus der Küche. *Super!*

Als ich wieder ins Wohnzimmer komme, sehe ich, dass Katharina gerade ankommt. Ganz brav mit Blumenstrauß für die Gastgeberin. Mist! Ich habe natürlich nichts mitgebracht. Aber wovon hätte ich das auch bezahlen sollen? Die sechs Euro für die Fahrkarte haben mein Wochenbudget für außerplanmäßige Ausgaben ja fast schon überschritten.

Katharina ist eine Freundin von Andrea. Ich kenne sie eigentlich nur von Geburtstagspartys und hoffe, das soll keine Verkupplungsaktion werden. Katharina ist nämlich Dauer-Single, und ich habe momentan nicht wirklich Interesse an einer neuen Beziehung.

Tholo hat schon am Tisch Platz genommen, sodass ich mich zu ihm geselle.

»Weißt du, was es zu essen gibt?«, frage ich.

»Keine Ahnung. Die machen da ein Staatsgeheimnis draus. Bin eben aus der Küche gescheucht worden, als ich nachfragen wollte«, sagt er.

»Jo«, nicke ich nur. Soll so viel heißen wie: Ich auch.

Ich zähle die Teller. Es ist für acht Personen gedeckt. Amadeus und Andrea macht zwei. Plus Tholo und Désirée macht vier. Ich bin Nummer fünf. Katharina sechs.

»Wer kommt denn noch?«, frage ich.

Tholo blickt mich überrascht an.

»Was?«, frage ich.

»Hat Amadeus dir etwa nichts gesagt?«, fragt er.

»Was gesagt?«

Tholo verdreht die Augen. »Das ist jetzt nicht wahr, oder?«

Hä? »Was gesagt?«, wiederhole ich.

»Amadeus!«, brüllt er in den Korridor. »Ich dachte, du hättest es Timo gesagt.«

Langsam fällt bei mir der Groschen: Cleo ist eingeladen! Klar, wieso auch nicht? Sie und Andrea sind beste Freundinnen. Das ist der Nachteil, wenn man so lange in einer Beziehung gesteckt hat.

Dann verschmilzt irgendwann der Freundeskreis, und man weiß nicht mehr, wer zu wem gehört. Cleo und Andrea haben sich erst durch Amadeus und mich kennengelernt. Aber später haben sie sich angefreundet und auch oft zu zweit etwas unternommen.

Amadeus stürzt zu uns an den Tisch.

»Ja, Mensch, das wollte ich dir noch sagen, Timo!«

»Ist schon okay«, sage ich. Was soll ich hier einen Aufstand proben? Irgendwann müssen wir uns ja wieder über den Weg laufen. Nur weil Cleo und ich uns getrennt haben, müssen sie ja jetzt nicht anfangen, einen von uns beiden nicht mehr einzuladen. Ist doch total kindisch, diese Aufregung. Eine Vorwarnung wäre allerdings wünschenswert gewesen.

»Tut mir echt leid. Ich wollte es dir sagen, aber du wolltest ja so schon nicht kommen.«

»Ist okay«, sage ich noch mal.

»Andrea wollte sie halt einladen, und ich wollte, dass du hier bist, also …«

»Es ist okay«, sage ich ein drittes Mal. »Echt!«

»Okay, super«, sagt Amadeus.

Tholo räuspert sich umständlich.

»Und?«, fragt er erwartungsvoll und sieht dabei Amadeus auffordernd an. »Wolltest du nicht eventuell noch etwas hinzufügen?«

»Ach, ja«, druckst er herum. »Es sieht wohl so aus, dass Cleo jemanden mitbringt.«

Paff! Das hat gesessen!

Cleo bringt ihren Neuen mit? Zu unseren Freunden? Das ist ja famos! Ich meine, sie hat im Supermarkt vor ein paar Wochen zwar gesagt, dass sie sich mit jemandem trifft, aber muss sie den heute direkt anschleppen? Wir sind gerade einmal seit einem Monat getrennt. Wenn ich das gewusst hätte, hätte ich mir auch noch schnell eine Freundin an Land gezogen.

»Ist das okay?«, fragt Amadeus und springt wie ein Flamingo von einem Bein aufs andere.

»Ja, was soll ich dazu noch sagen? Das Kind ist ja jetzt wohl schon in den Brunnen gefallen.«

Und ertrunken, denke ich mir.

Aber Amadeus schaut mich immer noch fragend an und erwartet Absolution.

Ab|so|lu|ti|on *f.; Gen. -; Pl. -en;* Vergebung für das Verschweigen der Tatsache, dass die Ex-Freundin bereits einen neuen Verehrer hat

»Ich werd's überleben«, sage ich. Dabei bin ich mir selbst nicht sicher, wie ich reagieren werde, wenn Cleo jetzt gleich mit ihrem Neuen hier auftaucht. Meine Reaktion wird wohl unweigerlich davon beeinflusst werden, wie er aussieht und wie er ist. Ich hoffe, die beiden haben nicht vor, sich gleich unentwegt die Zungen in den Hals zu stecken. Wir wollen schließlich essen!

Katharina hat sich inzwischen ebenfalls zu uns begeben und setzt sich direkt neben mich. Wahrscheinlich denkt sie, dass sie bei mir als frisch gebackenem Single am besten aufgehoben ist.

Amadeus geht zu seiner teuren Soundanlage und streamt irgendwelche Popsongs. Ich bin ja mal gespannt, wie der Kampf der Geschlechter heute ausgeht. Ich flippe aus, wenn ich mir den ganzen Abend lang wieder Celine Dion, Shakira, Christina Aguilera, Beyoncé oder ähnliches Geheule anhören muss.

Die ersten Töne erklingen. *Oh nein!* Die Emanzipation hat sich durchgesetzt. Im Hintergrund säuselt es, und die Türklingel meldet sich erneut.

»Das ist bestimmt Cleo«, sagt Amadeus nervös.

Gebannt starre ich in Richtung Flur. Ich höre Stöckelschuhe und dann Cleos Stimme. Dann eine dumpfe Männerstimme. Da ist er also! Ich starre weiter gespannt in Richtung Flur.

Nach endlosen Sekunden betritt Cleo das Wohnzimmer, und leider sieht sie wieder umwerfend aus. Sie trägt eine weiße Bluse, die sie in einen schwarzen eng anliegenden Businessrock gesteckt hat, der bis unter die Knie reicht. Und sie hat definitiv abgenommen! Ihr Bauch ist jetzt ganz flach.

Cleo winkt in die Küche zu Andrea und Désirée, kommt aber erst zu uns an den Tisch. Ihr Gesicht bleibt ziemlich unverändert, als sie mich sieht. Klar, sie war ja scheinbar auch vorbereitet, was man von mir nur bedingt sagen kann.

Sie begrüßt Tholo, Katharina und mich. Dann erst taucht hinter ihr ein Typ auf. Sehr braun ist er. Allerdings nicht aus der Kategorie Naturelle à la Latin Lover, sondern vielmehr unnatürlich braun aus dem Sortiment *Münzmallorca*. Wie peinlich ist das denn? Ich werfe mich als Kerl doch nicht unter einen Assitoaster. Da kann ich ja direkt anfangen, mir Wimperntusche aufzutragen. 1:0 für mich.

Das hätte durchaus schlimmer kommen können. Im allerschlimmsten Fall wäre sie hier mit einem Bodybuilder aufgetaucht und hätte mich dazu veranlasst, mich morgen sofort in einem Fitnessstudio anzumelden.

»Das ist Frederik«, sagt Cleo und zeigt auf das Lederhaut-Ausstellungsstück neben sich. »Das hier ist Katharina, eine Freundin von Andrea. Das ist Tholo, und das ist Timo.«

Le|der|haut *f.; Gen. -; Pl. -häute;* extrem geriffelte, reliefartige Haut, verursacht durch zu viele Sonnenbäder oder Solariumsbesuche

Es ist nicht zu übersehen, dass er weiß, wer ich bin. Mir schenkt er besondere Beachtung und mustert mich genau. Entweder überlegt er gerade, wer von uns beiden der Stärkere ist oder wer den Längeren hat. Ich befürchte, er würde in beiden Kategorien verlieren.

Ich stehe auf, um ihn zu begrüßen. Nicht so sehr aus Höflichkeit, sondern um das bestätigt zu sehen, was ich im Sitzen schon vermutet habe. Er ist kleiner als ich! 2:0 für mich. Eindeutig.

Höflich strecke ich ihm die Hand hin.

»Hallo«, sage ich.

Jetzt, wo ich ihn aus der Nähe sehe, bemerke ich erst, wie verlebt er aussieht. Hier im Raum ist er definitiv der Gesichtsälteste.

Ge|sichts|äl|tes|te *m.; Gen. -n; Pl. -n;* die Person, deren Gesicht am ältesten aussieht, ungeachtet des biologischen Alters

Es klatscht regelrecht, als er einschlägt, um mir die Hand zu schütteln. Kommt irgendwie sehr bemüht rüber.

»Ich bin Frederik.«

»Ja. Das sagte Cleo schon.«

In dem Moment kommen Désirée und Andrea aus der Küche, und das ganze Szenario geht von vorn los. »Das ist Andrea! Das ist Désirée! Das ist Frederik!« Bla, bla, bla. Händeschütteln. Küsschen hier, Küsschen da. »Cleo, du siehst aber toll aus!« – »Ja, du aber auch.« Bla, bla, bla. »Ist der Lippenstift neu?« – »Nein, mit Perwoll gewaschen.« Ha! Ha! Kann mich bitte mal einer kitzeln?

Wieso müssen Frauen sich eigentlich immer gegenseitig Komplimente machen? Ich sage doch auch nicht zu Amadeus: *Mensch, was betont dieses rote T-Shirt deine wohlgeformten Ohren!* Und das Schlimme ist, sie wollen diese ganzen Komplimente ja auch von uns hören.

Als sich der Trubel gelegt hat, setzen wir uns hin. Ich sitze neben Tholo und Katharina. Mir direkt gegenüber sitzt Frederik. Hat er sich selbst ausgesucht. Wahrscheinlich denkt er, dass er mich da am besten im Blick hat.

Acht Leute an einem Essenstisch ist keine besonders gelungene Konstellation, finde ich. Es unterhalten sich immer nur zwei bis vier Leute miteinander.

Als Erstes gibt es eine selbst gemachte Hummersuppe. Respekt, Respekt! Selbst für Katharina haben sie ein extra Süppchen gezaubert, weil sie Veganerin ist (und beim Essen achtzigmal beteuert, dass man für sie für nichts hätte extra kochen müssen). Aber Andrea und Amadeus haben sich wirklich ins Zeug gelegt. Das muss man ihnen lassen.

Inzwischen geht auch der obligatorische Kennenlern-Talk los. Frederik ist neunundzwanzig Jahre alt, begeisterter Sportler (was man ihm allerdings nicht ansieht), lebt in einem »schicken Apartment« in Köln-Deutz (O-Ton Freddy wohlgemerkt) und arbeitet offensichtlich in einer Werbeagentur. So wie Cleo auch. Aber in einer anderen. Jedenfalls haben sie sich so wohl kennengelernt.

Ich halte mich während der gesamten Konversation zurück. Nachdem Frederik bei dem ein oder anderen höflichkeitshalber auch nach deren Jobs gefragt hat, wendet er sich mir zu.

»Und, Timo? Was machst du beruflich?«

Ich sehe, wie Cleo sich ein Grinsen nicht verkneifen kann.

»Ich bin gerade arbeitssuchend«, sage ich wahrheitsgemäß. Hier am Tisch weiß eh jeder Bescheid. Und wenn Cleo bisher noch nicht informiert war, weiß sie zumindest jetzt, dass ich noch keinen neuen Job gefunden habe.

»Ach, das tut mir leid«, sagt Frederik. Es klingt allerdings irgendwie gar nicht so. »Und was hast du davor gemacht?«

»Da habe ich in einem Callcenter gearbeitet und Reklamationsgespräche entgegengenommen«, sage ich.

»Ach, das ist ja interessant!« Und wieder klingt es irgendwie so, als ob er genau das Gegenteil meint.

Langsam fangen die anderen wieder an, sich weiter zu unterhalten. Frederik ist allerdings noch nicht fertig mit mir.

»Was hast du denn gelernt? Vielleicht kann ich dir ja einen Job besorgen.«

Ich seufze. »Ich habe nichts gelernt«, entgegne ich.

»Ach so, ich meine, was hast du denn studiert?«

Inzwischen schaut Amadeus ihn sauer von der Seite an. Aber ich verstehe schon, dass Frederik seine Position als Alphamännchen mir gegenüber behaupten muss.

»Ich habe nicht studiert.«

»Echt nicht? Ach so, dann hast du nach der Schule einfach angefangen zu … ähm … jobben, oder wie?« Frederik macht eine dramatische Pause. »Wie unkonventionell!«

In Frederiks Wortschatz ist *wie unkonventionell* wahrscheinlich ein Euphemismus für *Was für ein Loser.*

Eu|phe|mis|mus *m.; Gen.* -; *Pl.* -men; eine beschönigende Umschreibung, die vom neuen Freund der Ex-Freundin aber auch genutzt werden kann, um Sarkasmus auszudrücken

»Ja, ich werde bald sicherlich einen neuen Job finden«, sage ich und hoffe, das Gespräch damit abzuschließen.

»In welcher Firma hast du denn bisher gearbeitet?«

»Bei ProTrend.«

»Bei einem Versandhauskatalog? Sind die denn bankrott?«

»Nein, wieso?«, frage ich verdutzt, aber in dem Moment weiß ich schon, was als Nächstes kommt.

»Ja, weil du deinen Job verloren hast.«

Wieder setzen die Gespräche am Tisch aus, und alle schauen in unsere Richtung.

»Ich bin entlassen worden, weil ich Leuten, die zu viele blöde Fragen stellen, gern mal über den Mund fahre«, sage ich.

Frederik lacht.

»Können wir jetzt mal das Thema wechseln?«, fragt Tholo und sieht auffordernd in Frederiks Richtung.

Der scheint aber gerade erst auf Touren zu kommen.

»Und wie ist das jetzt so? Kriegst du dann Hartz IV?«, fragt er weiter.

»Man bekommt kein Hartz IV. So heißt nur die Kurzbezeichnung fürs Gesetz. Wenn überhaupt, bekommt man Arbeitslosengeld II. Davor bekommt man aber erst einmal Arbeitslosengeld I«, kläre ich ihn auf.

»Na, du musst es ja wissen!«, sagt er und amüsiert sich köstlich. Bonuspunkte sammelt er hier am Tisch allerdings nicht. Weder bei mir noch – den Blicken nach zu urteilen – bei den anderen. Schließlich genießt er hier keinen Heimvorteil.

»Was soll das heißen?«, frage ich ein wenig gereizt. Inzwischen ist es völlig still. Nur die Brülltante im Hintergrund versucht gerade, diverse Kreuzfahrtschiffe in E-Dur zu versenken.

»Na, ich weiß so was alles nicht, weil ich bisher nie arbeitslos war. Ich find's auch nicht so gut, wenn man auf Kosten des Staates lebt.«

»Moment mal«, mischt Amadeus sich jetzt ein und schaut Frederik ernst an. »Timo ist gerade mal seit einem Monat arbeitslos. Du redest hier nicht mit irgendeinem Nutznießer. Außerdem wird er ab nächsten Monat wieder Arbeit haben!«

Na, Amadeus scheint da ja sehr zuversichtlich zu sein!

Frederik schaut indes amüsiert in die Runde, ohne zu registrieren, wie unbeliebt er sich gerade macht. Selbst Cleo scheint sich inzwischen für ihn zu schämen.

»Aber momentan bekommt Timo doch Geld vom Staat, oder nicht?«, fährt er fort.

»Dafür hat er schließlich jahrelang in die Arbeitslosenversicherung eingezahlt«, setzt sich jetzt sogar Katharina für mich ein.

Wow! Damit hätte ich nicht gerechnet.

»Meine Güte, ihr reagiert bei dem Thema aber ganz schön gereizt! Ich sage ja nur, ich finde es nicht gut. Man wird ja wohl seine Meinung sagen dürfen«, versucht Frederik, sich zu verteidigen. Die hat er ja inzwischen zur Genüge breitgetreten.

Das restliche Essen verläuft dann zum Glück ohne weiteren Investigativjournalismus.

In|ve|sti|ga|tiv|jour|na|lis|mus *m.; Gen. -; kein Plural;* krampfhaftes Befragen des Ex-Freundes der neuen Freundin, um so einen möglichen Defekt, Mangel oder Schaden aufzudecken

Ich unterhalte mich ein wenig mit Tholo über seinen Job. Er arbeitet bei einer Versicherung und hat einen der schlimmsten Chefs, den man sich vorstellen kann, sodass es da eigentlich immer lustige Anekdoten zu erzählen gibt.

Unangenehm wird es erst wieder, als Cleo es für nötig befindet herauszustellen, dass Katharina und ich ja nun die beiden einzigen Singles an diesem Abend sind.

»Na, wie wäre es denn mit euch beiden?«, fragt sie scherzhaft, während sie abwechselnd mich und dann wieder Katharina anblickt. Dabei hebt sie verschwörerisch beide Augenbrauen und scheint sich köstlich zu amüsieren.

Was für ein Kinderkram! Als ob wir hier auf dem Schulhof wären. Genauso gut hätte sie trällern können: *Ätschibätsch! Ich hab schon wieder einen neuen Freund!*

Demonstrativ drehe ich mich zu Katharina und beginne ein

Gespräch mit ihr über das Thema, von dem ich weiß, dass es Cleo ganz bestimmt auf die Palme bringen wird: Literatur.

Von früheren Abenden weiß ich, dass Katharina ebenfalls gern liest. Das tun eigentlich alle in unserem Freundeskreis – mit einer Ausnahme: Cleo. Sie hasst Lesen. (Es sei denn, man nennt das Durchblättern und selektive Anlesen von Artikeln der *Instyle* lesen.)

Von der Seite bemerke ich, wie sie mit den Augen rollt. Das tut sie immer, wenn andere über Literatur sprechen, weil sie dann nicht mitreden kann (es sei denn, das Buch wurde verfilmt).

Ich bin überrascht, wie gut man sich mit Katharina unterhalten kann – nicht nur über Bücher –, und bewundere ihre unwiederbringlich positive Lebenseinstellung, obwohl sie sich beruflich momentan auch von einem befristeten Vertrag zum nächsten hangelt. Keine Ahnung, woher sie dennoch diesen ganzen Optimismus nimmt. Gerade, als sie meint, dass es bei mir bestimmt bald auch wieder bergauf geht, kommt Andrea mit ihrer Überraschung um die Ecke, die ich schon ganz vergessen habe.

»Apropos, Timo«, beginnt sie. »Amadeus hat dir ja bestimmt schon gesagt, dass ich ein Angebot für dich habe.«

»Ein Angebot?«, frage ich skeptisch mit einem kleinen Lächeln. Angebot klingt ja erst mal nicht schlecht.

»Wir suchen noch jemand, der bei uns Englisch unterrichtet.« Andrea arbeitet als Lehrerin an einer Abendschule in Leverkusen.

Meine Augenbrauen schnellen in die Höhe. Auch die anderen am Tisch werden aufmerksam. Wie jetzt? Ich bin doch kein Lehrer!

»Mmh, ja, das ist ja schön für euch, und inwiefern betrifft das mich?«

»Englisch ist doch deine Zweitsprache, oder nicht?«, fragt Andrea.

»Echt jetzt?«, entfährt es Frederik, für den das so gar nicht in sein Weltbild zu passen scheint.

»Timo ist zweisprachig aufgewachsen«, klärt Cleo ihn auf.

Seine Reaktion ist für mich allerdings nichts Neues. Sobald

hier in Deutschland irgendwer erfährt, dass man einen amerikanischen Vater hat und zudem noch zweisprachig aufgewachsen ist, wird man auf einmal von allen Seiten angehimmelt. Als ob ich der einzige Bilinguale in Deutschland wäre! Nur scheint Türkisch, Russisch oder Italienisch für die meisten Menschen nicht die gleiche Faszination auszuüben wie amerikanisches Englisch.

»Also? Was sagst du?« Andrea sieht mich erwartungsvoll an.

»Ich weiß ja nicht, inwieweit du mit meiner Vita vertraut bist, aber ich bin kein Lehrer. Ich habe gerade mal ein Semester Englisch studiert! Na ja, und das habe ich nicht mal abgeschlossen.«

»Ich glaube nicht, dass er dann bei euch anfangen kann«, mischt Frederik sich ein. Cleo haut ihm mit ihrer Serviette auf den Unterarm.

»Natürlich geht das. Das ist ja auch nur vorübergehend. Wir suchen dringend jemand, der in Brühl zwei Klassen übernehmen kann.«

»In Brühl?«, frage ich erstaunt.

»Ja, da haben wir doch unsere Außenstelle.«

»Außenstelle?« Ich bin etwas verwirrt, weil ich von einer Abendschule in Brühl noch nie gehört habe. »Wo soll die denn sein?«

»Die ist da, wo früher die VHS drin war«, erklärt Cleo, die die Schule offensichtlich – im Gegensatz zu mir – kennt.

»Das ist doch ideal, oder nicht?« Wieder sieht Andrea mich an, vermutlich verwundert darüber, dass ich vor Freude noch nicht ausflippe.

»Ja, das schon. Aber, wie gesagt, ich bin kein Lehrer.«

»Dann kannst du da auch nicht anfangen«, bestimmt Frederik erneut, als ob er die Abendschule leiten würde. »Wo kommen wir denn da hin, wenn jeder einfach so an der Schule unterrichten darf? Dann braucht ja keiner mehr zu studieren.«

»Wir reden hier nur von einer Vertretungsstelle für den Mutterschutz und für die anschließende Elternzeit«, sagt Andrea und schaut etwas genervt in Frederiks Richtung. »Wir hatten schon mal eine Vertretung, die auch nicht studiert hatte. Und die kam super mit den Schülern zurecht. Ich werde einfach mal ein Gespräch mit der Schulleiterin für dich ausmachen, okay?«

Ich nicke etwas irritiert. Andrea scheint es wirklich ernst zu meinen. Ich bin zwar skeptisch, ob das so einfach funktioniert, aber versuchen kann man es ja mal.

Den ganzen weiteren Abend denke ich über Andreas Offerte nach. Ich könnte mir schon vorstellen, anderen Englisch beizubringen. Als Teenager habe ich mir ständig mit Nachhilfe etwas dazuverdient. Auch wenn das jetzt kein dauerhafter Job ist... es wäre wenigstens etwas, um ein bisschen Geld zu bekommen, bis ich einen anderen Job finde. Wie viel mag man als Aushilfslehrer eigentlich verdienen?

Nach dem Dessert sitzen wir noch beisammen und unterhalten uns. Ich geselle mich nach und nach zu jedem, um ein bisschen Small Talk zu betreiben. Nur den Stuhl neben Frederik, der merkwürdigerweise ziemlich häufig leer ist, lasse ich bewusst aus.

Als ich sehe, dass Cleo in den Flur und vermutlich in Richtung Badezimmer geht, folge ich ihr kurzerhand. Alle anderen sind in Gespräche vertieft. Sogar Frederik hat ein Opfer gefunden. Die arme Katharina!

Cleo will gerade die Badezimmertür abschließen, als ich dagegen drücke, mich durch einen Spalt zwänge und hinter mir abschließe.

»Timo!«, sagt Cleo entsetzt. »Ich muss auf die Toilette.«

»Da hast du dir ja ein nettes Exemplar ausgesucht«, sage ich schmunzelnd.

Cleo überlegt einen Augenblick. Eigentlich wäre davon auszugehen, dass sie Frederik jetzt verteidigt, aber der Gute hat sich den ganzen Abend lang so zum Deppen gemacht, dass es selbst für sie schwer wird. Daher verdreht sie nur die Augen in Richtung Zimmerdecke und sagt mit einem Seufzer: »Ich weiß!«

Wir lachen beide.

»Ich kann nicht glauben, wie er sich heute Abend aufgeführt hat. Bisher dachte ich, er wär ein netter Kerl. Aber du scheinst das Schlimmste in ihm hervorzubringen!«

Ich grinse. »Ja, schieb ruhig *mir* die Schuld in die Schuhe! Der Kleine hat ganz schön viele Komplexe, was? Dass er meint, sich hier so beweisen zu müssen …«

»Tut mir leid«, sagt Cleo und setzt sich auf den Rand der Badewanne.

Ich lehne mich gegen das Waschbecken.

»Kannst du ja nichts für«, sage ich.

»War ohnehin keine gute Idee, ihn heute direkt mitzubringen, aber irgendwie hat er sich selbst eingeladen. Da konnte ich nicht mehr Nein sagen.«

Ich schweige. Wir schauen uns an. Was machen wir hier? Wieso bin ich ihr überhaupt nachgegangen? Nur um ihr zu sagen, wie sehr sich ihr Neuer zum Löffel gemacht hat?

Löf|fel *m.; Gen.* -s; *Pl.* -; Idiot

»Du siehst gut aus«, sage ich plötzlich, ohne dass es geplant war.

»Danke«, sagt Cleo und lächelt. So etwas habe ich ihr, als wir noch zusammen waren, vermutlich nicht so oft gesagt, wie ich es hätte tun sollen.

»Wie klappt es denn so im Bett mit ihm?«, höre ich mich auf einmal indiskreterweise fragen. Keine Ahnung, wieso. Wahrscheinlich, weil ich es wirklich wissen will. Wie schon gesagt, wenn etwas bei Cleo und mir funktioniert hat, dann war es der Sex. Wer kann das nach fünf Jahren Beziehung noch von sich behaupten?

»Timo!«, sagt sie ermahnend.

»So schlecht?«, frage ich lachend.

»Das geht dich gar nichts an!«

»Na, sag schon! Ist er so gut wie ich?«, fordere ich sie lachend heraus.

Cleo öffnet entsetzt den Mund. Aber das nehme ich ihr nicht ab! Klar, normalerweise findet Cleo meine Großkotzigkeit ätzend, aber nicht, wenn es um Sex geht. Da mag sie es auf einmal, wenn ich den Macho raushängen lasse. Also gehe ich langsam auf sie zu, packe sie an der Taille und komme mit meinem Gesicht ganz nah an ihres. Dann verharre ich und schaue, wie sie reagiert. Aber anstatt empört zu sein, fängt sie an, mich zu küssen, sodass eins zum anderen führt.

Nach getaner *Arbeit* schlage ich vor, dass ich als Erster wieder zu den anderen zurückgehe. Das fällt weniger auf, und außerdem hat Cleo noch einen hochroten Kopf.

Im Wohnzimmer ist stickige Luft, weil Tholo und Désirée rauchen. Ich gehe zur Balkontür und öffne sie, damit ein bisschen Sauerstoff hineinströmt.

»Hast du Cleo gesehen?«, fragt mich Frederik.

Nicht nur gesehen, Kleiner, würde ich am liebsten sagen. Stattdessen meine ich nur wahrheitsgemäß: »Sie ist im Badezimmer.«

»Dauert ganz schön lange«, meint er nur.

»Tja, Frauen!«, sage ich und haue ihm brüderlich auf die Schulter. Fast habe ich ein wenig Mitleid mit ihm.

»Da bist du ja«, sagt Andrea, als sie mich entdeckt hat, und kommt auf mich zu. Sie zieht einen der Esszimmerstühle zu mir und setzt sich. »Ich habe gerade eine SMS an unseren Schulleiter geschickt, und er meinte, du solltest nächsten Dienstag unbedingt in Brühl vorbeikommen, um dich bei der dortigen Schulleiterin vorzustellen.«

»Einfach so?«, frage ich. Aus den Augenwinkeln sehe ich, wie Frederik uns beobachtet. Auf einmal macht mir das gar nichts mehr aus.

»Ja, dienstags ist die Schule auch in den Ferien besetzt. Ich werde unserem Schulleiter sagen, dass er einen Termin mit Frau Penner ausmachen soll.«

»Frau Penner?«, frage ich skeptisch. »Nee, ist klar.« Das Ganze war offensichtlich nur ein Scherz gewesen. *Ha! Ha! Wie witzig!*

»Die heißt echt so!«

»Ja, klar«, nicke ich. »Und die Sekretärin heißt Frau Kotzer und die Konrektorin Frau Säuferle.«

»Die – heißt – wirk – lich – so«, sagt Andrea in abgehackten Silben.

Ich drehe mich zu Amadeus, der mit Tholo an seiner Soundanlage steht und offensichtlich endlich nach musikalischer Abwechslung sucht.

»Wie heißt die Schulleiterin in Brühl?«, brülle ich ihm zu.

»Keine Ahnung«, sagt er und zuckt mit den Schultern. »Das muss Andrea doch wissen.«

»Ja, ist klar«, sage ich an Andrea gewandt.

Andrea seufzt, nimmt sich ihr iPhone und beginnt zu googeln. Dann hält sie mir ihr Handy hin – mit der geöffneten Seite der Abendrealschule Brühl. Dort steht es in der Tat – schwarz auf hellorangem Hintergrund: *Frau Penner, Schulleiterin.*

Ohne-Cleo-Sex-Tag Nr. 3
(formerly known as chapter 10)

Die letzten beiden Tage haben meine Gedanken mit voller RAM-Leistung gearbeitet. Einerseits musste ich die ganze Zeit über die Job-Offerte nachdenken – und hoffe natürlich, dass daraus etwas wird –, andererseits frage ich mich, wie nun der Status quo zwischen Cleo und mir ist. Ich hoffe nicht, dass sie nun denkt, dass wir wieder zusammen sind, denn für mich war das reiner Ex-Sex. So was gibt es ja ständig – dass Paare, nachdem sie sich getrennt haben, dazu neigen, hin und wieder miteinander in die Kiste zu hüpfen (oder, wie in unserem Falle, sich ins Badezimmer zu verkriechen).

Ex-Sex *m.; Gen. -(es); kein Plural;* Beischlaf mit ehemaligen Partnern, ausgelöst durch Hormonüberschuss in Verbindung mit irrationalen Spontanentscheidungen

Der Sex war gut, da gibt's nichts, wie immer bei uns beiden, aber das heißt noch lange nicht, dass ich Cleo jetzt zurückhaben möchte. Es war einfach eine spontane Sache. Nicht geplant. Unüberlegt. Einfach so.

Vielmehr mache ich mir nun über die Möglichkeit Gedanken, eine Aushilfsstelle an der Abendschule zu bekommen. Ich kann es nach wie vor nicht fassen, dass die Schulleiterin tatsächlich Frau Penner heißt. Das ist allerdings schon mal ein gutes Omen. Sie würde sich fantastisch in das Sammelsurium befremdlicher Namen in meinem Leben einreihen.

Andrea hat mir gestern noch die Details für mein Vorstellungsgespräch durchgegeben. Frau Penner erwartet mich um 13:00 Uhr.

Selbstverständlich habe ich mich über die Abendschule im Internet informiert, wie sich das für einen braven Bewerber gehört.

Ich brauche diesen Job! Ich brauche diesen Job! Ich brauche diesen Job! Das wiederhole ich wie ein Mantra, als ich auf dem Weg zur Schule bin.

Das ehemalige VHS-Gebäude, in dem sich die Abendschule niedergelassen hat, liegt direkt gegenüber einer Grundschule. Ich gehe die grauen Stufen zum Eingang hoch. Es handelt sich um einen Altbau mit hohen Decken und einer ebensolchen Eingangstür aus dunklem Holz. Mir kommt ein junges Mädchen entgegen, die mich mit einem Lächeln und einem Kopfnicken grüßt. Ich grüße zurück.

Im Eingangsbereich weist ein Schild nach rechts zum Sekretariat der Abendschule.

Als ich den Raum betrete, stehen dort drei Frauen und reden angeregt miteinander. Das kann doch nicht wahr sein! Ich stocke. Eine von ihnen sieht nämlich aus wie einem einschlägigen Männermagazin entsprungen: ellenlange blonde Haare, rot angemalte Lippen, schmale Figur mit surreal aufgesetzten Brüsten, die einem ins Auge schießen. Anstatt richtiger Kleidung trägt sie einen Stoffhauch, der im Katalog eher als Unterwäsche geführt werden würde.

Als mich die drei Damen erspähen, unterbrechen sie abrupt ihre Unterhaltung.

»Kann man Ihnen weiterhelfen?«, fragt die Pornodarstellerin.

»Mmh, ja, ich bin auf der Suche nach Frau Penner«, antworte ich.

»Ach, dann sind Sie bestimmt Herr Seidel, nicht wahr?«, sagt sie, kommt auf mich zu und streckt mir ihre Hand entgegen. Auch ihre Fingernägel sind in Pornorot gestrichen.

»Richtig«, sage ich und schüttele ihre Hand. Immer noch ein wenig perplex.

»Ich bin Frau Penner«, sagt sie und strahlt mich mit zweiunddreißig blendenden Zähnen an, die noch weißer als mein Waschbecken sind. »Schön, dass Sie es so kurzfristig einrichten konnten. Folgen Sie mir doch bitte.«

Ich habe das Gefühl, in einem Paralleluniversum gefangen zu sein. Ich bewerbe mich ohne Studium um einen Aushilfsjob als Lehrer bei einer Frau, die wie eine Pornoqueen aussieht. Hammer! Gleich wache ich vermutlich auf und stelle fest, dass ich am Schreibtisch bei ProTrend eingeschlafen bin und von Weber in sein Büro zitiert werde.

Ich folge Frau Penner in ihr Büro und nehme in einem mit blauem Stoff überzogenen Stuhl Platz. Ich muss aufpassen, ihr nicht die ganze Zeit auf die Hupen zu starren. Die lenken einen aber auch ab! Sie sitzt mir freudestrahlend in einer Art Chefsessel gegenüber. Mir ist ein bisschen mulmig zumute. Nicht nur, dass ich ganz dringend *irgendeinen* Job benötige, das hier würde mir sogar richtig Spaß machen, denke ich. Außerdem hat Andrea bereits für mich nachgesehen, wie viel ich hier verdienen würde, wenn ich zwei Klassen unterrichte. Das wäre der absolute Wahnsinn! Ich bräuchte nur an zwei Abenden zu arbeiten – und das jeweils nur für fünf Stunden (Schulstunden, wohlgemerkt!) – und würde weitaus mehr als bei meiner Dreißigstundenwoche bei ProTrend verdienen!

»Ich bin ja so froh, dass Sie so schnell kommen konnten«, beginnt Frau Penner. »Haben Sie denn gut hergefunden?«

»Ja, danke, das habe ich.«

»Und Sie können sich vorstellen, hier an unserer Abendschule zu unterrichten?«, fragt Frau Penner.

»Ja, absolut!«

»Haben Sie sich schon ein wenig über unsere Schule informiert?«

Ich nicke eifrig. Ich habe mir im Vorfeld nicht nur die Internetseite der Abendschule Brühl angesehen, sondern mich auch über den zweiten Bildungsweg im Allgemeinen informiert. Gerhard Schröder hat sein Abitur zum Beispiel an einem Abendgymnasium erworben. Sagt zumindest Google.

»Dann wissen Sie ja sicherlich, dass wir eine reine Abendrealschule sind. Das heißt, alle Schüler und Schülerinnen können hier im Höchstfall die FOR erwerben.«

Ich nicke eifrig. Ja, ja, genau die FOR. Die Förderung obdachloser Raben. Oder wie jetzt?

»Wer zusätzlich noch sein Abitur erwerben möchte, kann anschließend auf eines der Abendgymnasien nach Bonn oder Köln wechseln. Es gibt natürlich auch die Möglichkeit, lediglich einen Hauptschulabschluss nachzuholen. Viele unserer Schülerinnen und Schüler schaffen leider auch nicht mehr. Aber wir sind natürlich über jeden Einzelnen froh, dem wir es ermöglichen können, einen Schulabschluss zu bekommen.«

Zustimmend nicke ich.

Frau Penner fährt derweilen fort: »Alle Schülerinnen und Schüler in den A-Klassen haben gar keinen Abschluss.«

Nun gut, als BMW-Fahrer bin ich natürlich ohnehin kein großer Fan der A-Klasse. Aber vermutlich spricht die Gute momentan gar nicht von Autos, sondern von ihren Schülern, weswegen ich bei dem ganzen Fachchinesisch versuche, allwissend und kompetent rüberzukommen.

Dann jedoch platzt es aus mir heraus. Das, was mir schon die ganze Zeit auf der Seele brennt: »Ich habe allerdings nicht studiert. Ich bin also gar kein richtiger Lehrer.«

Denn bevor Frau Penner mir nun auch noch etwas über die CL-Klassen und die Sportcoupés erzählt, möchte ich meine dringlichste Frage endlich beantwortet wissen: *Kann ich hier trotzdem unterrichten?* Was hat es für einen Sinn, sich über die Bildungsreformen der letzten dreißig Jahre aufklären zu lassen, wenn ich schlussendlich hier doch nicht anfangen kann?

»Ja, das sagte mir Frau Vogt bereits«, bestätigt Frau Penner.

»Ich bin jedoch zweisprachig aufgewachsen«, beschwichtigte ich, um wenigstens doch ein wenig Werbung für mich zu machen. »Mein Vater war Amerikaner.«

»War?«, fragt Frau Penner etwas zaghaft.

»Ja, er lebt nicht mehr.«

»Oh, das tut mir leid.«

Ich winke kurz ab: »Das ist schon eine ganze Weile her. Ich war dreizehn, als er gestorben ist.«

Frau Penner stoppt kurz. Offensichtlich brennt ihr eine Frage auf den Lippen. Ich nicke ihr kurz zu und gebe ihr zu verstehen, dass sie ruhig fragen soll, was sie wissen möchte.

»Wieso heißen Sie Seidel mit Nachnamen, wenn Ihr Vater Amerikaner war?«

»Meine Eltern waren nie verheiratet. But we can proceed in English if ya want to«, sage ich, um zu beweisen, dass ich ihr kein Märchen auftische.

Frau Penner scheint etwas verlegen, weil sie offensichtlich ebenfalls merkt, dass ihre letzte Frage ein wenig so klang, als würde sie mir nicht glauben.

Dann fährt sie fort: »Also, wissen Sie, Herr Seidel, ich sage es ganz offen heraus.«

Oje! Jetzt kommt's. Jetzt wird sie mir sagen, dass sie mich nicht einstellen kann.

Stattdessen fährt sie fort: »Wir sind verzweifelt! Wir benötigen ganz dringend jemand, der in zwei Klassen Englisch unterrichten kann. Natürlich bevorzugen wir Aushilfslehrer mit einem abgeschlossenen Studium, das muss nicht zwangsläufig ein Lehramtsstudium sein … Aber, wie gesagt, wir sind verzweifelt. Wir sind nur eine kleine Außenstelle, und dementsprechend wenige sind wir hier im Kollegium. Aber irgendwer muss diese zwei Kurse schließlich unterrichten. Und zwar schon ab nächster Woche!«

Ich sehe meine Chancen raketenartig in die Höhe schnellen. Na gut. Ich bin offensichtlich nicht die erste Wahl! Aber wen kümmert's?

»Es sind zwei Kolleginnen im Mutterschutz«, erklärt sie. »Beide werden im kommenden Semester nicht wieder unterrichten. Wir haben weit mehr als zwanzig Unterrichtsstunden, die wir splitten müssen. Die haben wir, soweit es geht, schon auf das Kollegium aufgeteilt. Aber mehr kann wirklich niemand mehr übernehmen. Unsere Unterrichtsverteilung haut vorn und hinten nicht hin. Ich habe die Stelle schon bei VERENA ausgeschrieben, aber derzeit herrscht absoluter Lehrermangel. Ich weiß einfach nicht mehr, was ich noch tun soll.«

Richtig aufgelöst klingt sie. (Und ich frage mich auch kurz, wer diese Verena ist.)

»Wenn Sie uns nicht aus der Patsche helfen, dann weiß ich wirklich nicht mehr weiter. Und wenn Sie zweisprachig aufgewachsen sind, sind Sie ohnehin bestens qualifiziert.«

»Ich mach's«, unterbreche ich Frau Penner kurzerhand, und sofort verwandelt sich ihr Gesichtsausdruck von *Ojemine* in *Let's Party!*

»Das ist ja großartig«, brüllt sie durchs Büro. »Ich könnte Sie knutschen!«

Dann springt sie wie eine Furie auf, und ich befürchte einen kurzen Moment lang, dass sie es auch wirklich tut. Dann hüpft sie allerdings zur Tür, öffnet sie und brüllt ihren Kolleginnen im Sekretariat zu: »Er macht's! Er macht's! Er übernimmt die Stelle!«

Im Sekretariat ertönen Freudenschreie. Ich befürchte, dass Frau Penner eine La-Ola-Welle anzettelt, bis sie dann doch wieder hinter ihren Schreibtisch zurückkehrt. Sie fasst sich langsam wieder und ist noch etwas atemlos von ihrem Freudentaumel.

Da habe ich mir die ganze Zeit umsonst Gedanken gemacht! Dabei wurde ich hier offensichtlich schon sehnsüchtig erwartet. Es ist unfassbar!

»Eine Sache gibt es da noch«, sagt sie. »Wir sind hier nur Frauen im Kollegium.«

Ich schaue etwas verwirrt drein. Was soll ich mit dieser Information jetzt anfangen?

»Ja, und?«, frage ich schließlich, da Frau Penner offensichtlich auf eine Reaktion meinerseits wartet.

»Wie soll ich sagen? Es gab bisher einige Kollegen, die damit nicht so gut umgehen konnten. Also ... irgendwie ... hatten wir bisher noch keinen männlichen Kollegen, der es länger als ein Semester bei uns ausgehalten hat. Die meisten Kollegen bewerben sich erst gar nicht bei uns, weil wir schon als die Östrogen-Schule gelten. Der letzte hat sich nach nur einem Semester wieder versetzen lassen.«

Das klingt in der Tat ein wenig unheimlich! Aber ich brauche diesen Job. Und ich will diesen Job.

Frau Penner schaut mich wieder erwartungsvoll an.

»Nun ja«, sage ich schließlich und räuspere mich. »Ich glaube nicht, dass mir das etwas ausmacht, solange mir im Lehrerzimmer nicht die Nägel lackiert werden.«

Frau Penner lacht hysterisch.

»Ach nee, was sind Sie doch für ein Scherzkeks!«, sagt sie, als sie sich wieder halbwegs gefangen hat. »Sie passen bestimmt hervorragend in unser kleines, bescheuertes Kollegium.«

Na, die ist ja krass drauf!

»Haben Sie denn noch Fragen?« Frau Penner schaut mich ein wenig durchgedreht an. So, wie die kleine Rothaarige aus *American Pie*, die immer sagt: *Das eine Mal im Ferienlager…*

»Und Sie können Montag schon anfangen?«

Ich nicke.

»Das ist ja fantastisch, dann brauchen wir keinen Unterricht ausfallen zu lassen. Ich muss mir von der Bezirksregierung nur schnell die Verträge faxen lassen.«

Eine halbe Stunde später stehe ich wieder vor dem Gebäude der Abendrealschule. In meiner Hand halte ich einen unterschriebenen Arbeitsvertrag, den Frau Penner sich tatsächlich hat faxen lassen. Dabei hat sie verschwörerisch die Augenbrauen gehoben und etwas von Beziehungen und Prioritäten gemurmelt und dass man sonst tagelang auf solche Verträge wartet.

Ich kann es immer noch nicht fassen. Keine Fragen zu meinem bisherigen Werdegang oder warum ich bei ProTrend entlassen wurde. Sie hat sich nicht einmal meinen Lebenslauf angesehen, den ich ihr überreicht habe.

Meine Güte, wie wird das wohl werden, das erste Mal vor einer Klasse zu stehen? Da hab ich mehr oder weniger das Sagen, oder? Ich meine, was macht ein Lehrer schon den lieben langen Tag?

Die werden doch im Grunde fürs Klugscheißen bezahlt, oder nicht?

Mein Kopf macht Überstunden: Was ist, wenn die Schüler mich für den größten Doofkopf halten, den sie je gesehen haben? Was für ein Lehrer will ich überhaupt sein? Ich denke an meine Abi-Zeit zurück. Eigentlich gab es da nur zwei Typen: Das Modell *Kumpel* und das Modell *Arschloch*. Die einen konnte man leiden, aber bei denen hat man nichts gelernt. Und die anderen konnte man nicht leiden, dafür hatte man aber so einen Schiss, dass man automatisch aufgepasst hat. Frau Penner hat mir noch die Nummer und E-Mail-Adresse einer Kollegin gegeben, die für die FaKo in Englisch zuständig ist und mich über den Kernlehrplan aufklären kann. Ja, genau der Kernlehrplan! Die FaKo! Ich hoffe, ich bekomme bei Zeiten auch noch ein Glossar oder ein Wörterbuch überreicht.

Tausend Gedanken schießen mir durch den Kopf, während ich überlege, welche Haltestelle näher ist – Brühl Mitte oder Brühl Nord.

Zusammen mit mir steigen in Brühl Nord mit lautem Getöse drei weibliche Teenager ein. Zu meinem Entzücken setzen sie sich zu mir in eines dieser Viererabteile.

»Ey, und dann sach isch so zu der so, du kannst ja mit zu mir kommen, weißtu? Und die so, ja gut, und ich so, dann fahrn wir von da aus zusamm zu Karim, ey, weißtu, weil wir uns ja noch umstylen müssen«, sagt eine von ihnen.

Mir bluten jetzt schon die Ohren.

»Ey, ich hätt die gar nich mitgenommen. Die is doch voll assi. Ey, guck mal, wie scheiße die aussieht«, sagt eine andere.

Mit den Tonnen an Make-up und der freizügigen Kleidung ist es schwer, das Alter dieser Intelligenzbestien zu bestimmen. Ich frage mich, bei wem sie sich wohl Schminktipps geholt haben? Wahrscheinlich bei Olivia Jones.

»Ja, Mann, ey, isch hatt kein Bock da allein hinzufahren, weißtu. Ja, jedenfalls gehn wir dann so zu mir so, und dann fängt die voll an rumzulästern, dass unsre Wohnung voll alt aussieht und wie fett meine Mutta is. Und ich so: Spinnstu? Laber keine Scheiße. Meine Mutta hat nun mal schwere Knochen. Ey, voll assi so was zu sagen.«

Die anderen stimmen ihr zu. Offensichtlich ist sie die Anführerin.

»Ey, und dann regt die sich voll so auf, weil wir so Plastikblumen in der Wohnung haben. Ey, voll krass! Ich so, spinnstu, das is voll stylish, du hast ja keine Ahnung. Und die so, ne, ich spinn nich, und fängt so an mich voll zu beleidigen, weißtu.«

»Die hätt ich voll rausgeschmissen und in die Fresse getreten«, sagt nun die Dritte im Bunde.

Jo, ich aber auch! Gegen Plastikblumen ist nun wirklich nichts einzuwenden!

»Ey, die kommt zu uns nach Hause und sacht so, meine Mutter is voll fett und dass bei uns alles voll billig is und so. Ey, isch schwör dir, isch so zu der so, halt die Fresse und, ey, die so zu mir, ne, halt du die Fresse!«

Entgeistert schaue ich von einer zur anderen. Ich bin völlig paralysiert.

»Boah, die soll echt aufpassen, sonst … ey, isch schwör … die is voll die Schlampe. Die hat schon mit dem Kevin und dem Alex gleichzeitig. Ey, krass.«

Vermutlich starre ich wie ein Tennis-Zuschauer von rechts nach links. Gefesselt von dieser Sprachvergewaltigung.

Sprach|ver|ge|wal|ti|gung *f.; Gen.* -; *Pl.* -n; das gewaltsame Zusammenfügen von Wörtern, Satzfragmenten und Lauten entgegen ihres natürlichen Auftretens ohne jegliche Berücksichtigung von Grammatik oder allgemein anerkannten Sprachregeln

»Weißtu, unsere Wohnung sieht voll okay aus. Isch meine, weißtu, die muss vielleicht mal renneviert werden, aba, ey, ich will nich wissen, wie die wohnt, weißtu. Wahrscheinlich voll der Puff, ey. Und da lästert die über meine Mutter, ey. Das geht gar nich. Und isch so zu der so, pass auf, was du sagst, weißtu, isch komm nämlich aus nem guten Haus.«

Ich finde, man hört's aber auch!

»Ey, was guckstu?«, sagt die Anführerin plötzlich und schaut mich direkt an. Mein Blick war schon wieder zu einer der Untertaninnen geglitten, weil ich gespannt auf eine Antwort warte.

»Was, ich?«, sage ich.

»Ey, ja du, ey!«

»Och, gar nichts«, sage ich. »Ich habe nur fasziniert beobachtet, wie fahrlässig ihr mit der deutschen Sprache umgeht.«

»Ey, Alta, was hastn du für n Problem?«, fragt eine der drei.

»Könnt ihr auch normal sprechen?«, frage ich, ernsthaft interessiert. Ich bin mir nicht sicher, ob Sprachforscher diese seltene Spezies schon erkundet haben.

»Ey, spinnste, Opa?«

»Das soll also Nein heißen?«, frage ich. »Sprecht ihr denn so auch in der Schule? Wie handhaben das denn eure Lehrer? Verbessern die jeden einzelnen Satz, oder haben die sich inzwischen schon an diesen Soziolekt gewöhnt?«

So|zi|o|lekt *m.; Gen. -(e)s; Pl. -e;* bildungssprachlich für Assi-Deutsch

»Ey, kümmer dich um dein Scheiß, du Betriebsunfall«, sagt nun die Anführerin.

»Da ihr hier sitzt und ich mir gezwungenermaßen eure Konversation anhören muss, befürchte ich, seid ihr gerade *mein Scheiß!*«

»Kannst disch ja woanders hinsetzen, Alter«, antwortet sie.

»Hör mal zu, Britney«, sage ich. »Ich bin demnächst Lehrer, also staatlich beauftragter Klugscheißer. Daher ist es quasi meine Pflicht, dir klarzumachen, wie anormal deine Ausdrucksweise ist. Da darfst du dich nicht wundern, wenn das ungewollt die Aufmerksamkeit von sprachlich interessierten Menschen auf sich zieht.«

Gutes Timing! Alle drei haben die Stirn in Falten gelegt und schauen mich entgeistert an. Die Bahn hält gerade in Brühl Süd. Meine Haltestelle.

»Also, in diesem Sinne«, sage ich und stehe auf. »Schönen Tag noch!«

Als ich die Bahn verlasse, kommt mir in den Sinn, dass das, was ich gerade scherzhaft gesagt habe, gar nicht so weit von der Realität entfernt ist. Und an die muss ich mich erst noch gewöhnen: Jetzt bin ich tatsächlich im Öffentlichen Dienst tätig. Entgeltgruppe 12.

Genauso wie James Bond! Den fand ich schon immer super. Ein echter Held. Und jeder braucht schließlich Helden (und, um ehrlich zu sein, wäre vielleicht auch jeder gern selbst einer). Der ist jedenfalls auch vom Staat angeheuert. Während er allerdings Spione jagen soll, wurde ich beauftragt, im Namen ihrer Majestät Angela Merkel klug rumzuscheißen und Sprachsünden zu ahnden. Ich bin quasi 007 Klugscheißer Royale! Und diese Bahnfahrt hat mir gezeigt, wie viel es da draußen für mich zu tun gibt! Außerdem komme ich somit meinem Traum, einmal Held zu sein, zumindest ein bisschen entgegen.

Ohne-Cleo-Sex-Tag Nr. 6
(formerly known as chapter 11)

Helga Amsel heißt die Fachleiterin für Englisch. Willkommen im Potpourri der sonderbaren Namen der Freunde und Bekannten von Timo Seidel! Sie scheint in der Tat so schnell wie ein Vögelchen zu sein, denn nach zwei Stunden antwortet sie mir bereits.

Von: helga.amsel@abendschule-bruehl.de
An: supertimo@gmx.net
Betreff: RE: Ich bin der Neue!
Hallo lieber Timo,
ich bin die Helga. Wir können doch ruhig Du sagen, oder? Wir sind ja jetzt Kollegen :-). Frau Penner hat mir gesagt, du würdest die 1a und die 2a unterrichten. Also, das Praktische ist, dass beide mit demselben Lehrwerk arbeiten, nämlich mit *Headway* von Liz und John Soars. Am besten bestellst du es direkt online, da es in den Buchhandlungen meist nicht vorrätig ist. Nach dem Buch gehen wir auch in etwa vor, wobei du auch eigenes Material einbringen kannst bzw. musst, da die Studierende mehr Übungen zu einer Einheit brauchen als im Buch angeboten. In der 1a steht vor allem Satzbau, Tenses (Present/Past – auch kontrastiv), Adverbs of frequency, some/any, Bildung von Fragen und Verneinungen an. In der 2a sollte am Anfang des Semesters unbedingt der Stoff wiederholt werden, daher kannst du in den ersten zwei Doppelstunden fast identisch in beiden Kursen arbeiten, nur mit weniger Übungen in der 2a.

Ich selbst mache bei unseren Studierenden wenig Frontal-
unterricht, sondern mehr kooperative Lernformen: Jigsaw-
Methode, Placemat, Bus Stop, Partnerpuzzle, zum Auf-
lockern am Anfang Karussellgespräch, gern aber auch
Stationenlernen ... das Übliche halt.
Supi, wir freuen uns schon.
Beste Restferien,
deine Helga

Hä? Karussellgespräch? Stationenlernen? Jigsaw-Methode? Ich
kenne nur den Jigsaw-Mörder aus *Saw*. Ich vermute jedoch, dass
ich die Schüler nicht auf grausame Art und Weise foltern und
hinrichten soll, sondern dass es sich offenbar um eine pädago-
gische Neuerung handelt, von der zumindest meine Lehrer nichts
wussten. Gut, mein Abitur ist jetzt auch schon ein Weilchen her,
aber ... Hä? Ich habe gehofft, die E-Mail würde mir ein wenig
weiterhelfen.

Als Erstes bestelle ich schnell *Headway*, damit es halbwegs
rechtzeitig ankommt. Allerdings wird es vor Montag wohl nicht
hier sein, und da ist auch schon der erste Schultag. Also impro-
visieren!

Was würde ich ohne das geliebte Internet machen? Als erstes
google ich Jigsaw-Methode. Bei Wikipedia finde ich heraus, dass
es sich um eine Form der Gruppenarbeit handelt, die in Deutschland auch Gruppenpuzzle genannt wird. Gut, das hilft mir jetzt
auch nicht weiter! Denn ich verstehe das Prinzip, auch nachdem ich mir den Artikel bereits zweimal durchgelesen habe, nur
bedingt. Beziehungsweise kann ich mir nicht vorstellen, wie das
funktionieren soll. Also packen wir das Gruppenpuzzle erst mal
beiseite.

Am besten halte ich mich einfach an meine Lehrer vom Gymnasium. Die haben uns ja auch irgendwie unterrichtet. In der
Unterstufe hatten wir allerdings Frau Schmitz in Englisch. Die
war eine richtige Granate, was die englische Aussprache betrifft.
No, sis is »th«. Es heißt: se Kät. Gruselig!

Ich habe natürlich nicht hinterm Berg gehalten und sie kontinuierlich verbessert. Ich fand es sowieso albern, dass ich überhaupt am Englischunterricht teilnehmen musste, obwohl ich mit der Sprache aufgewachsen war. Ich finde, dass ich bis heute eine Auszeichnung für meine Geduld mit Frau Schmitz verdient hätte. Andererseits wird sie vermutlich dasselbe über mich denken.

Herr Bauer, den wir in Latein hatten, hat immer Vokabeltests geschrieben. Das ist doch mal eine gute Idee! Vokabeln sind schließlich das Wichtigste, wenn man eine Fremdsprache lernen will, oder nicht?

Gut, wenn ich also Vokabeln abfragen will, sollte ich erst mal eine Vokabelliste zusammenstellen. So kann ich wenigstens schon mal die erste Stunde vorbereiten, bis das Buch am Montag ankommt.

Offizieller Klugscheißer-Tag Nr. 1
(formerly known as chapter 12)

Mein erster Schultag! Diesmal aber nicht mit Schultüte und Scout-Ranzen auf dem Rücken, sondern als Lehrer. Das ändert aber nichts daran, dass ich genauso aufgeregt bin wie damals als I-Dötzchen, denn ich weiß wieder mal nicht, was mich erwartet.

Schulbeginn ist um 17:15 Uhr. Ich beschließe allerdings, weitaus früher dort zu sein, weil ich beispielsweise noch fotokopieren muss und nicht einmal weiß, wo der Kopierer steht.

Ich fahre mit dem Rad zur Schule und bin um Viertel vor fünf da. Noch sind keine Schüler in Sicht. Ich atme kurz durch, bevor ich die Eingangstür öffne.

Das ist sie also! Meine neue Arbeitsstelle. Zumindest für die nächsten sechs Monate, denn so lange läuft mein Arbeitsvertrag. Wieder gehe ich den mir schon vertrauten Weg zum Sekretariat.

»Da sind Sie ja, wunderbar!«, brüllt mir Frau Penner entgegen, als sie mich sieht. Meine Güte, an diese Lautstärke und dieses Temperament muss ich mich erst einmal gewöhnen! Mir fällt vor Schreck fast der Schnellhefter aus den Händen.

Sie trägt wieder etwas kurzes Blaues aus der Beate-Uhse-Kollektion, sodass ich mir nicht sicher bin, ob es Unterwäsche oder tatsächlich ein Minikleid sein soll. So eine Lehrerin hätte ich als Schüler aber auch gern mal gehabt.

»Hallo«, sage ich und versuche, mein bestes Timo-Lächeln aufzusetzen.

Frau Penner kommt auf mich zu und schüttelt mir herzlich die Hand.

»Na, da kommen Sie mal mit, damit ich Ihnen Ihre Kolleginnen vorstellen kann. Anne, hast du mal kurz die Anwesenheitslisten für Herrn Seidel? Aus der 1a und 2a?«

Die Sekretärin deutet auf einen Stapel Papiere, und Frau Penner entnimmt sich zwei Blätter.

»Das ist übrigens Anne Wolters. Unsere Sekretärin und gute Fee für alles. Ohne sie würde der ganze Laden zusammenbrechen!« Sie überreicht mir die beiden Blätter. »Also, das hier sind die Anwesenheitslisten. Die müssen Sie von den Schülerinnen und Schülern jede Stunde abzeichnen lassen. Können Sie einfach herumgeben. So, dann mal los ins Lehrerzimmer.«

Frau Penner eilt voran. Ihre Absätze klackern auf den Steinfliesen. Am Ende des Gangs befindet sich auf der rechten Seite das Lehrerzimmer. Frau Penner reißt die Tür auf und brüllt ihren Kolleginnen ein enthusiastisches »Olé!« entgegen. Dabei macht sie eine Geste wie ein Stierkämpfer. Ich möchte echt gern wissen, was die raucht!

»Hier ist er!«, brüllt sie und streckt beide Arme in meine Richtung aus. In etwa so wie Kermit der Frosch, wenn er frenetisch *Applaus! Applaus!* brüllt.

Im Lehrerzimmer lassen fünf Kolleginnen alles abrupt stehen und liegen. Der Bruchteil einer Sekunde vergeht, in dem sie mich mustern. Dann brüllt die Erste von ihnen »Timo!« und kommt auf mich zugerannt. Mit offenen Armen wohlgemerkt. Sie ist Mitte 40, und bevor ich mich versehe – Klatsch! – klebt ihr Körper an meinem, und sie umarmt mich innig. So, als wären wir verlorene Geschwister, die sich nach dreißig Jahren wiedersehen. Sehr befremdlich!

»Ich bin die Helga«, ruft sie so laut, dass mir fast das Trommelfell platzt. Ach, sieh an, das fleißige Vögelchen! Na, die kenne ich tatsächlich schon.

Nun kommen auch die anderen vier Frauen auf mich zu. Zum Glück ohne weitere Umarmungen. Dafür ist ihre Begrüßung nicht minder laut.

»Ich bin die Anneliese«, sagt die Zweite und schüttelt mir im

Schleudergang die Hand. Auf, ab, auf, ab, auf, ab. »Schön, dass du hier bist.«

Es ist merkwürdig, von Wildfremden einfach geduzt zu werden. Zumal fast alle meine Mütter sein könnten. Ich finde, Anneliese sieht meiner Mutter sogar sehr ähnlich.

»Ich bin die Philomena«, sagt die Dritte im Bunde. Oh, mit der werde ich mich bestimmt blendend verstehen – bei dem Namen!

Erneut stürmisches Händeschütteln. Auf, ab, auf, ab, auf, ab ... und so schön ruckartig. Wie ein Bulldozer bearbeitet die gute Philomena mich.

»Hallo, Timo. Ich bin die Ingrid«, sagt die Vierte. Händeschütteln! Auf, ab, auf, ab, auf, ab. »Dir wird's bestimmt bei uns gefallen!«

»Haben wir uns nicht schon beim Vorstellungsgespräch kurz gesehen?«, frage ich sie. Ich kann mich an ihr Gesicht erinnern.

»Ja, ja, genau«, kreischt sie. »Ja, ja, da haben wir uns gesehen. Ach, wir sind ja alle so froh, dass du bei uns anfängst.«

Warum brüllen die alle so? Hat Frau Penner vergessen zu erwähnen, dass das gesamte Kollegium nicht nur weiblich, sondern auch schwerhörig ist?

Dann kommt schließlich die Fünfte im Bunde auf mich zu und legt ihre Hand in meine. Wie einen kalten Fisch. Anstatt meine Hand zu schütteln, überlässt sie mir die ganze Arbeit. Nun werfe ich also den Schleudergang an. Ich bin ja lernfähig! Auf, ab, auf, ab, auf, ab.

»Barbara Sorgatz«, sagt sie, während ich schleudere. Kein Lächeln! Na, da freut sich aber eine, mich zu sehen. Sie ist auch die Einzige, die ihren Vor- und Zunamen nennt.

»Seidel«, sage ich in bester James-Bond-Manier. »Timo Seidel.«

Bevor ich mich versehe, verstricken die anderen mich in Gespräche. Über die Ferien, über die Schüler und über das Lehrer-Dasein im Allgemeinen. Irgendwie kommt es allerdings nicht zur Sprache, dass ich gar kein Lehrer bin. Das macht mich schon etwas stutzig, denn sie behandeln mich wie ihresgleichen, sodass ich mir wie eine Art Hochstapler vorkomme. Ich will mich hier aber nicht als irgendwas ausgeben, was ich gar nicht bin.

Deshalb sage ich, als ich der Meinung bin, dass es gerade gut passt: »Ich bin übrigens eigentlich gar kein Lehrer!«

»Ja, das ist doch nicht schlimm«, sagt Ingrid. »Frau Penner hat gesagt, dass du zweisprachig aufgewachsen bist.«

Das scheinen wieder alle sehr beeindruckend zu finden.

»Das ist doch toll!«, sagt Anneliese.

Ich bin überrascht, wie unkompliziert alles verläuft. Hoffentlich ist das gleich im Klassenzimmer auch so.

Ein paar Bedenken kommen mir, als Barbara sagt: »Ich hoffe, sie haben dir gesagt, worauf du dich hier eingelassen hast!«

Ingrid und Anneliese schauen sie schräg von der Seite an.

»Wieso?«, frage ich skeptisch.

»Das ist hier schon etwas anderes als eine normale Schule. Alle unsere Schüler haben keinen Schulabschluss. Und das merkt man auch.«

Aha!

Anneliese mischt sich schnell ein: »Lass Timo sich doch seine eigene Meinung bilden. Er unterrichtet ja zum ersten Mal.«

»Umso schlimmer«, sagt Barbara, ohne mich anzusehen.

Ingrid zeigt mir noch kurz, wie der Kopierer funktioniert, und bevor ich mich versehe, ist es schon 17:15 Uhr und somit Zeit, in meine Klasse zu gehen. Als erstes habe ich die 2a.

»Wo muss ich überhaupt hin?«, frage ich etwas hilflos, als alle anderen ihre Taschen packen und fröhlich *Auf geht's!* brüllen.

»In welcher Klasse bist du denn?«, fragt Philomena.

»2a.«

»Die sind im zweiten Stock. Raum 207. Du kannst mit Ingrid gehen, die muss auch nach oben.«

Ich drehe mich suchend um. Ingrid ist allerdings nirgends zu sehen. Tolle Wolle!

»Ich glaube, die ist schon weg«, sagt Philomena.

Ach, was!

»Ja, ich glaube auch«, sage ich, als ich zur Tür eile, dabei fast über Barbaras Tasche stolpere und hoffe, nicht allzu panisch auszusehen.

Zum Glück sehe ich Ingrid am Ende des Flurs vor den Treppen.

»Ingrid!«, rufe ich ihr zu. »Warte mal! Kannst du mich mitnehmen?«

Ingrid bleibt stehen und dreht sich um.

»Klar doch«, sagt sie. »Wo musst du denn hin?«

»207«, sage ich, als ich ebenfalls an den Treppen ankomme.

»Na, dann mal auf in ein neues Semester, was? Am Anfang sind die Klassen immer ziemlich voll, aber das legt sich nach ein bis zwei Wochen. Dann pendeln wir uns bei circa zwanzig Schülerinnen und Schülern pro Klasse ein.«

Mir fällt auf, dass Ingrid immer die weibliche und männliche Form gleichzeitig benutzt. Schülerinnen und Schüler. So wie Frau Penner. Wahrscheinlich ist das eine Begleiterscheinung, wenn man in einem reinen Frauenbetrieb arbeitet. Beziehungsweise in der Östrogenschule, wie Frau Penner sie beim Einstellungsgespräch genannt hat.

»Da sind wir! Na, dann wünsche ich dir viel Spaß!«, sagt Ingrid.

»Danke.« Ich gehe absichtlich etwas langsamer, weil mir kurz schummrig wird. Ingrid öffnet die Tür zu ihrem Klassenzimmer, woraufhin lautes Gejohle in den Flur dringt. Dann verschwindet sie. Die Tür schließt sich, und das Gejohle ist nicht mehr zu hören.

Die Tür zu Raum 207 ist ebenfalls geschlossen, aber jetzt, wo ich so dicht davorstehe, höre ich von drinnen ebenfalls lautes Getöse. Ich schnappe nur ein paar Wortfetzen auf, die die Schüler in der Klasse herumbrüllen. *Du Wichser! Hau ab, du Spasti!*

Ich versuche, mich an Andreas Worte zu erinnern, mit der ich gestern noch telefoniert habe – in der Hoffnung, sie könne mir ein paar universelle Tipps geben. Die ultimativen Dos und Dont's des Lehrer-Daseins sozusagen. Stattdessen kam Andrea nur mit einem *Versuch einfach, du selbst zu sein!* um die Ecke. Mal abgesehen davon, dass mir so ein philosophischer Kram hier erst mal gar nicht weiterhilft, bleibt auch die Frage zu klären, ob das bei mir wirklich eine so gute Idee ist.

Nachdem ich nicht lockergelassen habe, kam Andrea dann wenigstens doch noch mit etwas Brauchbarem heraus: *Sei am Anfang etwas strenger. Die Zügel kannst du nachher immer noch lockern. Wenn du aber direkt am Anfang einen auf Kumpel machst, werden sie dich nie ernst nehmen.*

Okay, also lasse ich hier erst mal den Terminator raushängen und mache alle platt!

Tief durchatmen. Ich öffne die Tür und – was sehe ich? *Apocalypse Now.* Ohrenbetäubender Lärm, Grüppchen sitzen zusammen und schnattern, viele rennen durch die Klasse, einer steht auf dem Tisch und trommelt sich wie King Kong auf die Brust.

Ich bin begeistert, versuche mir jedoch nichts anmerken zu lassen, als ich langsam in Richtung Lehrerpult gehe, das auf der anderen Seite des Raums steht. Einem Papierflugzeug weiche ich ebenfalls gekonnt aus.

Mit jedem Schritt wird es graduell stiller.

»Das ist er bestimmt!«, höre ich jemand sagen.

Und: »Ist er das?«

Als ich am Pult ankomme, haben noch nicht alle Platz genommen. Daher warte ich und schaue mir die Bande mit möglichst autoritärem Gesichtsausdruck an. Die meisten sind etwas jünger als ich. Einige, schätze ich, gleich alt.

So langsam verstummen auch die letzten Gespräche. Diejenigen, die es noch nicht gemerkt haben, werden von ihrem Sitznachbarn angestupst und ermahnt, ruhig zu sein. Circa dreißig Augenpaare starren mich an! Voller Erwartung.

Ich starre zurück.

»Hallo«, sage ich schließlich. »Ich bin Timo Seidel ... und Ihr neuer Englischlehrer für das kommende Halbjahr.«

Fast hätte ich nach *Ich bin Timo Seidel* gesagt: *Willkommen beim ProTrend-Kundenservice. Wie kann ich Ihnen weiterhelfen?*

Einige wenige sagen ebenfalls *Hallo,* und ein Schlaumeier sagt *Hallo, Timo.* Die meisten starren mich allerdings nur an. Viele skeptische Blicke! Ich hätte als Schüler bestimmt nicht anders geguckt.

Ich blicke zurück in die Runde.

Die wiederum schauen alle mich an!

Alle!

Kein Einziger, der aus dem Fenster guckt oder sich mit dem Sitznachbarn unterhält. Alle sind gespannt, was ich als Nächstes sage.

Mmh, ja, was wollte ich denn noch mal als Nächstes sagen? Na, großartig. Mein erster Blackout!

Was war das noch mal? Dass sie das Buch kaufen müssen? Die dämliche Anwesenheitsliste muss ich ja auch noch herumreichen. Etwas zu den bevorstehenden Vokabeltests sagen? Die Kopien verteilen?

Die Blicke werden immer erwartungsvoller. Manche schauen schon ganz irritiert.

Früher war ich immer einer dieser Schüler, die selbstgefällig in der letzten Reihe saßen und auf Anweisungen gewartet haben. Aber jetzt? Jetzt muss ich hier irgendwelche Anweisungen geben, denn das macht ein Lehrer nun mal so. Und das bin ich ja jetzt. Ein Lehrer.

Wenn ich jetzt sagen würde *Bitte nehmen Sie ein Blatt Papier heraus*, würden sie vermutlich ein Blatt Papier herausnehmen. Wenn ich nun irgendwelche Vokabeln an die Tafel schreibe, würden sie die vermutlich abschreiben. Wenn ich sage *Wir bilden jetzt einen Stuhlkreis*, würden vermutlich alle aufstehen und ihre Stühle in einem Kreis ausrichten. He he, ich muss automatisch schmunzeln, denn ich frage mich unweigerlich: Wie weit kann man da wohl gehen?

Ob die sich wohl auch alle an den Händen nehmen und *Oh Happy Day* singen würden, wenn ich sie darum bitte? So wie bei *Sister Act*?

Ja, dann stehen Sie doch mal auf, tanzen wie ein Pferd, schwingen ein Lasso und singen dabei Gangnam Style. He he, wäre das nicht witzig?

Auf einmal stehen drei Schülerinnen in der ersten Reihe auf. Was soll das denn werden? Die Linke der drei fängt an zu tanzen wie ein Pferd. In der zweiten Reihe stehen ebenfalls Schüler auf und singen: »Oppan Gangnam style, op, op, op, oppan Gangnam style, eh sexy lady …«

Ach, du Scheiße! Habe ich das etwa laut gedacht?

Irritiert, ein bisschen ängstlich, aber auch fasziniert schaue ich auf die Gruppe von jungen Erwachsenen, die vor mir versuchen, wie Psy in seinem Gangnam-Style-Video zu tanzen. Manche machen das sogar richtig gut. Andere bleiben demonstrativ sitzen, was ich ihnen nicht verübeln kann. Als Schüler wäre ich ganz bestimmt nicht aufgestanden.

Nur: Wie komme ich aus der Nummer jetzt wieder raus? Ich muss mir schnell etwas überlegen.

In dem Moment allerdings geht die Tür auf, und Frau Penner kommt herein. Na bravo! Verdutzt starrt sie auf die Schüler, die immer noch wie Pferde tanzen.

Frau Penner geht um die springenden Schüler herum und stimmt mit ein: »Hey, sexy lady!«

Schnell versuche ich, dem ein Ende zu setzen.

»Mmh, das war schon mal toll«, rufe ich verlegen in die Menge. »Sie können sich jetzt wieder setzen.«

»Wie spaßig! Was machen Sie denn?«, fragt Frau Penner amüsiert.

»Nur eine kleine Entspannungsübung«, murmele ich.

»Wie kreativ!«, sagt Frau Penner entzückt. »Waren Sie auf der Waldorfschule?«

Wahrscheinlich gehört sie zu den Menschen, die einfach alles toll finden. Ich könnte hier mit den Schülern auch Spargel schälen, und sie fände das wahrscheinlich pädagogisch wertvoll.

»Ich sehe, Sie haben Ihren neuen Englischlehrer schon kennengelernt«, sagt Frau Penner und wendet sich der Klasse zu. Inzwischen haben sich alle wieder gesetzt. Ein Scherzkeks summt allerdings noch »Gangnam style«.

»Das hier ist Herr Seidel, und wir sind so froh, dass er uns dieses Semester unter die Arme greift«, fährt Frau Penner fort. »Besser hätten wir es gar nicht treffen können, denn Herr Seidel ist halber Amerikaner. Ist das nicht toll?«

Frau Penner blickt enthusiastisch in die Runde, und ein paar Schüler schauen tatsächlich interessiert zurück, jedoch scheint sie die Einzige zu sein, deren Körper gerade Glückshormone ausschüttet.

»Na, dann will ich Sie jetzt mal allein lassen. Machen Sie mir keine Schande! Das ist Herr Seidels erster Tag an unserer Abendschule. Da wollen wir doch einen guten Eindruck machen, nicht wahr?«

Genauso schnell wie Frau Penner in die Klasse gestürmt ist, verschwindet sie auch wieder.

Dreißig Augenpaare blicken mich wieder erwartungsvoll an.

»Und was jetzt?«, fragt einer der beiden Schüler aus der letzten Reihe. »Singen wir jetzt *Despacito*?«

Die Klasse lacht.

Ich erinnere mich an Andreas Worte: *Sei am Anfang etwas strenger. Die Zügel kannst du nachher immer noch locker lassen.*

Also auf Terminator-Modus schalten!

Meine Stimme wird schlagartig lauter: »Gut, meine Damen und Herren. Dann mache ich Sie erst einmal mit den Regeln in meinem Kurs vertraut. Wir werden künftig mit folgendem Buch arbeiten«, sage ich und drehe mich zur Tafel herum. Dort schreibe ich Titel und Autoren des *Headway*-Buchs sowie die ISBN an.

»Das Buch haben wir schon!«, motzen einige, während andere wiederum in die Klasse rufen: »Die Neuen haben das aber noch nicht!«

Ich warte, bis es wieder ruhig geworden ist. Dann fahre ich fort: »Wer das Buch noch nicht besitzt, kauft es sich bis spätestens nächste Woche Montag, dann werden wir damit nämlich arbeiten. Diese Woche bekommen Sie noch Fotokopien von mir. Heute teile ich Ihnen erst einmal Arbeitsblätter mit Basisvokabular aus, das Sie bis Donnerstag lernen. Da werden wir den ersten Vokabeltest schreiben.«

Ein Stöhnen geht durch den Raum. Das böse V-Wort!

»Och, nee!«, stöhnen einige.

»Och, doch!«, äffe ich deren Tonfall nach. »Vokabeln sind das A und O beim Lernen einer Fremdsprache. Sogar noch wichtiger als Grammatik«, höre ich mich autoritär daherreden. »Ich gebe Ihnen mal folgenden Beispielsatz, in dem die Grammatik stimmt. *Der Dingens kommt in den Dingens und dingenst den Dingens.*«

Die meisten lachen.

»Die Grammatik stimmt in diesem Satz zwar, aber dennoch weiß keiner, wovon ich gerade geredet habe. Es könnte sogar etwas total Versautes gewesen sein!« Wieder schmunzeln einige. »Wenn ich nun aber die richtigen Vokabeln nehme, kann man den Satz auch noch mit falscher Grammatik verstehen: *Horst hineingehen Klassenzimmer und Stift aufheben.* Dann wissen Sie: Es war doch nichts Versautes! Deshalb ist es wichtig, dass Sie Vokabeln lernen, denn ohne Grundvokabular werden Sie nichts verstehen und werden auch nicht verstanden.« Ist gar nicht so schwer, einen auf wichtig zu machen und klug rumzuscheißen, denke ich mir. »Und damit wir nicht noch mehr Zeit verlieren, fangen wir auch direkt an.«

Ich stehe auf und beginne, die von mir angefertigte Vokabelliste und dazugehörige Arbeitsblätter auszuteilen.

»Ich habe hier für Sie eine Liste mit den Vokabeln für nächste Woche vorbereitet. Die Vokabeln sind nach Themenbereichen sortiert. Zu jedem Thema finden Sie auf diesen Blättern eine gesonderte Aufgabe, die Sie jetzt einmal versuchen, einzeln zu bearbeiten.«

Nachdem ich alle Blätter verteilt und mich vergewissert habe, dass auch alle wirklich beginnen zu arbeiten, setze ich mich an das Lehrerpult, um schon mal einen Blick auf die Namen der Schüler zu werfen. Zum Glück bin ich durch meine Arbeit bei ProTrend schon mit der Aussprache der exotischsten Vor- und Nachnamen vertraut.

Plötzlich sehe ich, wie sich ein Schüler in der zweiten Reihe intensiv mit seinem Handy beschäftigt. Das Gerät liegt offen auf dem Tisch neben seinen Arbeitsblättern, während er seelenruhig eine Nachricht tippt. Ich verlasse meinen Platz, gehe in seine Richtung und baue mich demonstrativ vor seinem Tisch auf. Einige der in der Nähe sitzenden Schüler haben ihre Arbeit bereits unterbrochen, um zu sehen, was los ist. Der besagte Schüler jedoch lässt sich nicht ablenken und tippt in Ruhe seine Nachricht zu Ende. Als er fertig ist, schaut er zu mir hoch und ... lächelt mich an.

»Alles klar?«, fragt er. Das Handy liegt nach wie vor sichtbar auf seinem Tisch.

Es kommt nicht oft vor, dass ich sprachlos bin, doch angesichts solcher Insolenz hat es selbst mir die Sprache verschlagen. Einige Sekunden vergehen, ohne dass ich weiß, was ich angesichts dieser Dreistigkeit sagen soll. Andererseits sieht der Schüler mich mit solch einer Selbstverständlichkeit an, dass ich kurz überlege, ob die Benutzung von Handys im Unterricht inzwischen möglicherweise schon erlaubt ist. Meine Schulzeit ist ja doch schon einige Jahre her. Wer weiß, wie es heutzutage an deutschen Schulen aussieht. Vielleicht werden Hausaufgaben da ja bereits am Handy erledigt, und dies ist landläufig akzeptiert?

In|so|lenz *f.; Gen. -; Pl. -en;* bildungssprachlich für Dreistigkeit

»Ist was?«, fragt er schließlich. Seine Stimme klingt jetzt bereits ein wenig höher. Etwas ratlos schaut er zunächst mich und dann die um ihn herumsitzenden Schüler an, die das Szenario gespannt beobachten. Ich bin mir nicht einmal sicher, ob er tatsächlich weiß, weshalb ich vor ihm stehe. Seine Sitznachbarin hilft ihm auf die Sprünge und deutet auf sein Handy.

»Ach so«, sagt er schließlich. »Ich hab nur schnell 'ne Nachricht geschrieben.«

Mein Blick ist immer noch auf ihn gerichtet. Ohne dass ich mich in der Klasse umsehe, merke ich, dass inzwischen alle in der Klasse aufgehört haben zu arbeiten und uns beobachten. Alle sind gespannt darauf, wie ich reagieren werde.

»Raus!«, sage ich schließlich in bestimmendem Tonfall.

»Ey was? Ich hab doch nur kurz 'ne Nachricht geschrieben.«

Ich antworte nicht, sondern blicke ihn weiter eindringlich an. Er packt sein Handy in seine Hosentasche – ohne es auszustellen, wohlgemerkt.

»So, jetzt hab ich's weggetan«, sagt er und schaut mich genauso eindringlich an wie ich ihn.

»Raus!«, wiederhole ich. »Und ich werde es kein drittes Mal sagen.«

»Oh Mann!« Beleidigt nimmt er seine Arbeitsblätter, seinen Stift, seine Jacke, seinen Rucksack und verlässt den Klassenraum. Selbstverständlich nicht, ohne vorher noch die Tür heftig zuzuknallen.

»Have a nice day!«, sage ich noch. Ist ja schließlich Englischunterricht!

Einige Schüler lächeln mir zu. Keine Ahnung, ob sie mit mir sympathisieren oder sich auch einfach nur einschleimen wollen.

Nach einigen Sekunden beschäftigen sich die meisten wieder mit ihren Arbeitsblättern. Spätestens jetzt haben sie mich hoffentlich als neues Alphamännchen akzeptiert.

Äußerst zufrieden schaue ich mir die kleinen emsigen Bienchen an. Nach wenigen Minuten sind alle wieder in ihre Arbeit vertieft. Ab und an linsen sie zum Nachbarn, wie der oder die es macht, aber insgesamt ist es ruhig, und der Großteil arbeitet konzentriert.

Mission Impossible erfüllt, denke ich mir.

Aber Moment mal, was ist das? In der letzten Reihe hat eine Schülerin ihren Stift hingelegt und schaut mich erwartungsvoll an. Was wird das? Arbeitsverweigerung? So eine Frechheit!

Ich stehe auf und gehe zu ihr hin: »Wieso arbeiten Sie nicht?«, frage ich sie.

»Ich bin fertig.« Stolz sieht sie mich an.

Wie fertig? Ich nehme ihr Blatt in die Hand. Das gibt es ja nicht! Sie hat tatsächlich alle Aufgaben bearbeitet. Und soweit ich es überblicken kann, ist sogar alles richtig! Ich dachte, dass die Klasse für diese Arbeitsblätter mindestens eine halbe Stunde benötigt – oder sogar noch länger. Ich möchte ihr gerade sagen, dass sie dann schon mal die Rückseite des Blattes bearbeiten soll, als ich sehe, dass sie die auch bereits ausgefüllt hat.

Bei einem Blick auf das Blatt des Nachbarn sehe ich, dass der gerade mal die erste Aufgabe geschafft hat.

Wieso können die nicht alle gleichzeitig fertig werden?

Und vor allem: Es sind gerade mal zwanzig Minuten um. Was soll ich jetzt mit der Schülerin machen?

Ich sage ihr, sie solle sich kurz gedulden, und hoffe, dass mir in den nächsten Minuten eine zündende Idee kommt, wie ich diejenigen, die bereits fertig sind, beschäftigen kann.

Immer mehr Schüler legen den Stift hin und scheinen das Arbeitsblatt zu Ende bearbeitet zu haben.

»Öhm«, sage ich, »dann tauschen diejenigen, die bereits fertig sind, mit einem anderen Schüler die Blätter, und Sie schauen, ob Sie Fehler entdecken.«

Die Schüler tun, was ich ihnen gesagt habe, und ich setze mich erschöpft auf meinen Lehrerstuhl. Das sollte erst einmal etwas Zeit schinden.

»Und schauen Sie gründlich nach«, füge ich noch hinzu.

Was für ein Glück, dass mir das noch eingefallen ist! Peer-Correcting heißt die Grütze und schien gerade im Trend gewesen zu sein, als ich in die zehnte Klasse ging. Damals wurden wir urplötzlich von allen Lehrern angehalten, gegenseitig unsere Hausaufgaben zu besprechen. Eine riesen Zeitverschwendung!

Leider wird die verbleibende Stunde nicht entspannter für mich. Der Großteil der Schüler ist mit allen Aufgaben sehr viel schneller fertig, als ich kalkuliert habe. Zum Glück habe ich vorhin bereits die Arbeitsblätter für Donnerstag kopiert, die ich nun ebenfalls in Umlauf bringe.

Schweißgebadet sauge ich mir in den kommenden sechzig Minuten ein zeitschindendes Ablenkungsmanöver nach dem anderen aus den Fingern, bis es endlich gongt.

»Und? Wie war's?«, fragt Ingrid gespannt.

»Ganz gut«, sage ich.

»Na, siehst du! Hab ich dir doch gesagt.«

Als Nächstes kommen Barbara, Anneliese und Frau Penner ins Lehrerzimmer.

»Na, meine Damen, wie war die erste Stunde?«, fragt Frau Penner in die Runde.

Ich räuspere mich.

»Ach ja, meine Damen und mein Herr«, verbessert sie sich hysterisch kichernd. »Wie war es denn bei Ihnen?«

»Gut«, antworte ich.

»Ja, Herr Seidel hat direkt ganz kreativ angefangen und mit den Schülerinnen und Schülern rhythmische Gymnastik gemacht. Ist das nicht innovativ? Genau das, was wir hier brauchen«, verkündet Frau Penner stolz.

»Du hast was?«, fragt Barbara entsetzt. »Und die haben mitgemacht?«

»Alle!«, berichtet Frau Penner enthusiastisch. »Sie haben sogar dazu gesungen. Ganz, ganz toll!«

Mich wundert es nur geringfügig, dass Frau Penner es für Gymnastik hält, wenn eine Gruppe Erwachsener sich wie Pferde bewegt und mit einem imaginären Lasso schwingt.

»Also, dann! Ich muss zurück ins Sekretariat. Ich wollte nur kurz fragen, wie es gelaufen ist. Cheerio!«

Schwupp! Weg ist sie. Erstaunlich, was sie immer für schrille und laute Gastauftritte hinlegt!

Helga und Philomena kommen als Nächste ins Lehrerzimmer.

»Und?«, fragen sie synchron und schauen mich erwartungsvoll an.

»Gut war es«, antworte ich.

»Super!«

»Frau Penner war auch ganz begeistert von unserem Timo!«, sagt Barbara mit übertriebener Begeisterung. »Offensichtlich gab es eine gratis Eurythmie-Stunde.«

»Ist doch super«, sagt Helga erneut.

»In der nächsten Stunde tanzen sie wahrscheinlich ihren Namen zusammen. Ist das nicht toll?«, äfft Barbara Frau Penners enthusiastische Art nach.

Aha! Verschärfter Zickenalarm!

»Wie war's bei dir?«, fragt Helga nun Barbara, vermutlich in der Hoffnung, das Thema wechseln zu können.

»Wie schön, dass ich wieder die Arschloch-Klasse behalten habe«, beschwert sie sich lauthals.

»Wen meinst du?«, fragt Ingrid.

»Die 4a natürlich!«

»Wieso? Die sind doch ganz nett.«

»Ja, wenn du meinst! Ich finde, da sind nur Idioten drin. Keine Ahnung, wie irgendwer von denen die ZP10 schaffen soll. Zu blöd, um was von der Tafel abzuschreiben!«

Spätestens jetzt ist es offensichtlich, dass es sich bei Barbara um ein Exemplar der weitverbreiteten Spezies der Krawall-Karola handelt.

Kra|wall-|Ka|ro|la *f.; Gen. -; Pl. -letten;* jegliches Wesen weiblichen oder männlichen Geschlechts, welches zu Tumulten oder erregtem Treiben neigt

Seitdem ich hier bin, hat Barbara sich schon über alles und jeden beschwert. Der Stundenplan ist blöd konzipiert, im Kopierer fehlt schon wieder Papier, der Neue hat nicht mal studiert, im Lehrerzimmer ist es zu stickig, und in der 4a sitzen nur Idioten.

Da in der 1a nur neue Schüler sitzen, gehe ich davon aus, dass es dort ein wenig ruhiger ist. Schließlich kennen die sich untereinander ja noch nicht.

Fehlanzeige! Als ich die Klasse betrete, ist ähnliches Treiben wie im vorherigen Kurs zu beobachten. Die haben sich ja schnell verbündet, denke ich mir, als ich zum Lehrerpult gehe und vor Schreck fast aus der Haut springe! Ich kann nicht fassen, wer dort in der ersten Reihe sitzt.

»Stefanie?«, brülle ich überrascht.

In der ersten Reihe, direkt vor dem Lehrerpult, sitzt tatsächlich Stasi-Stefanie. Ich fasse es ja nicht. Hat die Verrückte mich etwa bis hierher verfolgt? Die macht aber auch vor nichts halt!

Doch sie scheint genauso entgeistert zu sein wie ich: »Timo?«

Zum Glück ist es noch relativ laut in der Klasse, sodass die meisten von unserem Dialog nichts merken. Ich beuge mich zu ihr vor.

»Was machst *du* denn hier?«, frage ich sie möglichst leise.

»*Ich?* Was machst *du* hier?«

»Ich bin der neue Englischlehrer.«

»Du bist was?«, fragt Stasi-Stefanie entsetzt. »Seit wann das denn?«

»Seit heute. Aber was machst du denn bitte hier?«

»Na, was schon? Ich will hier zur Schule gehen.«

Ernsthaft? Stasi-Stefanie hat keinen Schulabschluss? Nicht mal einen Hauptschulabschluss? Wie kann so was denn passieren?

»Wir unterhalten uns später«, sage ich.

Wir haben vermutlich beide denselben irritierten Gesichtsausdruck.

Mittlerweile bin ich allerdings schon Vollprofi und stelle mich demonstrativ vor die Klasse, um meine Vorstellung zu beginnen: »Guten Abend, meine Damen und Herren! Mein Name ist Timo Seidel, und ich bin Ihr Englischlehrer.«

Ich drehe mich um, um wieder die ISBN des Englischbuchs an die Tafel zu schreiben. Daran könnte ich mich gewöhnen.

Stasi-Stefanie und ich warten, bis alle das Klassenzimmer verlassen haben.

»Wie krass ist das denn?«, sagt sie. »Du bist tatsächlich mein Englischlehrer!«

»Tja, ich kann's auch kaum glauben.«

»Wie bist du denn an den Job gekommen?«

»Durch Zufall. Beziehungen. Glück«, stammle ich.

Am liebsten würde ich sie fragen, wie es kommt, dass sie keinen Schulabschluss hat. Aber irgendwie möchte ich nicht zu neugierig sein. Auch wenn sie damit bekanntlich ja keine Probleme hat.

»Fährst du jetzt auch nach Hause?«, fragt sie.

»Jo«, sage ich.

»Soll ich dich mitnehmen?«

Selbstverständlich weiß sie, dass ich meinen BMW verkauft habe. Bei uns im Haus kann nicht mal eine Fliege furzen, ohne dass Stasi-Stefanie darüber Buch führt.

»Ich bin mit dem Fahrrad«, sage ich.

»Ach so. Okay. Wann sehen wir uns denn wieder?«

»Ich glaube, Donnerstag habt ihr wieder Englisch, oder?«

Stasi-Stefanie schaut auf ihren Stundenplan, der in ihrem Collegeblock klebt.

»Stimmt.«

Wir verabschieden uns, und ich packe meine restlichen Unterlagen zusammen.

Draußen angekommen bin ich heilfroh, dass mein Fahrrad nicht geklaut wurde. Das ist zwar mit einem dicken Schloss an einem Laternenmast festgekettet, aber das hat ja nichts zu sagen. Als Teenager sind mir drei Fahrräder geklaut worden.

Es ist angenehm warm draußen und noch nicht ganz dunkel. Richtig schön ist es.

Ich bin total aufgedreht!

Meinen ersten Schultag habe ich hinter mich gebracht! Und es gab keine Hysterieanfälle, Aufstände, Demonstrationen oder sonstige Zwischenfälle. Richtig stolz bin ich und hole das Handy aus meiner Hosentasche.

Instinktiv wähle ich Cleos Nummer. Moment mal! Nachher kommt sie noch auf falsche Gedanken, wenn ich sie jetzt anrufe. Schnell drücke ich die rote Taste, um das Anwählen der Nummer zu verhindern.

Früher hätte ich mit ihr als Erstes solche Neuigkeiten geteilt. Und nun? Wen rufe ich nun an? Amadeus? Nein, das ist nicht dasselbe. Andrea? Weil sie mir den Job verschafft hat? Die ist wahrscheinlich selbst noch in der Schule oder fährt gerade von Leverkusen zurück nach Köln.

Ach, was soll's! Ich wähle Cleos Nummer.

Offizieller Klugscheißer-Tag Nr. 4
(formerly known as chapter 13)

Es klingelt an der Tür. Mist! Ich bin sowieso schon zu spät dran. Wahrscheinlich ist es sowieso nur ein Paketzusteller, der für irgendwen irgendwas abgeben will. Seitdem die mitgekriegt haben, dass ich tagsüber zu Hause bin, kann ich bald eine eigene Paketstation eröffnen.

Ich renne in T-Shirt, Unterhose und Socken durchs Wohnzimmer zum Flur, drücke auf den Knopf an der Sprechanlage und reiße die Tür auf.

Ah! Schreck! Stasi-Stefanie steht vor mir.

»Soll ich dich im Auto mitnehmen?«, fragt sie gut gelaunt. »Dann brauchst du nicht mit dem Fahrrad zu fahren.«

Was ist denn mit der los?

Vermutlich sollte ich ablehnen, aber draußen sieht es sehr nach Regen aus, obwohl es Mitte August ist. Bevor ich nachher tropfnass in der Klasse stehe, als wäre ich dort hingeschwommen, sage ich: »Okay. Ich bin aber noch nicht ganz fertig.«

»Kein Problem. Kann ich reinkommen?«

Logo… Dann komm mal rein, Schnüffelnase!

»Klar«, sage ich. Soll sie ruhig sehen, was hier für ein Chaos herrscht. Ein Singlehaushalt darf so aussehen!

»Hier ist's aber leer«, sagt sie, als sie das Wohnzimmer betritt.

Ich verschwinde ins Schlafzimmer, um mir eine Hose anzuziehen. »Ja, Cleo hat das meiste mitgenommen.«

»Wieso habt ihr euch denn getrennt?«

»Ich hab sie rausgeworfen«, sage ich, während ich in eine Diesel-Jeans springe.

»Wieso denn?«

Meine Güte! Die ist hartnäckig. »Das geht dich nichts an«, sage ich.

»Ist das unser Vokabeltest?«, kreischt Stefanie auf einmal, als sie meine Unterlagen auf dem Wohnzimmertisch entdeckt.

Ich komme ihr zuvor: »Hände weg, Miss Marple!«

»Ich hoffe, ich hab genug gelernt«, sagt sie. »Bin ganz schön nervös.«

»Wieso? Wegen so eines blöden Vokabeltests?«

»Klar! Waren ja ganz schön viele Vokabeln, und ich will gut abschneiden. Sonst erzählst du es bestimmt direkt im Haus rum.«

»Nee, Stefanie. Ich bin ja nicht du!«

Ich lege den Vokabeltest und mein Buch in eine Klemmmappe.

»Nenn mich doch Steffi«, bietet sie mir an.

»Okay. Aber, sag mal, wie machen wir das gleich in der Klasse? Soll ich dich als einzige duzen? Ist ja auch blöd, oder?«

Steffi zuckt mit den Schultern.

»Würde es dir was ausmachen, wenn ich dich Frau Bauer nenne?«

»Kein Problem, Herr Seidel!«

Wir lachen.

Mein Leben wird immer mehr wie das von James Bond. Jetzt bin ich nicht nur staatlich beauftragter Klugscheißer, sondern habe auch noch meinen privaten Spion in die Kompanie des Feindes infiltriert. Auf dem Rückweg kann ich sie dann gleich mal fragen, was die anderen über mich sagen. Wie praktisch!

Da Steffi immer so direkt ist, frage ich auch einfach mal frank und frei: »Wie kommt es, dass du keinen Schulabschluss hast?«

Sie hält inne. Ich sehe, dass es ihr unangenehm ist.

»Du musst nicht antworten, wenn du nicht willst«, sage ich, auch wenn es mich brennend interessiert.

Im Klassenzimmer herrscht wieder der bereits bekannte Tumult.

»Guten Abend, meine Damen und Herren«, fange ich direkt an, ohne diesmal auf Ruhe zu warten. »Wir beginnen sofort mit dem

Vokabeltest. Es sind keine Hilfsmittel erlaubt. Daher erwarte ich nur einen Stift auf Ihrem Tisch. Keine Mäppchen! Keine Blätter!«

Beim Thema Spicken macht mir keiner etwas vor! Ich habe mich durchs gesamte Abitur gemogelt, ohne auch nur je eine einzige Lateinvokabel gelernt zu haben.

Fast dreißig Erwachsene schauen mich teils verdutzt und teils verärgert an. Ich lasse mich nicht irritieren und beginne, die Vokabeltests auszuteilen.

Ich erwähne erst einmal nicht, dass ich A- und B-Varianten des Tests erstellt habe. Ich weiß es selbst noch zu gut – man muss sich schon gewaltig anstrengen, um *nicht* mitzubekommen, was der Nachbar auf seinen Zettel schreibt.

Als ich fertig ausgeteilt habe, sage ich: »So, Sie können beginnen. Sie haben fünf Minuten Zeit.«

Alle drehen hektisch das Blatt Papier um und beginnen zu schreiben. Außer einer Schülerin mit langen braunen Haaren in der letzten Reihe, die stattdessen innig ihre Wasserflasche betrachtet, die vor ihr auf dem Tisch steht. Erst dann schreibt sie etwas. Sofort danach starrt sie wieder auf ihre Flasche. Och nee, das ist ja drollig! So viel Mühe hat sie sich gegeben?

Ich stehe auf und gehe auf die entsprechende Schülerin zu, die ihre Wasserflasche mit einem unschuldigen Augenaufschlag auf den Boden stellt.

»Könnten Sie mir bitte mal Ihre Flasche reichen?«, fordere ich sie auf.

»Wieso?«

»Weil ich Durst habe!«, sage ich mit sarkastischem Ton.

Sie reicht mir ihre Flasche und schaut mich an wie Bambi, das nachts in den Lichtkegel eines Autoscheinwerfers starrt. Als ich das Etikett unter die Lupe nehme, sehe ich, dass dieses selbst ausgedruckt und aufgeklebt worden ist. Anstatt Nährwertinformationen wie *Natrium 0,24* und so weiter, stehen hier verschiedene Vokabeln und ihre Übersetzung, wie *society = Gesellschaft* oder *capital = Hauptstadt*. Was soll ich jetzt machen? Den Test wegnehmen oder die Wasserflasche? Und wieder einmal klingen mir

Andreas Worte in den Ohren: *Die Zügel kannst du nachher immer noch lockern. Wenn du aber direkt am Anfang einen auf Kumpel machst, werden sie dich nie ernst nehmen.* Also erst einmal zeigen, wer hier der Boss ist.

»Die Zeit, die Sie in das Anfertigen des Etiketts gesteckt haben, hätten Sie lieber dazu genutzt, Vokabeln zu lernen«, sage ich und nehme ihren Test weg. »Der wird selbstverständlich mit Ungenügend bewertet.«

Sie schaut mich geschockt an.

Auch die anderen haben bereits ehrfürchtig von ihrem Test aufgesehen. Ja, schaut nur her, meine kleinen Jedi-Ritter! Yoda meint es ernst!

Das geht ja schon gut los, denke ich mir, als ich sehe, wie ihre Sitznachbarin auf verdächtige Weise einen Stift in ihrer Handinnenfläche zu verstecken versucht. Entweder hat sie Gicht, oder auch sie hat sich irgendetwas zusammengedoktert. Wo bin ich hier gelandet? Bei der Schummel-Weltmeisterschaft?

»Dürfte ich dann bitte auch einmal Ihren Stift sehen?«, fordere ich sie auf.

Sie seufzt schwerfällig und händigt ihn mir aus. Von einem Edding hat sie das Etikett entfernt und sich eins mit selbstklebender Klarsichtfolie gebastelt. Sehr stümperhaft allerdings. Hier steht nämlich *edding 400 – permanent maker*.

»Das heißt *Marker* und nicht *Maker*!«, sage ich, ebenfalls unter Seufzen.

Auf dem Etikett stehen in winzig kleiner Schrift einige der Vokabeln, die bis heute zu lernen waren. Auch ihren Test nehme ich mit. Die Korrektur wird also gar nicht mehr so viel Arbeit machen, wie ich ursprünglich dachte.

Nachdem die restliche Zeit um ist und ich die anderen Tests eingesammelt habe, bricht ein riesiges Gejohle aus.

»Was hieß noch mal Gegensatz?«

»Ich glaube *disappoint*.«

»Nein, Quatsch. *Opposite*, oder?«

»Scheiße, dann hab ich das falsch.«

Gegen den Lärm ist nicht anzukommen.

Eine Schülerin kommt auf mich zu. »Ich habe kurz eine Frage«, sagt sie. »Ist es möglich, dass Sie meinen Test nicht werten?«

»Wieso das denn?«, frage ich verwundert.

»Die letzten Tage waren sehr stressig, und da hatte ich einfach keine Zeit«, sagt sie.

»Weswegen hatten Sie denn keine Zeit?« Ich stelle mich schon auf eine emotionale Antwort ein, dass jemand in der Familie krank geworden ist oder es sonst einen Schicksalsschlag gab.

»Na, wissen Sie, ich habe gerade die *Gilmore Girls* noch mal auf DVD geguckt, die mir eine Freundin ausgeliehen hat, und die wollte ich alle ganz schnell fertig gucken.«

Einen kurzen Moment lang glaube ich ernsthaft, dass sie jetzt sagt: *Ach, Quatsch, war nur Spaß!* Aber da kommt nichts mehr! Sie meint das vollkommen ernst.

»Och, büdde, büdde, Herr Seidel!«, sagt sie und guckt mich mit Dackelblick an. »Beim nächsten Mal lerne ich bestimmt.«

»Na, dann«, sage ich. »Tun Sie das doch. Aber dieser Test wird trotzdem gewertet.«

»Aber ich hab doch nicht gelernt!«

»Ja, das hätten Sie mal tun sollen, anstatt sich irgendeine Fernsehserie anzusehen«, argumentiere ich.

»Och, büdde, Herr Seidel«, fleht sie mich an. Wieder mit intensivem Dackelblick, sodass ich fast schon geneigt bin, ein Auge zuzudrücken.

Die Terminator-Methode hat am Montag auch gut funktioniert. Was würde Arnold Schwarzenegger also tun?

Gut, der würde nur *Hasta la vista* murmeln und das feindliche Objekt durch drei Betonwände katapultieren.

»Nichts da!«, sage ich schließlich. »Aber wir werden ja noch viele weitere Vokabeltests schreiben, und für die können Sie dann ja lernen.«

Dann wende ich mich wieder der Klasse zu und versuche, gegen den Lärm anzukommen.

Der nächste Lärm, der mich erwartet, begegnet mir im Lehrerzimmer. Hier sorgen Anneliese, Helga, Philomena und Ingrid für ähnlich lautes Getöse wie im Klassenzimmer. Ich will mich gerade freuen, dass Barbara heute gar nicht in der Schule ist, denn auf das Gemecker kann ich persönlich gern verzichten, da wird die Tür mit Wucht aufgerissen und Barbara brüllt uns zu: »Stellt euch vor. Ich werde promovieren!«

Kollektives Gekreische!

Soviel dann zu meiner Hoffnung, dass Barbara donnerstags nicht in der Schule ist.

Alle stehen nacheinander auf, um Barbara zu gratulieren und sie zu beglückwünschen. Wieso braucht man denn als Lehrer einen Doktortitel?

»Ach, toll«, sagt Philomena. »Ich freue mich richtig für dich. Hat ja lange gedauert, bis du einen Doktorvater gefunden hast. Ist es der, den du dir gewünscht hast?«

»Ja, ist er. Ich kannte an der Uni ja kaum noch einen. Aber jetzt hat's endlich geklappt!«

Das Geschnatter dauert die verbleibenden zwölf Minuten der Pause an. »Ach, wie aufregend! Worin wirst du denn promovieren?« – »Ach, Linguistik?« – »Nein, wie aufregend. Hast du dir auch schon ein Thema überlegt?« – »Nein, wie aufregend.« Bla, bla, bla. Großes Gestikulieren. Barbara versteht es wirklich, sich in Szene zu werfen. »Musst du deine Dissertation denn auf Englisch oder auf Deutsch schreiben?«

Auf Englisch? Ich wusste gar nicht, dass Barbara ebenfalls Englisch unterrichtet.

»Das kann man sich selbst aussuchen«, schwadroniert sie, sichtlich angetan von der ungeteilten Aufmerksamkeit, die ihr zuteilwird. »Ich denke, ich werde sie aber in Englisch schreiben. Macht ja auch mehr her. Im Deutschen hast du außerdem so megalange Sätze, wenn du wissenschaftlich schreiben sollst. Das ist im Englischen ja anders. Da kannst du dich viel einfacher ausdrücken, und die Sätze sind im Englischen auch viel kürzer.«

Ja, bei jemandem, der nicht richtig Englisch kann. Ich muss lachen.

»Ist was?«, fragt Barbara von der Seite.

»Och, nix!«, versuche ich, mich aus der Affäre zu ziehen.

»Sag ruhig, wenn du etwas auf dem Herzen hast«, fordert sie mich auf.

Nun ruhen alle Augenpaare auf mir.

»Na ja«, beginne ich zögerlich – wohl wissend, dass ich mich wieder einmal unbeliebt machen werde. Dass ich aber auch nicht einmal meine Klappe halten kann! Andererseits kann man ja auch nicht ständig jeden Mist runterschlucken. Das gibt doch bestimmt Verstopfung! »Ich finde nur, dass das nicht so ganz stimmt, was du da sagst.«

»Wie bitte?«, fragt Barbara, circa eine Oktave höher als zuvor.

»Im Englischen sind Sätze auch nicht grundsätzlich kürzer als im Deutschen. Das klingt ja fast so, als sei das Englische eine primitivere Sprache, in der man sich nur begrenzt ausdrücken kann.«

»Ist doch auch so. Es gibt zum Beispiel nur einen Artikel im Englischen. Natürlich ist das eine einfachere Sprache.«

Ich kann nicht glauben, dass so etwas von einer angeblich studierten Englischlehrerin kommt. Bei wem hatte die denn Unterricht? Etwa auch bei Frau Schmitz?

»Das heißt aber doch nicht, dass deshalb auch die gesamte Satzstruktur einfacher ist«, sage ich. »Im Englischen gibt es genauso Hypotaxen.«

In diesem Moment könnte ich Herrn Walter, meinen ehemaligen Deutsch-LK-Lehrer, küssen! Der hat sich immer so geschwollen ausgedrückt und mit grammatischen Fachbegriffen um sich geschmissen, als ob er dafür Bonuspunkte bekommen hätte. Irgendwann hat das tatsächlich abgefärbt, und offensichtlich ist etwas hängen geblieben.

Hy|po|ta|xe *f.; Gen. -; Pl. -n;* Unterordnung von Nebensätzen unter Hauptsätze, im Gegensatz zur Parataxe, d. h. zu Sätzen, die gänzlich aus Hauptsätzen bestehen

»Hypo-was?«, fragt Barbara.

Oh Gott, hieß das Wort etwa doch nicht so? Hypochonder, Hypothek, Hypotenuse ... nee, ich bin mir sicher, das Ding hieß Hypotaxe. Das müssten die studierten Damen hier aber doch kennen.

»Hypotaxe ist die Unterordnung von Nebensätzen unter Hauptsätze«, sagt Ingrid.

Puuh! Doch recht gehabt!

»Natürlich gibt es im Englischen auch Nebensätze«, sagt Barbara gereizt. »Das weiß ich wohl.«

»Und wieso glaubst du dann, dass deutsche Sätze grundsätzlich länger und komplizierter als englische Sätze sind?«

»Na, weil das so ist. Ich rede hier ja schließlich auch von wissenschaftlichen Texten. Wenn du studiert hättest, wüsstest du das!«

Ich merke, wie meine Halsschlagader anschwillt.

»Na, wenn du das wirklich glaubst, solltest du deine Doktorarbeit vielleicht besser doch in Deutsch schreiben«, sage ich und nehme meine Tasche, denn die Pause ist schon fast vorbei.

»Was für ein Arsch!«, höre ich Barbara sagen, als ich auf dem Flur stehe und die Tür zum Lehrerzimmer schon geschlossen habe.

In der zweiten Pause beschließe ich, im Klassenzimmer zu bleiben, denn auf Zickenalarm habe ich nicht wirklich Lust. Ich schaue mir stattdessen die Vokabeltests meiner Jedi-Ritter an.

Jämmerlich! Einfach nur jämmerlich! Die meisten Tests sind mangelhaft oder ungenügend.

Als Nächstes fällt mir Steffis Test in die Hand. Schnell sehe ich ihn durch. Eine Vokabel hat sie nicht gewusst, aber der Rest sieht gut aus.

Hätte man mich noch vor einem Monat gefragt, wie ich mir Menschen vorstelle, die nicht einmal einen Hauptschulabschluss

haben, hätte ich vermutlich einige von den Opfern beschrieben, die man nachmittags auf RTL sieht. Oder Obdachlose. Oder sonst irgendwelche asozialen Menschen. Aber ich hätte ganz bestimmt nicht an Stasi-Steffi gedacht, denn sie erscheint mir nicht unbedingt wie eine typische Schulabbrecherin. Gut, sie mag unsagbar nervig sein, weil sie sich in unserem Haus in jedermanns Angelegenheiten einmischt, aber sie ist zumindest keine RTL-Protagonistin, weder obdachlos noch asozial. Im Gegenteil: Ihren Pflichten kommt sie ja wirklich immer nach – ich denke da nur an den Putzdienst in unserem Haus. Ohne sie würden wir in unserem Treppenhaus wahrscheinlich im Dreck ertrinken. Und der Vokabeltest bestätigt meinen Eindruck nur.

Was bei ihr wohl schiefgelaufen sein mag?

Plötzlich kommt Philomena in die Klasse und unterbricht meine Gedanken.

»Hallo, Timo!«, sagt sie und setzt sich halb auf das Lehrerpult. Direkt auf Steffis Vokabeltest. »Barbara hat sich ganz schön aufgeregt vorhin.«

»Worüber?«, frage ich scheinheilig.

»Über das, was du gesagt hast.«

Ich ziehe die Vokabeltests unter ihrem Hintern weg. Muss ja nicht sein, dass sie die zu einer Ziehharmonika zusammenfaltet.

»Meine Güte. Sie scheint ja ganz schön sensibel zu sein, was? Außerdem hatte ich ja recht mit dem, was ich gesagt habe.«

»Keine Ahnung. Ich unterrichte kein Englisch. Aber Barbara sollte es wissen. Sie hat schließlich Anglistik studiert.«

Ja, ja, damit wären wir wieder beim Thema! Abgesehen davon hatte Frau Schmitz, die wir in der fünften und sechsten Klasse hatten, ebenfalls studiert. Wieder erinnere ich mich an die schönen Reimtexte, die sie uns immer ausgeteilt hat. Zum Beispiel: *Doctor Foster Went to Gloucester*. Wobei man den Ort wohlgemerkt *Gloster* ausspricht. Insofern hakten Frau Schmitz' Reime immer ein wenig, wenn sie *Doctor Foster Went to Glotschester* vorlas. Wahrscheinlich hat sie sich immer gewundert, wieso sie den armen Doctor Foster nicht einfach Doctor *Fotschester* genannt haben?!

»Du meinst, im Gegensatz zu mir«, sage ich.

»Nein, so habe ich es nicht gemeint.«

»Sondern?«

»Na, so, wie ich es gesagt habe. Dass Barbara schließlich Englisch studiert hat, und ich glaube, dass sie sich deshalb mit der Syntax der englischen Sprache auskennen müsste.«

»Ja, genau«, sage ich. »*Müsste!* Konjunktiv! Mag ja sein, dass ich nicht studiert habe, aber ich spreche schon mein Leben lang Englisch. Und ein gebildeter Amerikaner bildet auch nicht grundsätzlich kürzere Sätze. Aber bitte! Ich habe nur versucht zu helfen!«

»So klang es aber, ehrlich gesagt, nicht wirklich«, sagt Philomena und schaut mich von oben herab an, denn ich sitze nach wie vor auf meinem Stuhl.

»So war es aber gemeint!«

»Dann hättest du vielleicht nicht gerade lachen sollen, als sie von ihrer Promotion gesprochen hat.«

»Ja, sorry«, sage ich. »Das kann man eben nicht immer kontrollieren. Und im Übrigen bin ich hier nicht derjenige, der mit Toilettensprache um sich geworfen hat.«

Toi|let|en|spra|che *f.; Gen. -;* kein Plural; euphemistisch für Fäkal- oder Vulgärsprache

»Wie meinst du das?«

»Den *Arsch* habe ich draußen vor der Tür noch mitbekommen. Das ist ja auch nicht die feine englische Art.«

Hach, was für ein Wortspiel, denke ich mir. Wegen Englisch und so. Ich klopfe mir vor meinem geistigen Auge selbst auf die Schulter.

»Hör mal, Timo. Ich will jetzt Klartext sprechen. Ich finde, wir haben dich hier sehr herzlich aufgenommen. So wie einen von uns. Und ich bin der Meinung, es kommt nicht so gut, wenn du meinst, als Nichtstudierter einer zukünftigen Doktorandin Ratschläge geben zu müssen. Ich fand das, ehrlich gesagt, ein bisschen anmaßend.«

Anmaßend? Nichtstudierter?

So langsam werde ich sauer. Ja, Timo Seidel hat nicht studiert. So langsam haben wir es alle begriffen. Es wurde heute ja auch oft genug erwähnt. Mich ärgert vor allem, dass letzten Montag alle so fürchterlich kollegial waren und mir versichert haben, es sei überhaupt kein Problem, dass ich kein studierter Lehrer bin. Jetzt, bei der ersten Differenz, wird es allerdings doch direkt zum Thema gemacht.

Natürlich könnte ich mich inzwischen selbst täglich ohrfeigen, dass ich mein Studium damals abgebrochen habe. Aber jetzt ist es nun mal so. Und ich mache das Beste daraus, was nicht immer leicht ist.

Ich stehe auf, um mit Philomena auf Augenhöhe zu sein.

»Gut, dann will *ich* jetzt auch mal Klartext reden. Mag sein, dass ich nicht studiert habe. Das habe ich aber auch nie behauptet. Aber nur weil ich nicht studiert habe, heißt das nicht, dass ich von Englisch keine Ahnung habe. Und wenn jemand so etwas Unqualifiziertes von sich gibt wie Barbara vorhin, dann wird es doch wohl erlaubt sein, das zu kommentieren, ohne dass es anschließend ausufert oder ich als Arsch bezeichnet werde.« Ich mache eine dramatische Pause. »Kein Wunder, dass es bislang kein männlicher Kollege bei euch ausgehalten hat!«

Philomena reißt entsetzt den Mund auf.

»Was? Wie? Wo, wo, woher weißt du das?«, stammelt sie entgeistert.

»Tja, eurer Östrogenschule eilt ihr Ruf eben schon voraus!«, lüge ich. Muss ich ihr ja nicht auf die Nase binden, woher ich das weiß. Mir ist ganz heiß vor Ärger. »So, und jetzt geh du mal schön deinen Tampon wechseln. Ich hab hier noch Wichtigeres zu tun«, sage ich, hole demonstrativ mein Butterbrot aus der Tasche und weiß jetzt schon, dass ich mir den letzten Kommentar lieber verkniffen hätte. Das gibt auf jeden Fall wieder Ärger.

Philomena verlässt aufgebracht den Raum.

Am liebsten würde ich mir selbst etwas Schweres ins Gesicht werfen. Wieso kann ich nicht einfach mal meine vorlaute Klappe halten, besonders wenn ich mich über etwas ärgere? Wieso muss ich eigentlich immer und überall anecken? Wieso kann ich mir nicht einfach nur meinen Teil denken und nach außen hin der freundliche, nette Timo sein?

Aber irgendwie hat sie vorhin einen Nerv bei mir getroffen. Diese studierten Damen brauchen sich keine Sorgen zu machen, wo sie in einem halben Jahr arbeiten und wovon sie dann ihre Miete zahlen. Umso mehr ärgert es mich, dass ich Philomena so vor den Kopf stoßen musste. Wahrscheinlich wollte sie nur vermitteln, und was mache ich? Ich sage ihr, sie soll ihren Tampon wechseln gehen.

Böser Timo. *Böse, böser Timo!*

Offizieller Klugscheißer-Tag Nr. 5
(formerly known as chapter 14)

Am nächsten Tag weckt mich um 9:53 Uhr eine SMS. Frechheit! Wer simst denn hier in aller Herrgottsfrühe? Und vor allem: Wer schickt denn heutzutage noch SMS?

Völlig verschlafen taste ich nach meinem Handy, das irgendwo auf der Fensterbank liegt. Ich schaue auf das Display. Eine SMS von Annette. Cleos bester Freundin. Von der hab ich ja schon seit einer Ewigkeit nichts mehr gehört. In etwa, seitdem Cleo ausgezogen ist. Was will die denn?

> hallo timo, nette hier. cleo liegt mit schwerer grippe im bett. sie braucht hustenstiller und was gegen grippe von der apotheke. ich wollt eigentlich vorbeifahren, aber ich steck hier auf der arbeit fest. alle anderen auch. kannst du?

Klar, als ob ich immer Zeit hätte! Ich arbeite mich bei meiner Achtstundenwoche ohnehin schon völlig kaputt. Es ist nur auf meine Disziplin zurückzuführen, dass ich noch nicht unter einem Burn-out leide. Ich beginne zu tippen.

> geht klar. schick mir die adresse.

Ich putze mir schnell die Zähne, ziehe eine Jeans und ein T-Shirt über und schwinge mich auf mein Fahrrad. Cleo wohnt ein ganzes Stück entfernt. Quasi am anderen Ende von Brühl. Zwischendurch halte ich am Balthasar-Neumann-Platz an einer Apotheke und kaufe Wick Hustenstiller, Grippostad und Paracetamol.

Um kurz vor 11:00 Uhr stehe ich dann vor dem Haus, in dem Cleo jetzt wohnt. Eine recht ansehnliche Wohngegend. Neubau. Nicht schlecht. In der Tat eine Verbesserung, verglichen mit unserer alten Bruchbude. Also meinem jetzigen Domizil.

Es dauert eine Ewigkeit, bis Cleo an die Freisprechanlage kommt.

»Ja?«, krächzt es.

»Hier ist Timo.«

»Timo?« Heftiges Husten. Ich habe schon Angst, dass sie mir da oben verreckt.

»Ja! Jetzt mach schon auf.«

Die Wohnungstür surrt. Da ich keine Ahnung habe, in welchem Stock sie wohnt, nehme ich nicht den Aufzug, sondern die Treppe.

»Was machst du hier?«, krächzt sie erstaunt, als ich im zweiten Stock ankomme.

»Annette hat mir gesimst, ich soll dir was aus der Apotheke holen. Jetzt geh du erst mal wieder ins Bett oder auf die Couch – oder wo du dich auch immer gerade abgelegt hattest.«

Cleo geht in ihr Wohnzimmer und murmelt noch ein kaum verständliches »Aber« vor sich hin, das jedoch durch einen erneuten Hustenanfall unterbrochen wird.

Wow, gut sieht es hier aus. Sie hat sich viele neue Möbel gekauft. Sehr stylish alles. Und zum Teil auch vertraut. Da steht zum Beispiel unser rotes Sofa, auf dem Cleo ihr Lazarett errichtet hat.

»Wie bist du überhaupt hierhergekommen?«, fragt Cleo und hustet erneut. Gleichzeitig deckt sie sich mit einer blauen Wolldecke zu.

»Mit dem Rad«, sage ich.

»Was? Bis nach Vochem?«

Ich öffne die Verpackung des Hustenstillers und schütte den klebrigen roten Sirup in den Messbecher.

»Das sind doch gerade mal zwei Kilometer! Hier! Trink das!« Brav nimmt Cleo den Becher entgegen. Ich kann den süßlichen Kirschgeruch wahrnehmen. »Ich habe dir auch was gegen Grippe geholt«, sage ich und stelle die Tüte auf einen weißen Wohnzimmertisch mit fast frei schwebender Tischplatte ab. Rolf Benz. Ist ja klar, dass sie sich den Tisch doch gekauft hat. Den haben wir vor einigen Monaten mal zusammen gesehen. Ich habe ihr gesagt, es sei Wahnsinn, für einen Wohnzimmertisch fast 1.000 Euro auszugeben. Cleo sieht das offensichtlich etwas anders.

Als Nächstes fülle ich heißes Wasser in ihre Wärmflasche, serviere ihr Medikamente und koche heißen Tee mit Zitronensaft und Honig. Es heißt immer, Männer seien die absoluten Opfer, wenn sie krank sind. Das mag sein, aber Cleo steht uns in nichts nach.

Sie sagt zwar zwischen Hustenattacken, es sei nicht nötig, dass ich hier wäre, und sie käme schon allein zurecht, aber ich kann sehen, dass sie froh ist, dass sich jemand kümmert.

»Hast du noch was zum Einreiben?«, frage ich sie.

»Im Medizinschrank im Badezimmer.«

Klar, der kommt mir auch bekannt vor. Wahnsinn, dass sie das Ding bei uns abgeschraubt und eingepackt hat! Irgendwie hat sie alles Schöne mitgenommen und mir nur den Trash dagelassen. Na, was soll's! Zum Glück bin ich nicht verbittert.

»Soll ich heute Abend noch einmal vorbeikommen?«, frage ich. »Oder brauchst du sonst etwas?«

»Nein, nicht nötig. Annette kommt später bestimmt vorbei.«

»Was ist mit deinem Frederik?«

»Ach, der ist schon wieder Vergangenheit.«

Ich muss schmunzeln! Und wieder hat Agent 007 es geschafft, den Staatsfeind abzuwehren.

Ich warte noch, bis Cleo eingeschlafen ist. Dann gehe ich in die Küche, schaue mich im Apothekerschrank um und finde ein paar Beutel Maggi Zwiebelsuppe. Igitt!

Nach vergeblicher Suche schütte ich das Suppenpulver in kochendes Wasser und stelle den Topf auf eine Warmhalteplatte auf den Wohnzimmertisch.

Als ich mich wieder auf den Weg nach Hause mache, fühle ich mich weder wie ein staatlich beauftragter Klugscheißer noch wie

James Bond oder Arnold. Eher wie Mutter Teresa. Ein warmes Gefühl macht sich in meiner Bauchgegend breit.

Zu Hause esse ich erst mal eine halbe Packung gesundes Toastbrot – also das weiße – mit Erdnussbutter und Marmelade (da kommen wohl die fünfzig Prozent Amerikaner in mir durch).

Als Nächstes sind die restlichen Vokabeltests dran, die ich gestern nicht mehr geschafft habe.

Gerade korrigiere ich den Test von Susanne Reihert – die würde doch cool in meinen Freundeskreis passen, oder? –, als es an der Tür klingelt. Bestimmt wieder so ein verflixter Paketzusteller! Ist sowieso nie für mich.

Ich gehe zur Tür und hebe den Hörer der Gegensprechanlage ab.

»Hallo?«, frage ich genervt.

»Hi, Timo, hier ist Désirée.«

Désirée? Was will die denn? Ich drücke die Tür auf.

Eine Minute später – es braucht seine Zeit, ohne Fahrstuhl in den vierten Stock zu kraxeln – steht Désirée an meiner Wohnungstür.

»Was macht ihr denn hier? Ist Tholo auch da?« Ich versuche, an ihr vorbeizusehen.

Désirée schüttelt den Kopf: »Nee. Ich war bei Cleo, weil die nämlich krank ist. Da dachte ich mir, wenn ich schon mal hier in der Nähe bin, kann ich auch mal bei dir vorbeischauen.«

»Ah. Okay.« Ich bin dennoch erstaunt. »Na, dann setz dich doch«, sage ich und deute auf das hässliche beige Sofa, das mir meine Mutter nach Cleos Auszug *vererbt* hat.

»Willst du was trinken?«

»Klar, gern. Hast du Saft da?«

»Nee, nur Bier, Cola oder Wasser.«

»Dann Wasser, bitte.«

Ich gehe in die Küche und schütte ein Glas ein.

»Ist das hier von der Schule?«, fragt Désirée, als ich wieder ins Wohnzimmer komme. Sie deutet auf die Unterlagen, die auf dem Wohnzimmertisch liegen.

»Ja. Vokabeltests.«

Sie nimmt einen Test in die Hand und lacht.

»Susanne Reihert?«

»Ja, ich weiß. Geiler Name, ne?«

»Und wie läuft es so?«, fragt sie und nimmt einen Schluck Wasser.

»Super! Vor allem die Kolleginnen haben mich richtig ins Herz geschlossen!«

Ich muss kurz an gestern denken und schlucke.

»Das ist doch gut«, sagt sie und trinkt wieder von ihrem Wasser.

Ich habe, ehrlich gesagt, keine Ahnung, worüber ich mich mit Désirée unterhalten soll. Ich bin nicht gerade der King des Small Talks. Schon allein, weil ich oberflächliche Gespräche und geheucheltes Interesse nicht leiden kann.

Vor allem aber frage ich mich: Was will sie hier?

»Und wie geht's dir so?«, frage ich.

»Ja, wie gesagt, ich war gerade bei Cleo, weil Annette mir eine SMS geschickt hat. Habe extra früher Schluss gemacht, aber dann hat sich herausgestellt, dass du wohl schon bei ihr warst, wegen den Medikamenten und so.«

Wegen der Medikamente, denke ich – irgendwie kann ich es nicht abstellen. Stattdessen nicke nur. Ich habe seit gestern schließlich dazugelernt.

»Das ist aber echt nett von dir. Schöne Wohnung hat sie, oder?«

»Jo«, sage ich.

»Kanntest du die Wohnung schon?«

»Nö«, sage ich.

»Ich auch nicht.«

»Aha«, sage ich.

Désirée schaut sich im Wohnzimmer um. »Hier hat sich aber auch einiges verändert. Neue Couch?«

»Von meiner Mutter.«

»Cleo hat wohl viel mitgenommen, was?«

»Jo.« Ich nicke wieder.

Désirée mustert immer noch das Wohnzimmer und schaut auf

die leere Fensterbank, auf der vorher Cleos Orchideen gestanden haben.

Moment mal! Hat sie mir etwa gerade in den Schritt geguckt? Ach, du Scheiße! Ja, natürlich hat sie das. Ich sitze hier ja auch in Unterhose, weil ich nicht mit Besuch gerechnet habe. Wie unhöflich!

»Ups!«, sage ich. »Warte, ich zieh mir kurz eine Hose an.«

Ich will gerade aufstehen, da zieht Désirée an meinem T-Shirt, und ich plumpse zurück aufs Sofa. Ich schaue sie verdutzt an.

»Nee, brauchste nicht«, sagt sie.

Ich empfange ungewöhnliche Pornofilm-Vibrations. Was geht hier ab? Ich will gerade fragen, was los ist, da spüre ich Désirées Hand auf meinem rechten Oberschenkel. Entsetzt starre ich darauf und beobachte, wie ihre Hand langsam in Richtung Kronjuwelen wandert.

»Was machst du da?«, frage ich. Was für eine dämliche Frage! Im Kino hätte ich den Hauptdarsteller für diese Loser-Frage auf Lebzeiten als Flachwichser gebrandmarkt.

»Fühlt sich das unangenehm an?«, fragt sie.

Scheiße! Ich muss ihr sagen, dass sie damit aufhören muss. Désirée ist Tholos Freundin. Und Tholo ist *mein* bester Freund! Das hier ist absolute Tabuzone!

Mit ihrer Hand ist Désirée inzwischen bei meinem Dödel angekommen und fängt an, ihn zu massieren. Der Verräter wird natürlich auch sofort hart! Scheiße! Dabei ist das hier absolut der falsche Anlass für Ständerstimmung.

> **Stän|der|stim|mung** *f.; Gen. -; Pl. -en.;* körperliche Verfassung bei Männern, die von sexueller Erregung geprägt ist

»Désirée, das geht nicht!«, sage ich schließlich und entferne meine wertvollsten Körperteile aus ihren Klauen.

»Davon muss doch keiner etwas erfahren!«, flüstert sie verschwörerisch. Wie bei einer James-Bond-Geheimmission. Andererseits hat James Bond seine Miss Moneypenny auch nie flachgelegt. Manchen Versuchungen muss man einfach widerstehen. Also, reiß dich zusammen, Timo!

»Du willst es doch auch«, sagt Désirée und deutet auf meine Latte.

»Das hat nichts zu sagen«, beteuere ich hektisch. »Ich kriege auch bei Marge Simpson einen Ständer!«

Désirée lässt nicht locker: »Komm schon! Mit Cleo hast du es doch auch bei Amadeus im Bad getrieben. Wieso nicht jetzt hier mit mir?«

Diese Tratschtante! Muss sie wirklich alles weitererzählen?

»Weil du Tholos Freundin bist!«, brülle ich und springe von der Couch auf. Puuh! Gerade noch gerettet! Mein Laternenmast deutet unglücklicherweise genau in Désirées Richtung. Mensch, das ist ja schlimmer als in der Pubertät! »Und wir sind hier auch nicht bei Amadeus im Bad!«, sage ich laut mit entschiedenem Tonfall.

»Ach, machst du es etwa nur in fremden Bädern?«

Na, die hat ja Nerven, in solch einer Situation auch noch Witze zu reißen!

»Désirée, das geht nicht!«

»Jetzt hab dich nicht so!«, sagt sie und – *schwupp* – reißt mir mit einer gekonnten Handbewegung die Boxershorts runter.

Scheiße, Scheiße, Scheiße, denke ich mir, während Désirée sich wieder anzieht. Ich liege immer noch atemlos auf dem hässlichen beigen Sofa. Meine Güte, Désirée hat vielleicht Sachen drauf. Mein lieber Scholli!

Was habe ich getan? Das ist Tholos Freundin! Ich bin jetzt offiziell das größte Arschloch der Welt. Ich bin mir sicher, der Duden wird in seiner Neuauflage zur Veranschaulichung neben den Begriffen *Arschloch* und *Verräter* ein Foto von mir abdrucken.

Letzten Monat hat mir der Gute noch 500 Euro geliehen. Einfach so! Und was mache ich? Ich ziehe zum Dank seine Freundin durch die Hecke!

Ich bin Abschaum! Ich bin mir sicher, dass ich in meinem

nächsten Leben als Rektalzäpfchen wiedergeboren werde. Und verdient hätte ich es!

»Muss ja keiner was von erfahren«, sagt Désirée und grinst mir verschwörerisch zu.

Ich nicke eifrig. Nein, das hier muss niemand erfahren. Niemand! Vor allem Tholo nicht!

»Also, dann bis zum nächsten Mal!«, sagt sie, während sie schon wieder in Richtung Haustür geht.

Ich springe panisch vom Sofa auf und renne ihr hinterher: »Wie, bis zum nächsten Mal? Was soll das heißen?«

Désirée dreht sich um.

»Na, von mir aus können wir das hier gern öfter machen«, sagt sie mit sexy Stimme.

»Nein, nein, nein«, sage ich entschieden und schüttele den Kopf. »Das hier machen wir nicht noch mal!«

»Och, wie süß! Hast du ein schlechtes Gewissen?«

»Ja, in der Tat«, sage ich. »Und das solltest *du* auch haben! Du bist schließlich in einer festen Beziehung. Und das mit meinem besten Freund! Was ist, wenn Tholo das herausfindet?«

»Das wird er schon nicht herausfinden. Ich sag's ihm bestimmt nicht! Und du wohl erst recht nicht. Außerdem soll sich der liebe Tholo mal etwas anstrengen! Wir haben nämlich so gut wie überhaupt keinen Sex mehr.«

Ich halte mir mit beiden Händen die Ohren zu und brülle: »DAS WILL ICH ÜBERHAUPT NICHT HÖREN!«

Désirée gibt mir einen Abschiedskuss auf die Lippen, noch bevor ich ganz ausgebrüllt habe. »Mach's gut, Süßer!«

Und weg ist sie.

Süßer? Die ist ja völlig durchgeknallt. Ganz bestimmt werden wir das hier nicht wiederholen! Es hätte heute schon nicht dazu kommen dürfen. Das nächste Mal mache ich einfach nicht auf! Um gar nicht erst in Versuchung zu geraten!

Und ich dachte immer, Singles haben keinen Sex.

Offizieller Klugscheißer-Tag Nr. 8
(formerly known as chapter 15)

Das ganze Wochenende habe ich versucht, den Unterricht für diese Woche vorzubereiten, um mich somit von der Tatsache abzulenken, dass ich ein riesengroßes Arschloch bin! Aber die meiste Zeit habe ich damit verbracht, mich meinen Schuldgefühlen zu widmen, oder ich wurde von ungewollten Flashbacks vom Couch-Quickie mit Désirée abgelenkt. Konzentrieren konnte ich mich die meiste Zeit jedenfalls nicht.

Im Internet gibt es zwar etliche Seiten mit Arbeitsmaterialien für Lehrer, aber ich glaube, alles, was ich da gesichtet habe, hat die gute Frau Schmitz höchstpersönlich ins Netz gestellt. Grusel! Ich sage nur: *Doctor Foster Went to Glotschester*.

Also habe ich stattdessen versucht, eigene Arbeitsblätter zusammenzuschustern, was bedeutete, dass ich pro Blatt zehn Minuten lang Inhalte gesucht habe, die ich anschließend mindestens dreißig Minuten lang versucht habe zu formatieren.

Als ich um Viertel vor fünf ins Lehrerzimmer komme, krakeelt Barbara wieder aus voller Lunge und ist mit ihrer Lieblingsbeschäftigung zugange: Lästern und Beschweren!

»Sag mal, hast du heute schon die Penner gesehen?«

»Nein. Wieso?«, fragt Philomena, die zusammen mit ihr in der Nähe des Kopierers steht.

»Die hat ihre Silikonmöpse wieder bis unters Kinn geschnürt. Total unpassend! Für die Schule und für ihr Alter!«

»Wieso? Wer kann bei der denn schon sagen, wie alt die ist? Die besteht doch nur aus Ersatzteilen.«

»Ich habe da etwas läuten hören. Die Wolters hat mir gesagt, sie ist fast fünfzig.«

Wie bitte? Vor Schreck verschlucke ich mich an meinem Hustenbonbon. Ich hätte Frau Penner höchstens auf Ende dreißig geschätzt.

»Die hat sich in den Ferien doch garantiert wieder liften lassen!«, flüstert Philomena nun in der Hoffnung, dass ich sie nicht höre. Ich verstehe trotzdem alles und versuche, nur ganz, ganz leise an meinem Bonbon zu lutschen.

»Und die Lippen sind auch wieder frisch aufgespritzt!«

Barbara schaut in meine Richtung, um zu prüfen, ob ich zuhöre. Da ich keinen allzu beschäftigten Eindruck mache, wechselt sie schnell das Thema: »Ich sag dir, in der 1a werden höchstens fünf Prozent einen Abschluss schaffen. Da haben sie uns wieder ein paar Exemplare reingesetzt.«

»Ja, stimmt. Ich hab die ja in Mathe.«

»Letzte Woche habe ich mit denen Gegenstandsbeschreibungen angefangen. Oje!«

Da mich das Gewäsch nun nicht mehr sonderlich interessiert, nutze ich die Gelegenheit und gehe zum Kopierer. Barbara hält zwar ebenfalls Blätter in der Hand, die sie vermutlich kopieren möchte, aber momentan ist sie ja mit Lästern beschäftigt.

Als ich das erste meiner Arbeitsblätter auf die Glasplatte des Kopierers lege, tönt Barbara von hinten: »Nee, der Herr darf gern zuerst!«

Ich tu mal so, als hätte ich nichts gehört. Drehe mich auch nicht um.

»Die sollten lediglich einen Gegenstand aus dem Klassenzimmer beschreiben. Katastrophal, sage ich dir! Katastrophal!«

»Das kann ja wohl nicht so schwer sein«, konstatiert Philomena ganz dramatisch.

»Ja, das kann ich dir auch nicht sagen. Das klingt bei denen dann in etwa so: *Das Dingsbums, das ich beschreibe, ist ein ... stotter, stotter ... mit ... ähm ... einem ... stotter, stotter, stotter.*«

Beide lachen hysterisch. Ach ne, wat is dat witzisch!

»In Mathe werden die doch kaum besser sein, oder? Was hältst du denn von dieser Stefanie Bauer? Sitzt immer in der ersten Reihe mittig. So ein Sonnenbankopfer. Strengt sich zwar tierisch an, aber nix dahinter. Die schafft das hier im Leben nicht!«

Moment mal! Wenn hier einer über Stasi-Steffi lästern darf, dann bin ich das. Nun drehe ich mich doch herum, um die beiden Lästerschwestern besser beobachten zu können.

Philomena nickt eifrig: »Die ist mir auch schon aufgefallen!«

»Ich freue mich schon, wenn ich unter ihre erste Klausur *Mangelhaft* schreiben kann.«

Nun kann ich nicht länger an mich halten. »Bei mir im Vokabeltest hat sie eine Eins geschrieben«, sage ich daher.

Beide unterbrechen ihr Tribunal und schauen in meine Richtung.

»Dann war der Test wahrscheinlich nicht sehr schwierig«, meint Barbara.

»Also, die meisten anderen haben nicht mal ein *Ausreichend*.«

»Na, dann hab ich doch recht! Da siehst du mal, was das für eine schlechte Klasse ist.«

Barbara beschließt, dass ich unwürdig bin, ihrer Unterhaltung beizuwohnen, sodass sie sich unmissverständlich Philomena zuwendet.

Der Fotokopierer gibt mir währenddessen durch ein lautes *Tüdelüdelü* und dem Aufblinken einer roten Lampe zu verstehen, dass er Verstopfung hat. Papierstau! Selbstverständlich unterhalten sich die beiden Prinzessinnen ungestört weiter. Auf dem Display des Kopierers ist eine Art Lageplan, der mir zeigen soll, wo genau der Furz quersitzt. Ich öffne eine graue Plastikklappe an der linken Seite. Im Inneren befinden sich noch mal in etwa drei weitere Klappen, die man entweder horizontal und/oder vertikal öffnen kann. Leider ist kein Papier in Sicht.

»Brauchst du Hilfe?«, fragt Philomena von hinten.

Wie gnädig, dass sie ihr wichtiges Gespräch doch kurzzeitig unterbrochen hat.

»Nein, danke. Ich habe alles im Griff.«

»Das sieht aber nicht so aus.«

Barbara kommt zum Kopierer und öffnet eine weitere ominöse Klappe, zieht dort ein zusammengefaltetes Blatt heraus und legt es demonstrativ auf den Kopierer.

»Männer!«, schnauft sie und schüttelt den Kopf.

Plötzlich wird die Tür schwungartig aufgerissen, und Frau Penner stürmt herein.

»Olé!«, brüllt sie und steht wieder wie ein Torero im Türrahmen. Eine Hand hinter dem Rücken, den anderen Arm in die Höhe gestreckt. Schön, dass die schon ihre Pillen eingeworfen hat!

»Guten Abend, meine Lieben! Hattet ihr ein schönes Wochenende?«

Es bricht lautes Geschnatter aus, weil alle gleichzeitig von ihrem Wochenende erzählen. Diese Art der Kommunikation scheint auch irgendwie auf wundersame Art zu funktionieren. Jeder quatscht und hört gleichzeitig den anderen zu. Eine Sekunde später steht auch noch Helga im Türrahmen und stimmt in das kollektive Geschnatter ein.

Es ist unfassbar, wie scheißfreundlich Barbara und Philomena nun zur Penner sind, obwohl sie gerade noch lauthals über sie gelästert haben. Und jetzt stehen sie hier, und man könnte meinen, sie seien allerbeste Freundinnen, die sich schon aus Sandkastenzeiten kennen.

Solch ein Verhalten werde ich nie verstehen. Wenn ich jemand nicht leiden kann, dann bin ich auch nicht gespielt freundlich.

»Aber, Herr Seidel, eigentlich wollte ich ja zu Ihnen«, sagt Frau Penner und löst sich aus der Gruppe. »Ich habe hier etwas für Sie!«

Sie nimmt den rechten Arm hinter ihrem Rücken hervor und präsentiert eine überdimensionale Packung Merci-Schokolade.

»Für mich?«

Frau Penner nickt eifrig und schaut mich freudestrahlend an.

»Wie komme ich zu der Ehre?«

»Das ist für Sie, weil Sie so kurzfristig hier eingesprungen sind.«

Im Hintergrund sehe ich, wie sich Barbaras Puls gerade zu erhöhen scheint. Vielleicht formt sie aber auch nur einen Papierkranich aus den Fotokopien in ihrer Hand. Womöglich ist sie eine begeisterte Origami-Anhängerin.

»Das wäre doch nicht nötig gewesen«, sage ich.

»Doch, doch, doch!« Frau Penner streckt mir die Packung feierlich entgegen.

»Danke. Oder sollte ich sagen: merci?«

Wieder lacht sie hysterisch. Irgendwie beginne ich, diese durchgeknallte Trulla zu mögen.

»Ich möchte, dass Sie wissen, dass wir überaus dankbar sind, dass Sie uns so unter die Arme greifen. Das ist ja nicht selbstverständlich.«

»Also, wissen Sie«, sage ich. »Ich bin mindestens genauso dankbar. Für mich kam der Job hier nämlich genau zum richtigen Zeitpunkt, da ich gerade meine Stelle bei ProTrend verloren hatte. Ich war quasi arbeitslos.«

Im selben Moment bereue ich meine Aussage bereits, weil Barbara natürlich zugehört hat.

»Ach!« Ich sehe, wie sich ihr Gesicht augenblicklich aufhellt, beschließe aber, sie einfach zu ignorieren.

»Ich werde in den nächsten sechs Monaten einfach versuchen, mein Bestes zu geben«, sage ich.

»Ich kann mir gut vorstellen, dass wir auch im nächsten Semester wieder Bedarf haben. Also wenn es Ihnen gefällt, können Sie auch gern länger bei uns bleiben.«

Und schon verdüstert sich Barbaras Miene wieder. »Kommt Claudia denn im Februar nicht wieder?«, krakeelt sie von hinten.

»Nein, sowohl Frau Krämer als auch Frau Kirschbaum kommen vor August nächsten Jahres nicht zurück.« Dann wendet Frau Penner sich wieder mir zu. »Deshalb sind wir ja auch so froh, dass Sie währenddessen hier Stellung beziehen.«

»Na ja, ich wollte schon zusehen, dass ich bis Februar irgendwo anders eine Vollzeitanstellung bekomme. Ich hatte eigentlich nicht vor, die nächsten Jahre als Aushilfe zu arbeiten.«

»Daran soll es nicht liegen. Ihre Stunden können wir auf jeden Fall aufstocken.«

Barbara sieht aus, als erleide sie gerade einen Schlaganfall.

»Wir machen dieses Semester sowieso alle Plusstunden«, fährt Frau Penner fort. »So kann das ja nicht weitergehen! Und jetzt, da Frau Sorgatz demnächst promoviert und die Stunden reduzieren möchte, fällt noch mehr Vertretungsbedarf an, nicht wahr?«

»Ähm … ja … so, so ganz fest steht das ja … ähm … noch nicht«, stammelt Barbara.

»Nicht? Sie haben mir doch gestern gesagt, dass Sie im kommenden Semester kürzertreten wollen.«

»Ähm, ja schon.«

»Na, das können wir ja auch noch wann anders besprechen.« Zu mir sagt sie dann: »Jedenfalls gibt es genügend Bedarf.«

Ich freue mich natürlich über das Angebot, auch wenn ich mir noch keine Gedanken darüber gemacht habe, wie es ab Februar weitergehen soll. Im Notfall könnte ich ja tatsächlich hier bleiben.

»Wer weiß? Vielleicht gefällt es Ihnen ja so gut, dass Sie beschließen, auf Lehramt zu studieren.«

Das kann ich mir zwar nicht vorstellen, aber ich zucke zumindest höflich mit den Schultern, als wollte ich *Wer weiß?* sagen. Ich fang doch nicht mit Ende zwanzig wieder an zu studieren!

»Hat Ihnen schon jemand die Testaufgaben für die ZP10 gegeben?«, fragt Frau Penner. »Ich weiß, Sie unterrichten momentan nur im ersten und zweiten Semester, aber es schadet ja nicht, wenn Sie die Aufgaben schon mal gesehen haben.«

»Was ist ZP10?«

»Die Zentralen Prüfungen.« Sie sagt das so, als müsste mir jetzt ein Licht aufgehen. »Haben Sie davon noch nichts gehört?«

»Nein. Das hat bei ProTrend selten einer bestellt.«

Frau Penner lacht wieder hysterisch.

»Ach, Sie sind so ein Scherzkeks! Köstlich! Wirklich köstlich!«

»Und was sind jetzt diese Zentralen Prüfungen?«

»Ach so, das sind Prüfungen, die an den Regelschulen am Ende der zehnten Klasse stattfinden. Aber auch unsere Schülerinnen und Schüler, die einen Haupt- oder Realschulabschluss erwerben *möchten*, müssen diese Prüfungen im vierten Semester ablegen. Die Aufgaben stellt das Ministerium.«

»Und wieso das Ganze? So was gab es zu meiner Schulzeit nicht.«

»Das ist, weil wir bei PISA so schlecht abgeschnitten haben. Also, die Studie, nicht die Stadt. Und seitdem gibt es ständig irgendwelche Neuerungen. Die ZP10 gibt es seit 2007. Damit soll gewährleistet werden, dass alle dasselbe lernen. Aber unter uns, ich glaube, die wollen damit nur die Lehrer kontrollieren.«

Das kann ja unter Umständen auch nicht schaden, denke ich mir. Ich möchte nicht wissen, wie viele deutsche Touristen schon monatelang im Südwesten Englands orientierungslos herumgeirrt sind, weil sie in *Glotschester* Urlaub machen wollten! Auf freundliche Empfehlung von Frau Schmitz.

Meine Kursteilnehmer waren wahrhaft außer sich vor Freude, als ich ihnen vorhin ihre Vokabeltests zurückgeben habe. Das war nicht zu übersehen, aber Stasi-Stefanie bestätigt es mir auf dem Weg nach Hause noch mal. Ist schon praktisch mit eigenem Spion und privatem Chauffeur. Da wir montags und donnerstags jeweils in den ersten fünf Stunden Unterricht haben, hat Steffi beschlossen, mich mitzunehmen. Schade, dass sie keinen Aston Martin fährt!

»Hui, die waren ganz schön stinkig«, sagt sie, als wir in ihren Corsa einsteigen. Der sieht leider selbst mit viel Fantasie nicht im Entferntesten wie ein Aston Martin aus.

»Ja, dann sollen sie beim nächsten Mal besser lernen.«

»Ich fand aber auch, dass es ziemlich viele Vokabeln waren. Ich habe zwei ganze Vormittage dafür gelernt, als Noah in der Schule war.«

Noah ist Steffis sechsjähriger Sohn.

»Jawohl, Frau Bauer! Beschwerde entgegengenommen!«

Ich schnalle mich an.

»Nee, echt jetzt, Timo. Deshalb waren die meisten auch so sauer. Wir hatten ja nur zwei Tage Zeit, und es waren echt viele Vokabeln.«

»Zweieinhalb Tage!«, protestiere ich.

»Ja, manche gehen aber auch arbeiten und haben tagsüber keine Zeit zum Lernen.«

»Wer arbeitet von denen denn bitte?«

»Der Jim zum Beispiel. Und die Alina.«

»Ja, wow! Zwei Stück.«

»Na, immerhin.«

»Wer passt eigentlich auf Noah auf, wenn du in die Schule gehst?«, frage ich, als wir gerade auf die Römerstraße abbiegen.

»Matthias natürlich. Und wenn der nicht kann, bringe ich ihn zu einer Freundin.«

Matthias ist Steffis Freund.

»Hattest du denn eigentlich einen Job, bevor Noah geboren wurde?«

»Nur Aushilfsjobs. Hab ja keine Ausbildung oder so.«

»Ich auch nicht.«

»Echt nicht?«

»Nö.«

»Aber du hast wenigstens Abitur, oder?«

»Ja, klar«, sage ich, als sei es das Selbstverständlichste der Welt. Im selben Moment fällt mir aber ein, dass es das eben für manche nicht ist.

»Wieso hast du denn nie eine Ausbildung gemacht?«, will Steffi wissen.

»Wenn ich das mal wüsste. Es hat sich irgendwie so ergeben. Das Studium hat mich damals tierisch genervt, und da habe ich's einfach drangegeben. Und dann wollte ich erst mal etwas Geld verdienen. Tja, keine Ahnung und irgendwie bin ich in meinem Studentenjob hängen geblieben, immer in dem Glauben, dass ich ab nächsten Monat anfange, mir etwas Vernünftiges zu suchen.« Steffi schweigt. »Und du?«, frage ich. »Wieso hast du keine Ausbildung?«

»Du bist witzig! Ohne Abschluss, aber mit Kind? Was willst du denn da für eine Ausbildung machen? Examinierte Klofachfrau? Heute brauchst du doch für die lächerlichsten Berufe schon einen Realschulabschluss oder Abi. Ganz ohne Abschluss … Das kannste voll knicken.«

»Mmh. Stimmt. Aber jetzt bist du ja auf dem besten Weg.«

Wir sind fast zu Hause angekommen.

»Ja, ich will schauen, dass ich auch mein Abi schaffe. Schon allein wegen Noah. Damit ich ihm irgendwann mal was bieten kann. Aber eins nach dem anderen. Erst mal kommt der Realschulabschluss.«

Das klingt nach einem guten Vorhaben. Steffi fährt in eine der zahlreichen Quarktaschen vor unserem Haus.

Quark|ta|sche *f.; Gen. -; Pl. -n.;* Bezeichnung für ein Gebäck, hier: saloppe Bezeichnung für eine Parktasche (= einen Parkplatz)

Das ist das einzig Gute an dieser Bruchbude. Wenigstens um Parkmöglichkeiten für sein nicht vorhandenes Auto braucht man sich keine Gedanken zu machen.

»Willst du noch kurz mit hochkommen?«, frage ich.

»Klar, wieso nicht? Noah ist sowieso schon im Bett. Und auf Matthias hab ich eh nicht so viel Bock. Wir haben uns vorhin gestritten.«

Ich schenke mir ein Bier und Steffi eine Cola ein.

»Sag mal, Timo. Kann ich demnächst vielleicht mal bei dir vorbeischauen, wenn ich mit den Hausaufgaben nicht klarkomme? Also, nicht nur in der Schule. Ich meine, hier.«

»Ja, klar.«

»Weißt du, mir ist das nämlich wirklich ernst mit der Schule. Diesmal muss ich es schaffen!«

Ich starte noch einmal einen Versuch und frage: »Wieso hat es denn das erste Mal nicht geklappt?«

Es interessiert mich wirklich. Ich weiß von allen meinen Schülern nur, dass sie keinen Schulabschluss haben, denn sonst wären sie nicht in diesem Kurs. Aber ich weiß nicht, wieso sie ohne Abschluss sind.

»Ist 'ne lange Geschichte«, sagt sie und seufzt.

»Ich habe Zeit.«

»So ganz weiß ich es ja selbst nicht. Mein Therapeut sagt, dass er sich auch nicht ganz sicher ist, was genau das Schlüsselerlebnis ist und woher meine Angst kommt. Ich hatte halt immer irgendwie Angst. Vor meinen Lehrern. Vor meinen Mitschülern. Und vor meinem Stiefvater. Und weil ich so viel Angst hatte, hab ich auch ständig schlechte Noten geschrieben. Und weil ich so viele schlechte Noten geschrieben hab, hat mein Stiefvater irgendwann angefangen, mich zu schlagen. Erst nur ein bisschen. Dadurch wurden meine Noten aber auch nicht besser. Im Gegenteil! Ab da hatte ich noch mehr Angst vor Klassenarbeiten. Oft hab ich nur gezittert und konnt nicht mal ein Wort oder eine Zahl schreiben. Meine Noten wurden dann immer beschissener, und mein Stiefvater wurde immer wütender.«

Steffi macht eine Pause, und mir fehlen die Worte. Man rechnet ja mit allem, aber ...

»Das tut mir leid«, sage ich schließlich nur.

»Richtig schlimm wurde es, als ich sitzen geblieben bin und auf die Realschule musste.«

»Du warst mal auf dem Gymnasium?« Irgendwie war ich davon nicht ausgegangen.

»Ja, in der Grundschule war ich noch eine richtig gute Schülerin. Ich bin auch immer gern hingegangen. Aber dann kam das Gymnasium, und ich bin absolut nicht mehr mitgekommen. Das ging alles viel zu schnell da. Mitten im Schuljahr sind wir dann auch noch umgezogen, und ich bin in eine neue Klasse gekommen, wo ich niemand kannte. Und keiner mochte mich irgendwie. Na ja, und dann ging's halt bergab.«

Steffi klingt ziemlich gefasst, als sie das alles erzählt. Es ist vermutlich nicht das erste Mal, dass sie darüber redet.

»Als ich dann nach der Sechsten auf die Realschule musste, dachte ich, dass jetzt alles besser werden würde. Ich dachte, vielleicht biste einfach nur zu doof fürs Gymnasium. Hätte ja sein können! Aber damit hatte es nichts zu tun. Die erste Klassenarbeit auf der Realschule hab ich sofort wieder vergeigt. Mathe. Dabei war die wirklich nicht schwer gewesen. Aber ich saß da und wusste nicht mehr, wie man so was rechnet. Na ja, kannst dir ja vorstellen, was mein Stiefvater angestellt hat. Vom Gymnasium auf die Realschule und dann immer noch schlechte Noten.«

»Hat deine Mutter denn nichts unternommen?«

»Ach, die ... die ist einfach nur aus dem Zimmer gegangen und hat so getan, als ob nichts ist. Und wenn ich mal den Mut hatte, sie darauf anzusprechen, hat sie nur gesagt, dass es das Beste für mich ist.«

Jetzt klingt Steffi nicht mehr so gefasst. Ich merke, wie sie mit den Tränen kämpft.

»Das Beste!«, wiederholt Steffi und prustet durch die Nase. »Kannst du dir das vorstellen? Für welches Kind soll so was bitte das Beste sein?«

»Tut mir leid«, sage ich wieder. Ich weiß nicht, was man sonst in so einer Situation sagt. *Es tut mir leid* ist das Einzige, was mir einfällt. Und das tut es wirklich.

»Ab da habe ich vor Angst angefangen, ins Bett zu machen.« Sie macht eine Pause, atmet tief durch. »Ich hab mir dann von meinem Taschengeld Bettwäsche gekauft und morgens immer den Wecker gestellt, um zu gucken, ob was passiert ist. Wenn ja, hab ich das Bettzeug gewechselt.«

Ich sehe, wie sich ihre Augen mit Tränen füllen. Schnell springe ich auf und hole eine Küchenpapierrolle. Taschentücher habe ich leider nicht im Haus.

Steffi reißt sich ein Blatt ab. »Dabei hab ich mich immer so angestrengt. Immer! Immer!«

Ich kann nichts sagen. Mir fehlen einfach die Worte. Dabei habe ich sonst immer einen lockeren Spruch auf den Lippen oder die passenden Worte parat. Doch jetzt? Jetzt fällt mir einfach nichts ein, und ich höre nur zu. Vielleicht reicht das ja manchmal auch.

»Ich hab für jede Klassenarbeit gelernt. Wochenlang. Ich habe nachmittags nichts anderes gemacht. Das hat aber keiner gesehen!

Nur, was anschließend unter der Klassenarbeit stand. In Rot. Nur das hat gezählt! Weißt du, jede normale Mutter fängt doch an, sich Gedanken zu machen, wenn ihre Tochter nichts auf die Reihe kriegt, oder?«

Ich nicke.

»Aber meine Mutter hat immer nur weggeschaut. Nach der achten Klasse bin ich dann auf die Hauptschule geschickt worden.«

»Gab es denn niemand, dem du davon erzählen konntest?«, frage ich.

»Wem denn?«

»Freunden?«

»Freunden?«, schnauft sie. »Ich hatte keine Freunde. Mit mir wollte keiner was zu tun haben. Ich hab ja immer nur still in der Ecke gehockt und meinen Mund nicht aufbekommen. Bei manchen Lehrern hab ich auch im Unterricht gezittert, weil ich solche Angst hatte. Das haben natürlich alle mitbekommen und meinten, ich bin voll durchgeknallt. Für so 'ne Psychotante haben die mich gehalten. War ich ja auch irgendwie.«

Wir schweigen beide.

Was sagt man zu jemandem, der so viel Scheiße durchgemacht hat?

»Nach der neunten Klasse bin ich abgegangen. Hatte fast nur Fünfen und Sechsen. Selbst auf der Hauptschule noch!« Steffi macht wieder eine kurze Pause. »Dann hat meine Mutter mich rausgeworfen. Hat gesagt, ich bin für nix gut.«

»War euer Verhältnis denn immer schon so schlecht?«

»Weiß nicht«, sie zuckt mit den Schultern. Denkt kurz nach. »Ja, irgendwie schon. So richtig schlimm wurde es halt, als mein Stiefvater eingezogen ist.«

»Und dein richtiger Vater?«

»Der ist abgehauen, als ich neun war. Der wollte mich nicht.« Steffi fängt wieder an zu weinen. »Keiner wollte mich! Keiner!«

Ich atme tief ein. Lange halte ich es auch nicht mehr aus, ohne dass ich wie ein Schulmädchen anfange mitzuflennen.

Ich sehe nur Steffi da auf meinem Sofa sitzen. Wie ein Häufchen Elend. So, wie ich sie noch nie gesehen habe. Weil ich Steffi bisher eigentlich gar nicht kannte. Weil ich nur die neugierige Stasi-Stefanie gesehen habe, die sich in jedermanns Angelegenheiten einmischt. Die, wenn ich so richtig darüber nachdenke, eigentlich immer nur Kontakt zu anderen gesucht hat. Die aber auch hier im Haus immer nur auf Ablehnung gestoßen ist, weil sie es irgendwie völlig verquer angefangen hat. Anstatt sich mit den Leuten richtig zu unterhalten, hatte man immer den Eindruck, sie wollte einem auf die Pelle rücken. Dabei hat sie wahrscheinlich einfach nur Freunde gesucht.

»Na, aber jetzt hast du ja Matthias gefunden«, murmele ich schließlich. Irgendetwas muss ich ja sagen. Sie schweigt. »Ich bin mir sicher, dass du ihm sehr viel wert bist.«

»Ja, weiß nicht. Kann sein.«

»Und Noah«, sage ich. »Du hast Noah!«

Sie hört schlagartig auf zu weinen, und ein Lächeln huscht über ihr Gesicht.

»Ja, Noah ist der Größte!« Sie schnieft sich die Nase.

Wir reden noch ein wenig mehr. Ich wechsle allerdings das Thema und stelle den Fernseher an, um die Stimmung zu lockern.

Um kurz nach elf begibt sich Steffi runter in ihre Wohnung, und ich mache mir noch zwei Scheiben Toast.

Kurz bevor ich ins Bett gehen will, checke ich mein Handy, das ich in der Schule selbstverständlich immer lautlos stelle. Scheiße! Das ganze Display ist voll mit Pushnachrichten. Von Tholo! Er hat versucht anzurufen. Mehrmals. Shit, er hat bestimmt das mit Désirée herausgefunden!

Geschrieben hat er auch. Ich öffne WhatsApp.

ruf mich mal dringend an, wenn du aus der schule bist, alter.
THOLO

Mehr steht da nicht! Ich schlucke und klicke auf seinen Namen, um ihn anzurufen.

»Mensch, da bist du ja endlich«, sagt Tholo. Er klingt irgendwie erleichtert und gar nicht sauer. Gut, dann weiß er wohl doch nichts von Désirée und mir.

»Sag mal, was ist denn mit deinem Festnetz?«, fragt er. »Da kam: *Kein Anschluss unter dieser Nummer.*«

»Ja, hab ich abbestellt.«

»Na, ist ja auch egal. Rate mal, was –!«

»Du bist befördert worden?«

»Ja, ins Beziehungs-Aus.«

»Hä?«

»Jo, Désirée hat Schluss gemacht.«

Ach, du Scheiße! Es geht also doch um Miss Moneypenny.

»Du machst Witze«, sage ich.

»Nein. Heute Abend.«

»Und … und hat sie gesagt, wieso?«

»Nö. Sie meinte nur, es würde nicht mehr passen. Ist auch schon abgehauen. Hat sie sich wahrscheinlich bei Cleo abgeguckt. Ist das zu fassen? Da sind wir beide von unserer Perle abserviert worden.«

»Hey«, sage ich. »Ich habe mit *ihr* Schluss gemacht.«

»Ja, was auch immer.«

»Und nu?«

»Nu gehen wir am Freitag erst mal aus. Da haste doch keine Schule, oder?«

»Wie ausgehen?«

»Na, Weiber aufreißen.«

Na, der ist ja krass drauf.

»Du bist gerade erst abserviert worden! Da willst du am Freitag schon auf die Piste gehen?«

»Ja, klar, Mann. Jetzt brauch ich erst mal Ablenkung. Ab jetzt geh ich wieder regelmäßig raus. Also, was sagst du? Wir zwei … Freitagabend?«

Na, schaden kann's ja nicht. »Okay«, sage ich also.

»Cool. Bis denne.« Tholo legt auf.

Was für ein Tag! Ich kann's nicht fassen, dass Désirée tatsächlich mit Tholo Schluss gemacht hat. Die waren doch auch mindestens vier Jahre zusammen.

Ich hoffe, sie glaubt nicht ernsthaft, dass sie hier noch mal aufzutauchen braucht.

Für heute habe ich aber genug Seelsorger gespielt! Das Dr.-Timo-Sommer-Team legt sich nun ins Bett und hofft auf wohlverdiente Ruhe.

Offizieller Klugscheißer-Tag Nr. 9
(formerly known as chapter 16)

Um kurz nach fünf klingelt es an meiner Tür. Ich erwarte aber niemand. Entweder ist es wieder ein Paketzusteller oder schlimmer noch: Désirée ist zurück und will Nachschlag! Ich befürchte, die werde ich nie wieder los!

»Es ist keiner da!«, sage ich in die Gegensprechanlage.

»Mach auf, Timo«, meldet sich eine Frauenstimme.

»Hau ab, Désirée«, sage ich.

»Désirée?«, fragt die Frauenstimme verdutzt.

»Ja, wer ist denn da?«

»Hier ist Cleo.«

Hallo, Fettnapf!

»Jetzt mach auf«, sagt sie.

Ich drücke die Tür auf und, klar, das Erste, was Cleo fragt, als sie Mount Treppenhaus bestiegen hat, ist: »Was ist mit Désirée?«

»Gar nichts.« Jetzt schnell irgendwas ausdenken!

»War Désirée etwa hier?«

Schnell, Timo, denk nach! Denk nach!

»Nö«, sage ich. Was für eine geistreiche Antwort!

»Wieso dachtest du dann, dass ich Désirée bin?«

»Weil sie … ähm … ich … sie noch eine Auflaufform von mir bekommt.« Was rede ich denn da? Wenn man sich einmal auf seine Gehirnzellen verlässt …

»Was für eine Auflaufform?«

»Ach, ist doch egal. Bist du hier, um mit mir über Auflaufformen zu reden?«

»Du hast damit angefangen.«

»Was willst du hier?«, frage ich.

»Ich wollte mit dir einkaufen.«

»Wie? Einkaufen?«

»Ja. Lebensmittel. Du hast doch jetzt kein Auto mehr und musst alles hierherschleppen. Also los! Pack deine Sachen, wir fahren in den HIT.«

Ich finde es zwar blöd, dass sie einfach so vorbeischneit, als hätte ich den ganzen Tag nichts zu tun, aber okay, einmal keine Lebensmittel schleppen zu müssen, klingt verlockend.

Krrrrrr. Mein Hightechmülleimer öffnet sich. Eine Fliege ist vorbeigeflogen.

»Beschissener Mülleimer!«

Klar, keine Minute hier, und schon beleidigt sie wieder mein Baby.

»Hier! Ich habe dir zwei blaue IKEA-Tüten mitgebracht, damit du nicht wieder siebzehn Plastiktüten kaufst. Die schmeißt du eh alle weg!«

Im HIT mache ich einen Großeinkauf. Auch wenn das Geld knapp ist. Keine Sprudelwasserflaschen bis nach Hause schleppen zu müssen ist schon nicht schlecht. Kartoffeln, Konserven und ähnlicher Kram sind auch mörderschwer. Also, nichts wie rein in den Einkaufswagen!

Ein bisschen komisch finde ich, dass Cleo, jetzt, wo wir getrennt sind, all die Dinge für sich kauft, die ich sonst gern gegessen habe.

»Seit wann magst du denn Fol Epi?«, frage ich.

»Och, schon immer.«

»Stimmt doch gar nicht! Den mochtest du früher nie.«

»Jetzt mag ich ihn aber!«

Dann bleibt sie bei den Kinder Pinguí stehen und legt zwei Packungen in ihren Einkaufswagen.

»Jetzt reicht's aber! Kinder Pinguí? Die mochtest du doch noch viel weniger.«

Will sie mich ärgern, oder was? Ihr ganzer Einkaufswagen sieht aus, als hätte ich ihn zusammengestellt, während meiner lediglich eine Sparversion von ihrem ist. Nur No-Name-Produkte.

Das macht sich allerdings an der Kasse bemerkbar. Während Cleos Einkäufe knapp 100 Euro kosten, komme ich nicht mal auf 50 Euro. Gut gemacht, Timo! Und die sechs Euro für Plastiktüten entfallen heute auch.

»48,12 Euro«, sagt die Kassiererin.

Ich will gerade das Geld aus meinem Portemonnaie ziehen, da ruft Cleo: »Ist das da hinten Tholo? Was macht der denn in Brühl?«

Ich drehe mich um.

»Wo?«, frage ich. Dort steht nur ein Pappaufsteller mit Büchern. »Wo denn?«, frage ich noch mal.

»Ach, da habe ich mich wohl verguckt«, sagt Cleo, und ich sehe, wie die Kassiererin Cleos EC-Karte in das Kartenlesegerät steckt.

»Moment«, sage ich. »Das sind meine Einkäufe.«

Die Kassiererin schaut in Cleos Richtung. »Aber ...«

»Ist schon gut«, sagt Cleo. »Du hast am Freitag auch meine Medikamente bezahlt.«

»Ja, die haben aber keine 50 Euro gekostet.«

»Viel weniger bestimmt auch nicht.«

Ich fühle mich irgendwie billig, weil Cleo meine Lebensmittel bezahlt. Andererseits habe ich letzte Woche tatsächlich nichts für die Medikamente verlangt.

Doch das war offensichtlich noch nicht das Ende von Cleos Großzügigkeit. Als wir bei mir zu Hause ankommen und ich gerade die IKEA-Tüte mit meinen Einkäufen aus ihrem Kofferraum hole (ich habe nur eine der beiden gebraucht), deutet sie auf die andere Tüte.

»Hier! Die auch.« Ich schaue sie irritiert an. »Ich mag nach wie vor kein Kinder Pinguí!«

Offizieller Klugscheißer-Tag Nr. 10
(formerly known as chapter 17)

Auch wenn ich jetzt zur arbeitenden Bevölkerung gehöre, habe ich immer noch eine Menge Zeit. Also lümmele ich den Vormittag über im Internet herum.

Dabei esse ich die Hälfte der Nussmischung leer, die Cleo mir gestern gekauft hat. Warum sie wohl so großzügig war? Und was sie wohl gerade macht? Bestimmt ist sie im Büro. Da kann sie sicher eine kleine Aufmunterung vertragen.

Von: supertimo@gmx.net
...Von: cleo.schulte@werbal-koeln.de
An: supertimo@gmx.net
Betreff: RE: Reklamation Nussmischung
Ich würde vorschlagen, du schmeißt die Haselnüsse weg (oder gibst sie Gundula) und öffnest die andere Packung. Wir haben doch zwei gekauft. Die verdient dann wenigstens auch den Namen Nuss-*Mischung*.
Bin übrigens auf 180, weil unsere neue Praktikantin nichts auf die Reihe bekommt. Angeblich hat sie frisch ihr Abi hinter sich, wovon man allerdings nichts merkt. Hab ihretwegen gerade einen Mega-Anschiss vom Lorenz kassiert, weil sie bei zwei Worten, die sie gestern im Layout noch verbessern sollte, jeweils einen neuen Fehler eingebaut hat. Gut, ich hätte noch mal drübergucken müssen, also habe ich den Anschiss verdient. Fürs nächste Mal weiß ich Bescheid! Vielleicht hast du ja einen Ratschlag, wie man mit inkompetenten Praktikantinnen umgeht?!

Eigentlich wollte ich mir ja abgewöhnen, die Menschen ständig zu verbessern, aber da Cleo schließlich auch beruflich mit Sprache zu tun hat, sollte ich ihr wohl sagen, dass auch sie eine Wörter-Worte-Verwechslerin ist. (Komisch, dass mir das bisher nie aufgefallen ist?)

Wör|ter-|Wor|te-|Ver|wechs|ler *m.; Gen. -s; Pl. -;* ein Mensch, dem der semantische Unterschied der beiden Pluralformen Wörter und Worte nicht bekannt ist

Von: supertimo@gmx.net
An: cleo.schulte@werbal-koeln.de
Betreff: RE: RE: Reklamation Nussmischung
Angesichts der Tatsache, dass die Praktikantin vermutlich nicht einmal für ihre Arbeit entlohnt wird, würde ich nicht zu hart mit ihr ins Gericht gehen.
Ich habe übrigens eine neue Nussmischung angebrochen, und die Macadamianüsse sind schon wieder alle weg. Mit denen sind sie aber auch zimperlich! Es läuft wieder sehr auf die übrig bleibenden Haselnüsse hinaus.
Sag mal, was macht man gegen Mückenstiche? Ich habe zwei fette Stiche auf der linken Backe und sehe aus, als hätte ich Cholera.
Postskriptum: Du hast in deiner letzten Mail übrigens das Nomen »Worte« falsch verwendet. Es gibt die beiden Pluralformen »Wörter« und »Worte«, die allerdings eine unterschiedliche Bedeutung haben. »Worte« sind ein zusammenhängend gesprochener Text. Zum Beispiel: »Sie begrüßte die Hochzeitsgäste mit ein paar warmen Worten.«
»Wörter« hingegen ist die eigentliche Mehrzahl von »Wort«. Wörter sind zum Beispiel: Holz, Stuhl, Tischplatte, Tee. Insofern kann man »Worte« auch nicht zählen, »Wörter« hingegen schon. Das machen allerdings viele falsch, also keine Panik!

Ich würde am liebsten noch hinzufügen, dass man diesen Fehler selbst in Büchern häufig findet, aber das empfände sie wahrscheinlich wieder als Angriff (weil sie nicht gern liest). Daher lasse ich es einfach und bin froh, inzwischen doch ein wenig hinzugelernt zu haben.

Von: cleo.schulte@werbal-koeln.de
An: supertimo@gmx.net
Betreff: RE: RE: RE: Reklamation Nussmischung
Unsere Praktikanten werden tatsächlich nicht wirklich bezahlt, aber es zwingt sie ja niemand, das Praktikum zu machen. Und solange sie für mich arbeitet, erwarte ich, dass sie hundertprozentig bei der Sache ist. Schlimm! Um alles muss man sich selbst kümmern!
Du bist übrigens der einzige Klugscheißer, den ich kenne, der Postskriptum anstatt P.S. schreibt. Aber trotzdem danke für den Hinweis. Den Unterschied kannte ich noch gar nicht. Ich schätze, manchmal zahlt es sich doch aus, einen Klugscheißer als Ex-Freund zu haben! (Als Freund ist es ein wenig zu anstrengend!)
Ich habe übrigens keine Ahnung, was gegen Mückenstiche hilft. Google doch mal!

Von: supertimo@gmx.net
An: cleo.schulte@werbal-koeln.de
Betreff: RE: RE: RE: RE: Reklamation Nussmischung
Man mag es nicht glauben, aber Spucke hilft gegen Mückenstiche. Einfach ein bisschen Speichel ins Gesicht, und schon juckt es nicht mehr!

Von: cleo.schulte@werbal-koeln.de
An: supertimo@gmx.net
Betreff: RE: RE: RE: RE: RE: Reklamation Nussmischung
Yummy! Vielen Dank auch. Ich hatte ohnehin vor, heute das Mittagessen ausfallen zu lassen!

Offizieller Klugscheißer-Tag Nr. 11
(formerly known as chapter 18)

Um Viertel vor fünf holt Steffi mich ab, und wir fahren zusammen zur Schule.

»Unsere Klasse hat sich gestern über deinen Vokabeltest beschwert«, berichtet Steffi im Auto. »Bei der Sorgatz.«

»Wieso denn bei der?«

»Weil sie unsere Klassenlehrerin ist.«

»Ach, echt?« Wobei ich nicht so richtig verstehe, wieso sie nicht in ihrer eigenen Klasse Englisch unterrichtet. »Und?«

»Sie meinte, dass sie heute mit dir sprechen wird. Außerdem hat sie noch ganz schön über dich gelästert.«

»Wie professionell! Wundert mich allerdings nicht«, sage ich.

»Wieso? Mögt ihr euch nicht?«

»Kein Kommentar.«

»Verstehe. Na, jedenfalls hat sie gemeint, dass zwei Tage Vorbereitung für einen Vokabeltest wirklich viel zu wenig sind. Wusstest du, dass sie auch Englisch unterrichtet?«

Ich nicke.

»Dann hat sie sich mindestens fünf Minuten darüber ausgelassen, dass sie findet, dass man mit Erwachsenen sowieso keine Vokabeltests schreiben und dass man uns nicht wie kleine Kinder behandeln kann. Das hat natürlich mächtig für Stimmung gesorgt! Also, mach dich schon mal auf was gefasst. Ich wollte dich gestern Abend noch anrufen, aber als ich nach Hause kam, hatte ich erst mal Streit mit Matthias. Da habe ich's dann vergessen. Sorry.«

»Mach dir mal keine Sorgen. Die kriege ich schon in den Griff.«

»Wen meinst du? Die Klasse oder die Sorgatz?«

»Beide.« Hoffe ich.

»Timo! Wir müssen reden!«, instruiert mich Barbara augenblicklich, als ich das Lehrerzimmer betrete.

»Ja, dir auch einen schönen Guten Tag!«, sage ich und gehe an meinen Platz. Barbara folgt mir mit energischem Schritt.

»Es geht um meine Klasse. Die haben sich gestern nämlich bitterlich über dich beschwert.«

Witzig, dass sie jetzt von *ihrer Klasse* spricht, dabei war es vor ein paar Tagen noch ein Haufen Loser, der die Abschlussprüfung sowieso nicht schafft.

»Über den Vokabeltest?«, frage ich.

Barbara ist eine Sekunde irritiert, dass ich offensichtlich schon Bescheid weiß.

»Ja, ganz genau. Meine Klasse hat mir berichtet, dass sie gerade mal zwei Tage Zeit hatte, um mehr als 60 Vokabeln zu lernen.«

»58 Vokabeln und zweieinhalb Tage«, berichtige ich sie. Wenn schon klug rumscheißen, dann auch richtig. Eigentlich wollte ich mich ja wirklich zurücknehmen, aber Barbara bringt irgendwie das Schlimmste in mir zum Vorschein.

»Wie auch immer. Das ist doch überhaupt nicht praktikabel. Kein Wunder, dass der Test in der ganzen Klasse so schlecht ausgefallen ist.«

»Ja, ich dachte, das liegt daran, dass die gesamte Klasse so strunzdumm ist? Oder welches Adjektiv hattest du am Montag noch benutzt?«

»So etwas habe ich ganz bestimmt nie behauptet!«

»Na, sinngemäß schon. Da hast du doch gemutmaßt, dass der Test nicht besonders anspruchsvoll gewesen sei.«

»Da kannte ich doch noch gar nicht alle Fakten!«

Ah ja!

»Ging es denn nur um den Vokabeltest, oder gab es noch andere Beschwerden?«

»In erster Linie ging es um den Vokabeltest. Den kannst du so nicht werten.«

»Und wieso nicht?«

»Weil sie viel zu wenig Zeit hatten, um sich auf den Test vorzubereiten. Sonst wäre der Test ja auch besser ausgefallen.«

»Der Test ist so schlecht ausgefallen, weil die meisten überhaupt nicht gelernt haben. Manche wussten nicht einmal eine einzige Vokabel.«

»Ich finde Vokabeltests im Übrigen per se nicht gut! Du unterrichtest hier schließlich keine Kinder, sondern Erwachsene. Die kannst du nicht einfach zu so etwas zwingen.«

Noch bevor ich antworten kann, wird die Tür aufgerissen, und Frau Penner brüllt wieder ein stürmisches »Olé!«. Dann sieht sie aber offensichtlich, dass wir gerade einen Disput haben.

»Was ist los?«, fragt sie und sieht uns beide eindringlich an. »Gibt es Ärger?«

Ich schweige.

»Na ja, Ärger kann man nicht sagen«, beginnt Barbara. »Es ist nur so, dass sich meine Klasse gestern bereits über Herrn Seidel beschwert hat.« Dabei legt sie einen auffallend besorgten Gesichtsausdruck auf und betont das *bereits* ganz besonders.

»Oh, worum geht es denn?«

»Na ja, vielleicht möchte Herr Seidel Ihnen das selbst berichten.«

Frau Penner dreht sich zu mir um, und ich sehe, wie sich Genugtuung auf Barbaras Gesicht abzeichnet. Was für eine Denunziantin!

De|nun|zi|an|tin *f.; Gen.* -; *Pl.* -nen; eine feindlich gesonnene Arbeitskollegin, die jede Gelegenheit nutzt, einen bei der Vorgesetzten negativ darzustellen

Frau Penner sieht mich an. Ich merke, wie mir langsam warm wird. »Ähm, also es geht darum, dass ich letzte Woche einen Vokabeltest geschrieben habe, den ich drei Tage vorher angekündigt hatte.

Leider ist er aber in beiden Klassen ziemlich schlecht ausgefallen, und nun frage ich mich, ob ich den Test überhaupt werten darf.«

»Ja, selbstverständlich dürfen Sie den Test werten. Wieso sollten Sie das nicht dürfen?«

Ich schaue in Barbaras Richtung. Ja, wie komme ich nur auf diese blöde Idee?

»Und darum geht es? Dass sich die Klasse über das Ergebnis des Vokabeltests beschwert hat?«

Ich nicke.

»Es waren wohl auch ziemlich viele Vokabeln auf einmal, die die Klasse zu lernen hatte«, wirft Barbara von hinten ein.

Frau Penner legt die Stirn in Falten, während ihr Blick von Barbara zu mir und wieder zurückwandert. Sie ahnt vermutlich, dass die Chemie zwischen uns beiden nicht ideal ist. Dann sagt sie: »Frau Sorgatz, vielleicht können Sie noch einmal mit Ihrer Klasse sprechen, damit die Emotionen nicht so hochkochen? Und Herr Seidel, vielleicht können Sie beim nächsten Test einfach ein paar Vokabeln weniger aufgeben?«

Das nenne ich diplomatisch! Frau Penner schaut uns beide erwartungsvoll an. Sie sieht irgendwie genauso freundlich und fröhlich aus wie immer, aber in ihrem Blick ist zudem eine Entschlossenheit, die einem ziemlich deutlich zu verstehen gibt, dass dies das letzte Wort zu diesem Thema war. Weder ich noch Barbara sagen daher irgendetwas. Stattdessen stehen wir wie zwei begossene Pudel da.

»Ich wünsche noch einen angenehmen Abend«, sagt Frau Penner. Diesmal gibt es kein beschwingtes »Cheerio«, als sie uns im Lehrerzimmer stehen lässt.

Barbara schaut mich wütend an, als würde sie sagen wollen: *Das hast du ja großartig hingekriegt!*

Und ich schaue zurück, als wollte ich sagen: *Du hast schließlich angefangen!*

So langsam arbeitet sich die gute Barbara auf meiner Liste der fünf nervigsten Menschen zuversichtlich nach oben. Diese setzt sich bislang wie folgt zusammen:

Platz 5: Elfi Kohlheim. Mit der habe ich zweieinhalb Jahre zusammen bei ProTrend gearbeitet. Elfi war immer zu geizig (oder zu faul), sich eigenes Essen mitzubringen, weswegen jeder versuchte, bloß nicht zur selben Zeit wie Elfi in die Pause zu gehen. Vor allem, wenn man *neuartige* Produkte dabeihatte. »Wie schmeckt denn das Kitkat mit weißer Schokolade? Darf ich mal probieren?« Wobei Elfi nicht zwangsläufig auf die Neuheit von Produkten angewiesen war. Ich habe von ihr auch schon den Satz gehört: »Wie schmeckt denn die Cola light? Kann ich mal probieren?« Nur den Satz *Ich habe Durst, darf ich mir von dir bitte ein Glas Cola nehmen* habe ich noch nie von ihr gehört. Sie selbst hat ihr Essen, das sie äußerst selten dabeihatte, immer bereitwillig geteilt. Nur, das war meistens so eklig, dass jeder dankend abgelehnt hat. Damit sie allerdings mal sieht, wie das ist, wenn einem jemand alles wegfuttert, habe ich einmal zwei Päckchen ihrer Kaubonbons angenommen, die allerdings derart hart waren, dass sie mir fast die Füllungen aus den Zähnen gerissen hätten.

Platz 4: Meine Oma beziehungsweise der elektronische Kanarienvogel, der in ihrem Kühlschrank wohnte. Als ich noch klein war, besuchten meine Mutter und ich jeden Freitag meine Oma, bei der sich dann auch die gesamte Familie traf, um über aktuelle Geschehnisse zu philosophieren. Das war für mich in etwa so aufregend, wie mit der Zeitansage zu telefonieren. Also versuchte ich, meine Zeit wenigstens mit Essen totzuschlagen. Ich wusste, dass meine Oma immer reichlich Fürst-Pückler-Eis in der Tiefkühltruhe hatte. Sobald ich mich also unbeobachtet fühlte, schlich ich mich zum Kühlschrank. Das gestaltete sich jedoch als äußerst schwierig. Meine Oma besaß nämlich einen für damalige Verhältnisse waschechten Hightechgefrierschrank, der, sobald man das Eisfach auch nur anderthalb Sekunden lang öffnete, einen ohrenbetäubend schrillen Alarmton von sich gab. Dieser Ton allein reichte schon aus, um einen akuten Hörsturz auszulösen. Doch nur eine Millisekunde, nachdem der elektrische Kanarienvogel im Gefrierfach lostrompetet hatte, stimmte meine Oma einen noch viel schrilleren Ton an und befahl, das Gefrierfach augenblicklich zu schließen. Dabei ging es nicht so sehr um das Eis, sondern darum, dass keine kostbare Energie verschwendet wurde. Meine Oma war im Übrigen auch die Einzige, die es schaffte, innerhalb einer dreiviertel Sekunde den Gefrierschrank zu öffnen, das Eis herauszuholen und die Tür wieder zu schließen.

Platz 3: Die Frau aus einer früheren Joghurtwerbung. Inzwischen ist der Spot glücklicherweise geändert worden, aber prinzipiell interessiert es mich nicht, welche Menschen oder eben auch Werbefiguren sich mit Furzerei herumplagen. *Hallo Mutti! Sag mal, wollen wir zusammen ins Kino gehen?* Und die Mutter fasst sich mit flacher Hand und schmerzverzerrtem Gesicht auf den aufgeblähten Bauch und sagt sinngemäß: *Ach, würde ich gern, Kind! Aber ich hab doch solche Probleme mit der Verdauung und bin so aufgebläht.* Ich bin ja sicherlich kein verklemmter Mensch, aber ein bisschen Diskretion darf es meinetwegen schon sein. Vor allem, wenn ich abends mit einem Sandwich vor dem Fernseher sitze und mir eine wildfremde Frau etwas von ihrer Flatulenz erzählt.

Fla|tu|lenz *f.; Gen. -; Pl. -en*; das Entweichen großer Luftmengen aus Körperöffnungen, an denen die Sonne nicht scheint, optional auch mit unterschiedlichen Duftrichtungen erhältlich

Irgendwo sollte man eine Grenze des guten Geschmacks ziehen. Sonst muss ich mir künftig im Werbefernsehen Dialoge anhören wie: *Hallo Mutti! Wollen wir heute ins Schwimmbad gehen?* Und die Mutter antwortet: *Ach, würde ich gern, Kind, aber du weißt doch, ich habe einen Pilz in der Muschi!*

Platz 2: Cleo.

Platz 1: Die ultimative Nummer eins der nervigsten Menschen in meinem Leben belegt Stefan, ein Freund von Amadeus. Er ist eigentlich ein netter Zeitgenosse, aber sobald die Sprache auf einen konkreten Film oder ein bestimmtes Buch kommt, sollte man fluchtartig vom Balkon springen. Nach wenigen Sekunden kommt die allseits gefürchtete und vernichtende Frage *Hast du den Film gesehen?* oder *Hast du das Buch gelesen?* Ab dann ist es egal, was man antwortet. Sagt man Nein, bekommt man die gesamte Handlung detailliert erklärt. Zum Teil auch mit originalgetreuen, minutenlangen Dialogen. Sagt man Ja, folgt der Satz *War das nicht witzig?* Und dann originalgetreue minutenlange Dialoge. Auch die von mir bereits ausprobierte Antwortmöglichkeit *Nein, das interessiert mich aber auch gar nicht* führt leider ebenso zu einer detaillierten Schilderung des Plots mit originalgetreuen minuten-langen Dialogen. Ein Sprung vom Balkon aus dem dritten Stock-werk wäre weniger schmerzhaft.

Die gute Barbara würde ich aktuell bereits zwischen Cleo und der Frau mit dem Pilz in der Muschi einordnen. Tendenz steigend in Richtung originalgetreue minutenlange Dialoge!

In der vierten Stunde unterrichte ich dann wieder die 1a und bin gespannt, wie die Stimmung ist. Den Schülern ist allerdings nichts anzumerken, und es hagelt auch keine Proteste.

»Guten Abend, meine Damen und Herren!«, beginne ich wie gehabt. »Wie ich höre, haben Sie sich gestern bei Frau Sorgatz über den Vokabeltest beschwert. Ich finde es natürlich bedauer-lich, dass Sie mit Ihrem Anliegen nicht zu mir gekommen sind, aber ich habe Ihren Unmut durchaus zur Kenntnis genommen. Ungeachtet dessen wird Ihr Test dennoch gewertet. Wenn Sie das nächste Mal besser lernen, fällt der Test auch dementsprechend aus.«

»Ja, Sie sind witzig«, meldet sich ein Schüler aus der ersten Reihe. »Das waren viel zu viele Vokabeln. Die konnte man gar nicht in zwei Tagen lernen.«

Die gesamte Klasse stimmt gemeinschaftlich ein.

»Ja, genau.«

»Viel zu viel!«

»Unmöglich war das!«

»Wie soll man das denn anstellen?«

»Wissen Sie, wie lange ich brauche, um nur zehn Vokabeln zu lernen?«

Ich versuche, gegen den Protest anzukommen. »Und deshalb

haben Sie alle beschlossen, einfach gar nicht zu lernen?«, frage ich in die Runde.

Eine Schülerin aus der ersten Reihe ist sogar so dreist und sagt: »Ja, genau!«

Na, wenigstens ist sie ehrlich. Denn die anderen beteuern weiterhin, sie hätten ihr Bestes gegeben. Mir kann allerdings niemand erzählen, dass er für den Vokabeltest gelernt hat und dann keine einzige Vokabel mehr wusste. Es ist ja nicht so, dass der Großteil die Vokabeln vertauscht oder falsch geschrieben hat, nein, die meisten haben neben ihrem Namen nur sehr wenig bis gar nichts auf das Blatt geschrieben.

»Wenn Sie nicht in der Lage sind, Vokabeln zu lernen, sind Sie hier offensichtlich falsch«, sage ich und bereue es sofort, denn wieder bricht heftiger Protest aus.

Also schlage ich, nachdem sich alle wieder halbwegs beruhigt haben, einen Kompromiss vor und greife Frau Penners Vorschlag auf.

»Dann bestimmen Sie eben für den nächsten Test, wie viele Vokabeln Sie lernen können. Denn vollständig auf Vokabeltests verzichten, möchte ich auch nicht. Ich weiß noch aus Abiturzeiten, wie wichtig diese Tests sind, weil niemand freiwillig lernt. Auch ich nicht.«

»Wir können ja jede Woche drei Vokabeln lernen«, schlägt ein junger Proll aus der letzten Reihe vor.

Die Klasse amüsiert sich königlich. Was für ein Schenkelklopfer!

Ich bin ein wenig verzweifelt, weil ich fast vermute, dass sein Kommentar leider *nicht* ironisch gemeint war.

»Oh, ja. Tolle Idee! Dann haben Sie am Ende des Semesters ja fast schon dreißig Vokabeln gelernt und sind beinahe in der Lage, einen vollständigen Satz zu bilden.«

Ich versuche, der Klasse zu versichern, wie wichtig Vokabellernen ist und dass ich keine Tests schreibe, um sie zu quälen, sondern weil es wirklich wichtig ist. Dann erzähle ich kurz von meiner katastrophalen Latein-Abiklausur und dass ich um Haaresbreite nicht bestanden hätte, weil unser Lehrer meinte, wir seien alt genug, um eigenverantwortlich zu lernen. Am Ende meines Monologs habe ich die Hoffnung, zumindest ein paar Schüler umgestimmt zu haben. Wie überzeugend ich tatsächlich war, wird der nächste Vokabeltest zeigen!

»Herr Seidel, kann ich Sie kurz sprechen?«, fragt Frau Penner, als Steffi und ich gerade die Klasse verlassen wollen. Steffi gibt mir ein Zeichen, das hoffentlich bedeutet, dass sie unten auf mich wartet. Es könnte aber auch heißen: *Ich fahr dann schon mal nach Hause.*

»Sicher«, sage ich.

»Frau Sorgatz und Frau Peters haben vorhin mit mir gesprochen.«

Ist ja klar, dass sie sich jetzt offiziell über mich beschwert hat, nachdem Barbara mit ihrem vorherigen Protest gescheitert ist.

»Ist es wahr, dass Sie zu Frau Peters gesagt haben, sie solle ihren Tampon wechseln?«

Frau Penner schaut mich enttäuscht an. Als wolle sie sagen: *Da habe ich mich so sehr gefreut, dass Sie zu uns gekommen sind und nun …*

Sie ist bisher wirklich immer nett zu mir gewesen, und ihre durchgeknallte Art nehme ich ihr auch irgendwie ab. Und was mache ich? Klar, alles versauen.

»Mmh, ja, kann sein«, sage ich ganz kleinlaut.

»Wie kam es denn dazu?«, fragt Frau Penner ernst. »Sie sind sich doch sicherlich bewusst, dass solch eine Aussage äußerst sexistisch ist, oder? So etwas höre ich als 68erin natürlich überhaupt nicht gern.«

Die Penner soll eine 68erin sein? Ich bin kurz irritiert, denn ich mag es überhaupt nicht, wenn meine Vorurteile nicht bestätigt werden. Wenn jemand sagt *Ich bin eine 68erin*, dann erwarte ich eine spaßfreie Öke-Möke mit geblümtem Hippie-Outfit und Birkenstocks.

Ö|ke-Mö|ke *f.; Gen. -; Pl. -;* Bezeichnung für eine Anhängerin der Ökologiebewegung, geprägt von Anke Engelke in ihrer Rolle als Ruth, der spaßfreien Öke-Möke aus der Görresstraße

»Frau Peters und ich haben ein wenig diskutiert. Da ist mir das wohl herausgerutscht«, versuche ich, mich zu verteidigen.

»Wissen Sie, ich lege in meinem privaten Umfeld und auch hier in der Schule sehr großen Wert auf politische Korrektheit. Diskriminierende Äußerungen dulde ich in keiner Weise. Ganz egal, welcher Art: Herkunft, Nationalität, Religion, sexuelle Orientierung oder eben das Geschlecht. Bei einer rassistischen Äußerung reagieren in der Regel alle sofort, aber wenn einundfünfzig Prozent der Bevölkerung, nämlich wir Frauen, jeden Tag durch Randbemerkungen oder kleine Witzchen diskriminiert werden, merken die meisten das nicht einmal. Weil wir uns schon so sehr daran gewöhnt haben.«

Timo, jetzt heißt es wohl erst mal ganz, ganz kleine Brötchen backen!

»Also, ich kann Ihnen versichern, dass ich kein Sexist bin!«, versuche ich, mich wieder ins rechte Licht zu rücken. Ich finde sogar, dass das stimmt. »Aber ich gebe gern zu, dass mein Kommentar als sexistisch ausgelegt werden kann und eventuell unangebracht war.«

»Eventuell?« Frau Penner schaut mich zwar lächelnd an, aber ihr Gesichtsausdruck gibt mir zu verstehen, dass sie es wirklich ernst meint. »Ihre Aussage suggeriert aber ganz klar, dass alle Frauen aufgrund ihrer Menstruation übellaunig sind. Das glauben Sie doch nicht ernsthaft, oder?«

Ich denke … ja, keine Ahnung …, wenn ich da an das PMCS (Prämenstruelles Cleo-Syndrom) denke, finde ich diese Annahme nicht ganz so abwegig. Die war immer ganz schön gereizt – meist bis zu achtundzwanzig Tage lang.

Ich sage: »Ja, Sie haben recht. Meine Bemerkung war unangebracht.«

»Ja, in der Tat. Und damit demnächst nicht noch mehr Tampon-Kommentare fallen, werden Sie mich am Samstag begleiten. Sie haben doch Zeit, oder?«

Es klingt gar nicht nach einer Frage! Deshalb traue ich mich auch nicht zu verneinen und nicke nur.

»Schön!«

»Und wohin begleiten?«, frage ich zögerlich. Wer weiß? Vielleicht hat Barbara ja beschlossen, mich kastrieren zu lassen. Sie kennt vermutlich einen fantastischen Tierarzt in Köln, der das auch bei Männern durchführt!

»Zu einer Lesung von Alice Schwarzer in einer Buchhandlung in Köln.«

Ich denke: Soll ich jetzt erleichtert sein oder nicht?

Ich sage: »Okay.«

»Okay?«, fragt Frau Penner erstaunt. »Ich hatte zumindest mit einem Seufzer gerechnet.«

Fast enttäuscht sieht sie mir in die Augen.

»Wieso das?« Ich schaue sie prüfend an.

»Wissen Sie denn überhaupt, wer Alice Schwarzer ist?«

»Ja, natürlich weiß ich, wer Alice Schwarzer ist.«

»Und? Was halten Sie von ihr?«

»Ich weiß nicht. Eigentlich habe ich keine Meinung zu ihr«, sage ich und meine das ausnahmsweise wirklich so.

»Na schön. Die Lesung beginnt um acht. Sollen wir uns dann um sieben hier an der Schule treffen und gemeinsam nach Köln fahren?«

Ich nicke. Na super! Gerade mal eine Woche hier, und schon muss ich nachsitzen!

»Und wegen der Sache zwischen Ihnen, Frau Peters und Frau Sorgatz – sollen wir drei uns einmal zusammensetzen?«

Ich denke: Um Gottes willen! Nicht noch mehr Diskussionen! Und sage: »Nein, danke. Das kriegen wir schon hin.«

Langsam bekomme ich wirklich Übung in diesem Ich-denke-ich-sage-Prozedere.

Ich-den|ke-ich-sa|ge-Pro|ze|de|re *n.; Gen. -(s); kein Plural;* kompliziertes Verfahren, bei dem Menschen, die dazu neigen, anderen ungefiltert ihre Meinung zu sagen, unterscheiden zwischen dem, was sie sagen, und dem, was sie denken

Zu Hause angekommen sehe ich, dass ich eine Nachricht erhalten habe.

hallo, süßer! ich brauch es noch mal dringend. sollen wir uns morgen treffen?
feuchter kuss, desiree

Feuchter Kuss? Oje, worauf habe ich mich da nur eingelassen? Auf keinen Fall werde ich Tholo noch ein zweites Mal hintergehen und schalte sofort das Handy aus.

Sicherheitshalber schließe ich auch die Wohnungstür ab.

Offizieller Klugscheißer-Tag Nr. 12
(formerly known as chapter 19)

Ich fahre mit der Straßenbahn nach Köln und treffe Tholo am Neumarkt. Von dort aus schlendern wir zusammen ins *Ring Ma Bell* am Rhein. Tholo ist fest entschlossen, heute so richtig auf den Putz zu hauen und »eine Braut abzuschleppen« (O-Ton).

Geduldig reihen wir uns in die Schlange wartender Klubbesucher ein. Mensch, das ist ja fast, als wäre ich wieder zwanzig. Sind wir für so etwas nicht inzwischen zu alt?

Aber Tholo meint, er habe sich bei Arbeitskollegen umgehört, und das sei hier genau der richtige Schuppen. Ich bin mir da nicht so sicher, als der Türsteher – Marke Bodybuilder mit schwarzen gegelten Haaren und Lederjacke – haufenweise Zweier- und Dreiergrüppchen, bestehend aus Männern, wegschickt. Tholo und ich sind auch ohne weibliche Begleitung hier. Wahrscheinlich herrscht im Schuppen bereits Testosteron-Überschuss, und wir kommen eh nicht rein.

Weil immer mehr weggeschickt werden, geht es recht zügig voran. Doch so langsam erkenne ich ein Muster. Die Cliquen, die weggeschickt werden, sind alle noch grün hinter den Ohren. Drei ältere Herren im Anzug etwas weiter vor uns werden vom Türsteher durchgewinkt.

»Ist das hier eine von diesen Senioren-Discos?«, frage ich Tholo.

»Quatsch!«

Der Türsteher winkt zwei grauhaarige Herren durch, die nach viel Geld und viel Falten aussehen. Die nächste Gruppe, drei aufgemotzten Jungs, wird abgewiesen. Eine kurze Diskussion flammt auf.

»Kommt in fünf Jahren noch mal wieder«, sagt der Türsteher und beendet das Gemecker. Also doch!

Zwei Türken, die hinter den drei Milchbubis stehen, werden reingelassen. Es folgen vier Typen, die alle mindestens Mitte dreißig sind und ebenfalls passieren dürfen. Direkt vor uns steht eine weitere Gruppe Clearasil-Benutzer. Der Türsteher schüttelt den Kopf.

Wir sind als Nächstes dran und … kommen rein. Prima! Wir gehören also schon zur Opa-Fraktion.

»Der Abend geht auf mich!«, sagt Tholo. Ich möchte noch schnell ablehnen, aber da hat er bereits den Eintritt für uns beide bezahlt. Wir geben unsere Jacken bei einer jungen Blondine ab.

Der Klub besteht fast ausschließlich aus Glaswänden, sodass man direkt auf den Rhein blicken kann. Außen führt eine breite Terrasse um den Klub herum, auf der bereits die Raucher aufgereiht stehen.

Anders als befürchtet liegen Tholo und ich alterstechnisch zum Glück noch im Mittelbereich.

Dafür ist es tierisch laut, weil gerade eine Liveband spielt.

»I'm outta love, set me free«, brüllt eine drittklassige Sängerin ins Mikrofon. Ich hoffe, die hat bald Pause.

Tholo und ich gehen zur Bar.

»Was willste trinken?«

»Bier.«

Tholo bestellt zwei Bier, und wir versuchen, einen Platz an einem der vielen Stehtische zu ergattern. Ich bin nicht unbedingt der talentierteste Tänzer und habe, ehrlich gesagt, auch keine Ambitionen, es je zu werden.

Plötzlich klopft mir jemand von hinten auf die Schulter. Ich drehe mich um und sehe Birte.

»Timo!«, grüßt sie.

»Hey, hallo!«

Wir drücken uns kurz.

»Mensch, das ist ja ein Zufall. Wie geht es dir?«

»Bestens«, schreie ich. Die Brülluschi aus der Band hat in-

zwischen irgendeinen Reggae-Titel angestimmt, den ich nicht
kenne.

Brüll|u|schi *f.; Gen. -; Pl. -uschen;* Synonym für Brülltante

»Was machste zur Zeit?«

»Ich bin Lehrer.«

Birte ist sichtlich irritiert. Verdutzt schaut sie mich an, und
ich muss zugeben, es hätte weitaus schlimmere Antworten geben
können, die ich jetzt hätte sagen müssen.

Zum Beispiel: *Ach, seitdem ihr mich bei ProTrend entlassen habt,
bin ich arbeitslos, und ich glaube auch nicht, dass ich jemals wieder einen Job finden werde.* Oder: *Ich bin Hausmann! Ich kümmere
mich nur noch Wäsche, Putzen und den Einkauf. Du kannst dir
ja nicht vorstellen, was man da alles zu tun hat! ... Ja, genau, die
Rechnungen bezahlt Cleo. Unser erstes Kind werde dann vermutlich
auch ich austragen.* Oder: *Seit Neuestem teste ich Medikamente für
Pharmaunternehmen. Das bringt eine Menge Geld und nur gering-
fügige Nebenwirkungen. Und mit einem Auge sieht man fast genauso
gut wie mit zweien.*

»Lehrer? Ach, hau ab!«

»Nee, im Ernst jetzt!«

»Du machst Witze! Wie kommt das denn?«

»Durch eine Bekannte.« Tholo kommt zu uns an den Tisch.
»Das ist übrigens mein Kumpel«, stelle ich ihn vor.

Die beiden begrüßen sich.

»Das ist Birte. Wir haben zusammen bei ProTrend gearbeitet.«

Tholo checkt Birte bereits als potenziellen One-Night-Stand ab.
Hässlich ist sie nun wirklich nicht.

»Und wie läuft's bei der Arbeit?«, frage ich nun.

»Wie immer. Kennst du ja.«

»Die meisten sind wahrscheinlich froh, dass ich weg bin«, brülle
ich gegen den Lärm an.

»Ich nicht«, schreit Birte zurück.

Tholo setzt währenddessen zum Angriff an: »Willste tanzen?«

»Klar, wieso nicht.«

Schwupp! Und weg sind sie.

Ich nippe an meinem Bier und schaue mich um. Zwei Tische weiter entdecke ich Susanne Kleinmüller, meine Klassenkameradin, mit der ich mich auf den Arbeitsamtbänken rumgedrückt habe. Die Welt ist doch ein Dorf! Dann erblicke ich eine hübsche Brünette, die ich gar nicht schlecht finde. Als sie mich ebenfalls sieht, lächle ich ihr kurz zu. Sie lächelt zurück. Bingo! Erste Kontaktaufnahme erfolgreich vollbracht!

Sie steht mit zwei Freundinnen dort, die allesamt dieses komische Reggae-Lied mitträllern. Ich versuche, möglichst stilvoll im Takt mitzuwippen, muss mich dabei allerdings tierisch konzentrieren, sonst sehe ich schnell wie der hinterletzte Tanzbär aus oder vergesse andere wichtige Dinge, wie zum Beispiel zu atmen.

Als sie mir – von sich aus, wohlgemerkt – ein zweites Mal zulächelt, nehme ich mein Glas und mein nicht vorhandenes Rhythmusgefühl und gehe zu ihr an den Tisch.

»Hallo!«, brülle ich. Das ist jahrelang mein bewährter Opener gewesen. Ist sehr schlicht und funktioniert komischerweise besser als ein zukunftsorientiertes: *Willst du meine Kinder kriegen?*

»Hallo«, brüllt sie zurück.

»Ich bin der Timo.«

»Ich bin die Lia. Und das sind Janine und Lisa.«

Ich grüße höflich in die Runde.

So, jetzt mal schnell ein Kompliment aus dem Ärmel latzen.

»Hübsches Kleid hast du an.«

»Danke.«

Zweite Mission erfolgreich absolviert! Ab jetzt kann also kaum noch etwas schieflaufen.

»Ist von Chanel.«

»Ah, cool. Mein Shirt ist von H&M.«

Lia schaut mich etwas skeptisch an.

Ja, was denn? Ich dachte, wir verraten uns jetzt gegenseitig, wo wir unsere Kleidung gekauft haben.

»Ich mag ja mehr die ganz großen Modelabels«, sagt sie.

Schön, dass sie nicht oberflächlich ist. Mit der kann ich bestimmt auch gut über Philosophie, Politik und Literatur diskutieren. Mich interessieren unheimlich ihre Ansichten zum Sinn des Lebens, zum Nahostkonflikt in Palästina und zu Goethes Faust. Ich befürchte nur, dass sie Palästina für eine Orangensaftsorte hält und denkt, die Gretchenfrage lautet: *Wo ist Hänsel?*

»Ne, ich bin auch ein ganz großer Modefan. Ich shoppe regelmäßig bei Prado und Armano«, sage ich und finde mich eigentlich echt witzig.

Lia scheinbar nicht, denn sie verzieht keine Miene. Vielleicht hat sie meinen Witz auch nicht verstanden. Tholo und Birte haben mich nach ihrem Tanzausflug entdeckt und gesellen sich zu uns. Kollektives Vorstellen. »Das sind Lia und ihre Freundinnen Janine und Lisa.« Bla, bla, bla. »Freut mich.« – »Das ist mein Freund Tholo.« – »Hallo, ihr beiden.« Yadda, yadda. »Und ich bin die Birte! Freut mich.« – »Ich mich auch.« Auf geht's in das Small-Talk-Geplänkel. »Nein, wir sind zum ersten Mal hier.« – »Ach, ihr auch?« – »Ja, soweit ist es ja ganz gut hier. Angenehmes Publikum.« – »Ist die Band nicht klasse?«, fragt Lia und schüttelt ihren Moneymaker im Takt zur Musik.

> **Mo|ney|ma|ker** *m.; Gen. -s; Pl. -;* (engl.) wörtlich: Geldmacher; umgangssprachlich für Hintern

Ich nicke eifrig. »Ja, vor allem ist die Sängerin Hammer!« Und so schön laut. »Ja, zum Glück ist endlich Wochenende.« – »Ach, nix Besonderes. Ich arbeite bei 'ner Versicherung.« Tholo ist in Höchstform. »Ach nee, du etwa auch? Bei welcher denn?«

Nach wenigen Minuten weiß ich alles, was ich wissen muss. Wenn ich in dem Lärm alles richtig verstanden habe, ist Lia fünfundzwanzig Jahre alt, solo (wie sie eigenständig berichtet hat) und wohnt in Köln-Porz. Sie ist Zahnarzthelferin.

Plötzlich gesellt sich ein weiterer Typ zu uns und grüßt in die Runde.

»Na, Timo! Hallo, Tholo!«, brüllt er.

Keine Ahnung, wer die Pfeife ist und was er von uns will.

»Hallo, Frederik«, brüllt Tholo zurück.

Frederik? Cleos Ex Frederik? Tatsächlich! Jetzt erkenne ich ihn auch.

Man sollte denken, dass es in einer Großstadt wie Köln mit einer Million Einwohner genügend Klubs und Ausgehmöglichkeiten gibt, dass heute Abend nicht alle Endzwanziger im *Ring Ma Bell* zusammen auf das Eintreffen der ersten Augenfalten warten müssen. Zuerst Birte, dann Susanne Kleinmüller und jetzt diese Oberlusche Frederik. Wer mag wohl noch alles hier aufkreuzen?

»Na, wie gefällt's euch so?«, fragt er in die Runde.

Die Mädels bestätigen, dass ihnen das *Ring Ma Bell* »galaktisch« (O-Ton Lia) gefällt.

»Und die Band ist so toll«, sagt Janine.

»Und? Was macht die Arbeitslosigkeit, Timo?«, brüllt Frederik besonders laut. Er wartet auch gar keine Antwort ab, sondern sagt stattdessen: »So, Girls, ich muss dann mal weiter. Bin mit Freunden hier.«

Hat Lia mich vorhin bereits bemitleidet, als sie erfahren hat, dass ich H&M-Kunde bin, so habe ich jetzt den Eindruck, dass sie mir Geld für einen Kaffee zustecken möchte.

»Ich bin nicht arbeitslos«, rechtfertige ich mich lauthals. In Lias Gesicht sehe ich allerdings, dass sie mir nicht wirklich glaubt. In Windeseile haben die drei eine Ausrede parat, um weiterzuziehen.

»What a douche!«, murmele ich.

douche *(noun)* a device to inject liquid into the rectum, informally used to describe an obnoxious person (synonym for *idiot*)

Nach einer knappen Stunde ist Birte voll wie eine Strandhaubitze, und ich habe auch schon gewaltig die Lampen an. Tholo baggert weiter mit Höchstgeschwindigkeit.

Wir sind inzwischen auf die Terrasse ausgewichen, denn so, wie es aussieht, scheint die Brülluschi keine Pausen eingeplant zu haben. Heiser wird sie auch nicht. Im Gegenteil: Irgendwie wird sie immer lauter, und ich befürchte, sie könnte noch die Glaswände zum Platzen bringen.

Jetzt, mit etlichen Bier intus, fällt auch mir das Anbaggern leichter. Zumal ich nicht der Einzige zu sein scheine, der schon recht stramm drauf ist.

Zwei Mädels flirten mich ganz von allein an. Sie stehen ganz plötzlich vor mir. Eine blond, eine schwarzhaarig.

»Hey, du!«

»Selber hey!«

»Bist öfter hier?«, fragt die Dunkelhaarige.

»Nö. Erstes Mal heute.«

»Jo, wir auch. Was machste denn beruflich?«

Das mit der Wahrheit hat eben ja nicht ganz so toll funktioniert, deshalb beschließe ich, meine Strategie zu ändern.

»Ich bin Geheimagent«, lalle ich.

»Quatsch!«

»Doch!«

»Quatsch!«

»Doch!«

»Quatsch!«

Ich habe das Gefühl, mich in einer Zeitschleife zu befinden. Sage aber trotzdem noch mal: »Doch!«

»Ach, hau ab!«

»Hau selber ab!«

»Hau du ab!«

»Hau selber ab!«

»Glaub ich nicht.«

»Kannste aber.«

Endlich mal ein Gespräch mit Substanz!

»Nee, glaub ich nicht.«

»Doch, ich bin beim Staat angestellt.«

Die Blondine dreht sich zu Tholo um, der gerade Birtes Zahnfleisch mit seiner Zunge untersucht. Sie stupst ihn an und sagt: »Arbeitet dein Freund fürn Staat?«

Tholo löst sich aus Birte und lallt ein intellektuelles »Jo«.

Die Blonde dreht sich wieder mit offenem Mund zu mir.

»Is ja voll krass, eh!«

»Jo, ich bin so was wie James Bond ... quasi. Nur in Köln anstatt in England.«

»Krass, eh!«

»Ja, voll krass«, bestätige ich.

»Und was machste so den ganzen Tag?«

»Ich wurde gerade beauftragt, von den Russen einen Impfstoff für die Schweinegrippe zu stehlen.«

»Boah, voll krass.«

»Ja, total krass«, bestätige ich wieder.

Wäre es ja vermutlich auch, wenn es wahr wäre!

Tholo lehnt sich zu mir rüber. Teils, um mir etwas zu sagen, teils, weil er nicht mehr aufrecht stehen kann.

»Die Alte solltes' du 'nbedingt heut noch durschkneten«, sagt er. Allerdings so laut, dass *die Alte* es auch hören kann.

Drei Tische weiter sehe ich auf einmal Frederik, der gerade versucht, bei einer absoluten Granate zu landen. Groß, schlank ... sieht aus wie Giselle Bündchen.

Dann mal schnell auf – in geheimer Mission.

»'tschuldigt mich 'nen Augenblick«, lalle ich meinen beiden Verehrerinnen zu. »Ich bin s'fort wieder hier.«

Ich schleiche mich von hinten an Giselle heran und klopfe ihr auf die Schulter. Sie dreht sich genervt herum.

»Was ist?«

»Keine Sorge, ich will nix von dir, aber den Typ da würde ich nich' mit nach Hause nehmen«, lalle ich sternhagelvoll und zeige mit dem Finger auf Frederik. Um Haaresbreite wäre ich dabei vornübergekippt, aber ich halte mich noch rechtzeitig an Giselles Taille fest. »Meine Ex-Freundin hat den gerade abgeschossen, weil er's im Bett überhaupt nich' bringt.« Giselle schaut mich angewidert an. »Isch schwöre!«, lalle ich weiter und hebe zwei Finger in die Höhe, um meine tiefgründigen und aufrichtigen Absichten zu untermalen.

Giselle scheint die Nummer hier zu blöde zu werden. Vielleicht hat sie aber auch gemerkt, dass zwischen dem ganzen Alkohol auch die rechtschaffene Wahrheit aus mir spricht. Sie nimmt ihre Handtasche, ihren pinkfarbenen Cocktail, ihre offensichtliche Abscheu und verschwindet im Gemenge.

»Danke, du Arsch!«, brüllt Frederik.

»Gern geschehen! Jetzt sind wir quitt.«

Offizieller Klugscheißer-Tag Nr. 13
(formerly known as chapter 20)

Am nächsten Tag wache ich um halb zwei mittags in meiner Wohnung auf und habe keine Ahnung, wie ich nach Hause gekommen bin. Der totale Filmriss!

Panisch schaue ich, ob nicht die Blondine von gestern irgendwo in meinem Bett liegt. Oder die Schwarzhaarige. Oder gar beide. Oder noch schlimmer: Birte!

Es ist allerdings zum Glück niemand zu sehen. Ich richte mich langsam auf, und mein Schädel brummt, als ob darin Bauarbeiten stattfänden. Ich mache mich auf die Suche nach Aspirin und Wasser.

Nach einer Stunde geht es mir wieder halbwegs gut, und ich rufe Tholo an, um zu fragen, ob bei ihm alles glatt gelaufen ist.

»Sag mal, hast du eine Ahnung, *wie* ich nach Hause gekommen bin?«, frage ich und hoffe sehr, dass weder Tholo noch Birte mich mit dem Auto gebracht haben. Wäre ja lebensgefährlich, so hackedicht, wie wir alle waren.

»Ich hab dich ins Taxi gesetzt.«

»Bis nach Brühl?«

»Ja, wenn dich der Taxifahrer nicht irgendwo anders abgesetzt hat.«

»Das war doch viel zu teuer.«

»Ich hab doch gesagt, der Abend geht auf mich. Ich konnt dich ja schlecht auf 'ner Parkbank ablegen. Und mit zu mir ging auch nicht, wenn du verstehst, was ich meine.«

»Birte?«, frage ich.

»Ja. Hammer!«

Na, da hatte wenigstens einer einen erfolgreichen Abend. Aber ich gönne es ihm. Welcher Kumpel ist schon so gewissenhaft, setzt seinen volltrunkenen Freund in ein Taxi und zahlt auch noch die schätzungsweise 40 Euro teure Fahrt?

Bei mir regt sich wieder das schlechte Gewissen, weil meine Freundschaftsdienste in letzter Zeit nicht gerade vorbildlich waren.

Den ganzen Nachmittag versuche ich, den Unterricht für die kommende Woche vorzubereiten, was mit Brummschädel allerdings gar nicht so leicht ist. Bevor ich mich versehe, ist es bereits sechs Uhr abends, und ich springe unter die Dusche. Ausgerechnet heute bin ich zu einem Abendaufenthalt im Feministinnen-Camp verdonnert worden!

Pünktlich um sieben stehe ich vor der Abendschule, und Frau Penner fährt mit einem schicken 5er-Touring-BMW vor. Sie trägt wieder ein Minikleid, das aussieht, als würden wir in die Disco gehen und nicht zu einer Lesung. Vermutlich besitzt sie auch gar keine andere Kleidung als Unterwäsche, Minikleider und Stöckelschuhe.

Als ich in den BMW steige, werde ich etwas wehmütig. Die Penner hat alle Extras, die man sich nur wünschen kann: Metallic-Lackierung, Panorama-Glasdach, Keramik-Applikationen, Driving Assistant und was sonst nicht noch alles. Im Kofferraum hat sie vermutlich auch noch eine eingebaute Mikrowelle und ein Bräunungsstudio.

Um kurz nach halb acht stehen wir bereits vor der Mayerschen Buchhandlung, weil die Penner wie Lewis Hamilton quer durch Köln gerast ist. Ich selbst habe ja auch keine hohe Meinung von Radfahrern, aber Frau Penner vertritt offensichtlich die Auffassung, dass Radfahrer augenblicklich auf den Bordstein zu springen haben, wenn sie unterwegs ist. Dagegen fahre ich wie eine Nonne! Das heißt, wenn ich denn ein Auto habe. Was derzeit ja nicht, ich wiederhole, *nicht* der Fall ist! (Aber zum Glück bin ich nicht verbittert.)

»Schließt die Buchhandlung nicht um acht?«, frage ich.

»Doch.«

»Und dann findet trotzdem eine Lesung statt?«

»Klar! Waren Sie denn noch nie bei einer Lesung in der Mayerschen?«

Ehrlich gesagt war ich noch nie bei irgendeiner Buchlesung. Weder hier noch sonst wo.

»Doch, klar!«, beteuere ich. Ich will schließlich nicht wie der hinterletzte Kulturbanause dastehen. Schließlich bin ich offizieller Klugscheißer!

Frau Penners pendelt in Richtung Rolltreppe. »Dann lassen Sie uns mal nach oben fahren. Dort finden die Lesungen hier immer statt.«

Als wir in der dritten Etage ankommen, sind dort bereits etliche Stuhlreihen aufgestellt. Ganz vorn steht ein Podium, auf dem ein Stuhl und ein kleiner Beistelltisch platziert sind.

Eine Mitarbeiterin kontrolliert unsere Eintrittskarten, und Frau Penner geht schnurstracks in Richtung Podium. Dabei ist hier hinten noch genug Platz!

»Ach, sehen Sie. Noch alles frei!«, sagt sie und deutet auf die Stühle in der ersten Reihe.

Super! Frau Penner ist offensichtlich fest entschlossen, sich auf die Streberplätze zu setzen! Ich war, wie gesagt, noch nie bei einer Buchlesung, geschweige denn bei einer von Alice Schwarzer, aber ich bezweifle, dass sich heute Abend sehr viele Männer hierherverirren werden. Daher befürchte ich, dass ich dann in der ersten Reihe unter Umständen als Anschauungsexemplar herhalten muss. Frei nach dem Motto: *Die bösen, bösen Männer. Schauen Sie mal: Hier haben wir ein solches Exemplar.*

Die restlichen Stühle füllen sich schnell. Und dann ist es auch schon so weit. Alice Schwarzer wird angekündigt, nimmt Platz und begrüßt ihr Publikum.

Sie liest mehrere Kapitel aus einem ihrer Bücher vor und macht gar keinen so unsympathischen Eindruck. Auch die befürchteten Männer-Hasstiraden bleiben aus.

Als die Lesung vorbei ist, beschließt Frau Penner, ihre Feministinnen-Bibliothek zu erweitern und kauft gleich einen ganzen Stapel Bücher von Alice Schwarzer.

»Hier! Damit Sie sich zu Hause noch ein wenig weiterbilden können«, sagt sie mit einem Lächeln und drückt mir eines der Bücher in die Hand: *Alice im Männerland* steht in pinken Lettern auf dem Einband, und ich habe nun doch ein wenig das Gefühl, dass man mich bekehren möchte.

Bevor ich mich versehe, stehen wir in einer Schlange an, um unsere Bücher signieren zu lassen. Auch wenn ich nun auf direkte Tuchfühlung mit Frau Schwarzer gehen muss, habe ich inzwischen nicht mehr ganz so viel Angst vor ihr.

An ihrem Tisch angekommen, fragt sie lediglich nach meinem Namen. Ich habe schon befürchtet, ich müsste Fragen zur Lesung beantworten. Stattdessen signiert sie mein Buch nur mit *Für Timo – wen sonst?! – Alice Schwarzer* und wünscht uns noch einen schönen Abend.

Um kurz nach zehn verlassen wir die Buchhandlung.

»Hat es Ihnen denn gefallen?«, fragt Frau Penner und schaut auf mein signiertes Buch.

Ich sage: »Jo.« Und meine tatsächlich auch mal: Jo.

»Das freut mich. Alice Schwarzer ist aber auch eine beeindruckende Persönlichkeit. Sie hat so viel für uns Frauen in Deutschland erreicht. Das ist Ihnen als Mann vermutlich gar nicht so bewusst.«

»Ähm, ja, wahrscheinlich nicht.«

»Sie sorgt dafür, dass in den Medien immer wieder über die Rechte der Frauen diskutiert wird. Ansonsten scheint das ja kaum einer zu tun. Wussten Sie zum Beispiel, dass in den 70er-Jahren ein Ehemann noch zum Arbeitgeber seiner Frau gehen und dieses Arbeitsverhältnis einfach so auflösen konnte? Als Begründung reichte schon, dass die Ehefrau ihren hausfraulichen Verpflichtungen nicht mehr nachkomme. Was auch immer das heißen mochte! Unfassbar, oder?«

Frau Penners Schritt (auf ihren High Heels wohlgemerkt) beschleunigt sich, während sie sich in Rage redet: »Oder ein weiteres Beispiel: Die Vergewaltigung in der Ehe ist erst seit Mitte der 90er-Jahre strafbar. Können Sie sich das vorstellen? Für solche Dinge hat sich Alice Schwarzer als wichtiges Glied der Frauenbewegung eingesetzt. Außerdem hat sie mit vielen anderen Frauen dafür gesorgt, dass Schwangerschaftsabbrüche in Deutschland heute legal sind.«

Wir gehen die Schildergasse in Richtung Parkhaus entlang.

»Na ja, ob das so eine große Errungenschaft ist, wage ich zu bezweifeln«, unterbreche ich ihr Plädoyer.

Frau Penner bleibt kurz stehen und schaut mich an: »Wissen Sie, Herr Seidel, ich persönlich würde auch niemals abtreiben. Aber ich finde, dass jede Frau das für sich selbst bestimmen können soll. Schwangerschaftsabbrüche gab es schon immer. Lange Zeit, bevor sie in Deutschland legal wurden. Bis dahin haben Frauen sich dabei allerdings in große Gefahr begeben, weil sie einerseits für den Schwangerschaftsabbruch bestraft werden konnten und sich andererseits oft dubiosen Ärzten anvertraut haben. Und außerdem gibt es bei solchen Themen nicht nur Schwarz und Weiß. Wie sieht es zum Beispiel mit Vergewaltigungen aus? Stellen Sie sich vor, Ihre Freundin wird vergewaltigt. Soll sie das Kind dann austragen? Wollen *Sie* das Kind dann zusammen aufziehen?«

»Das ist natürlich etwas anderes!«

»Sehen Sie! Es gibt immer zwei Seiten der Medaille.«

»Aber wenn jemand nur zu blöd oder zu faul ist zu verhüten, finde ich nicht, dass Eltern das Recht haben abzutreiben – oder weil ein Kind gerade nicht in ihre Lebensplanung passt.«

»Ob man grundsätzlich für oder gegen Abtreibung ist, ist ja eine völlig andere Frage.«

Wir nähern uns dem Neumarkt, in dessen Seitengasse wir geparkt haben.

»Haben Sie Hunger?«, fragt Frau Penner plötzlich und wechselt das Thema. »Was halten Sie davon, wenn wir noch etwas essen gehen?«

Oje, die schleppt mich bestimmt in irgend so einen Gourmettempel, den ich mir absolut nicht leisten kann. Ich mache mir ein wenig Sorgen um meine Finanzen, aber es wäre wohl unhöflich, jetzt abzulehnen.

»Jo, ein bisschen Hunger habe ich schon«, sage ich also.

»Was halten Sie von McDonald's? Ich lade Sie ein.«

Na, das ist doch mal ein Angebot! Ich komme mir zwar langsam wie ein Gigolo vor, aber irgendwann stehen hoffentlich auch wieder bessere Zeiten an, in denen ich derjenige bin, der einlädt.

Frau Penner bestellt, ohne mich lange zu fragen: Einen 12er-Pack Chicken McNuggets, eine große Portion Fritten mit Mayo und Ketchup, einen Cheeseburger, einen Fischburger, einen McWrap, eine Cola mit Licht und eine Apfeltasche.

Dann dreht sie sich um und fragt: »Und was möchten Sie?«

Ich lache. Die gute Penner ist wirklich immer für einen Witz zu haben. Dann aber geht sie tatsächlich einen Schritt beiseite und sieht mich immer noch auffordernd an. Irritiert ordere ich ein Big-Mac-Menü.

»Das ist alles?«, fragt sie erstaunt.

Ihr Tablett sieht nämlich inzwischen aus, als hätte sie für eine Großfamilie bestellt.

Nachdem wir uns hingesetzt haben, beginnt sie, ihr Essen in Windeseile in sich hineinzuschieben – als würde es ihr jemand wegnehmen wollen.

»Ich sag es Ihnen. Das Leben kann schon unfair sein, wenn man eine Frau ist«, sagt Frau Penner, während sie ihre Chicken McNuggets in süßsaure Soße eintaucht. »Sogar bei den Weight Watchers sind wir die Gelackmeierten!«

»Weight Watchers?«, frage ich. Etwas verdutzt über den abrupten Themenwechsel.

»Ja, genau.«

»Was haben Sie denn mit den Weight Watchers zu tun? Sie sind doch total schlank!«

»Ja, was meinen Sie denn, wieso? Täglich Punkte zählen. Punkte, Punkte, Punkte. Nur so klappt das!«

»Ähm«, ich zögere einen Moment und schaue mir Frau Penners XXL-Fast-Food-Menü an. »Ich kenne mich jetzt nicht besonders gut mit den Weight Watchers aus, aber ist es denn Teil des Diät-Plans, sich samstagabends mit Fast Food ins Koma zu essen?«

»Nein, nein. Samstag ist mein Cheat-Day! Da gönne ich mir immer eine Ausnahme! Um all das nachzuholen, was ich während der Woche verpasst habe. Quasi als Belohnung!«

> **Cheat-Day** *m.; Gen.* *-s;* (engl.) Belohnungstag, an dem man nach erfolgreicher Diät eine Fast-Food-Kette aufsucht, um das Angebot der gesamten Speisekarte zu vertilgen

Aha. »Und inwiefern sind Frauen jetzt bei den Weight Watchers benachteiligt?« So ganz verstehe ich ihre Logik noch nicht.

»Ach, das hat ja nichts mit den Weight Watchers zu tun, sondern ist wohl eine weitere Laune der Natur. Lange Zeit dachte ich ja, dass wir Frauen Kinder gebären und die monatlichen Menstruationen aushalten müssen, sei die größte Ungerechtigkeit auf diesem Planeten. Aber dann kam ich zu den Weight Watchers. Und als mir die Gruppenleiterin damals mitteilte, dass Frauen pro Tag acht Punkte weniger essen dürften als Männer, hätte ich mich am liebsten in eine Ecke gesetzt und angefangen zu weinen. So was Unfaires! Also nach dem alten Punkteprinzip zumindest. Das ist wie auf dem Arbeitsmarkt. Da müssen wir auch härter arbeiten, um dasselbe Gehalt wie ein Mann zu bekommen. Haben Sie eine Vorstellung, wie viel weniger Frauen verdienen?«

Keine Ahnung! Ich muss an Cleos Mördergehalt denken und an meine jämmerliche Bezahlung bei ProTrend. Demnach verdienen Frauen in etwa dreimal so viel wie Männer!

Ich zucke mit den Schultern.

»Über zwanzig Prozent!«, sagt sie triumphierend.

»Das ist viel.«

»In der Tat! Das müssen Sie sich einmal ausrechnen. Da

schlackern Sie aber mit den Ohren! Nehmen wir zum Beispiel an, eine Frau verdient 1.800 Euro im Monat, dann würde ein Mann jeden Monat 360 Euro mehr ausbezahlt bekommen. Jeden Monat! 360 Euro! Das sind über 4.000 Euro im Jahr! Das ist doch unfair, oder? Was man sich davon alles kaufen kann!«

Hat sie das jetzt gerade im Kopf ausgerechnet?

»Wow!«, sage ich nur und weiß noch nicht so genau, ob ich damit die Ungerechtigkeit des Arbeitsmarkts oder ihre Mathefähigkeiten meine.

»Das können Sie wohl laut sagen.« Frau Penner kommt jetzt aber erst so richtig in Fahrt. »Oder schauen Sie sich Angela Merkel an. Wie lange hat es gedauert, bis endlich einmal eine Frau Bundeskanzlerin wurde?«

Das war hoffentlich eine rhetorische Frage! Sicherheitshalber fange ich aber schon einmal an, von hinten zu zählen. Besonders, da Frau Penner eine dramatische Pause einlegt, während sie sich zwei Chicken McNuggets gleichzeitig in den Mund schiebt. Gut, da hatten wir Schröder, davor Helmut Kohl, davor … Adenauer … und irgendwann dazwischen Willy Brandt … mmh …

»Sechsundfünfzig Jahre hat es gedauert«, fährt Frau Penner fort, als sie ihre Chicken McNuggets runtergeschluckt hat.

Ja, genau! Sechsundfünfzig Jahre. Das wollte ich auch gerade sagen.

»Sieben Bundeskanzler in sechsundfünfzig Jahren, bis die erste Frau randarf. Das ist wohl kaum ein Zufall! Oder sehen Sie sich nur die USA an. Da hat's bis heute keine weibliche Präsidentin gegeben. In mehr als zweihundert Jahren nicht!«

Woher hat sie all diese Zahlen? Stehen die irgendwo auf der Verpackung ihrer Hühnchenteile? Neben den Nährwertangaben?

»Wieso wissen Sie das alles?«

»Weil ich mich schon ewig mit diesem Thema beschäftige. Das kann einem als Frau ja auch nicht schaden.« Frau Penner inhaliert weitere Chicken McNuggets. »Denn das tun die wenigsten«, fährt sie fort, »weil einfach kaum darüber geredet wird. Das meiste nehmen wir einfach als selbstverständlich hin. Ich kann es ja sogar noch halbwegs verstehen, wenn sich ein Mann mit diesem Thema nicht auseinandersetzt. Wieso sollte er auch? Männer profitieren ja schließlich von einem Jahrtausende langen Patriarchat.«

Frau Penner unterbricht ihren Vortrag, um einen Schluck von ihrer Cola light zu nehmen. Als ob es auf die zusätzlichen Kalorien einer richtigen Cola jetzt noch ankäme.

»Das soll natürlich nicht heißen, dass es nicht wünschenswert wäre, wenn es mehr emanzipierte Männer gäbe. Ein Mann darf sich mit solchen Dingen ruhig auch auskennen.«

Sie schaut mich eindringlich an und wartet darauf, dass ich etwas sage.

»Nun«, gebe ich zu, »darüber habe ich mir bisher keine großen Gedanken gemacht. Aber ich habe kein Problem mit emanzipierten Frauen.«

»Ach, wirklich?«

»Wirklich!«, beteuere ich.

»Dann hätten Sie also kein Problem damit, wenn Ihre Ehefrau viel mehr Geld verdiente als Sie?«

»Was heißt denn hier *hätte*? Genau dieses Szenario hatte ich jahrelang zu Hause.«

»Ach, wirklich?«

»Ja, meine Ex-Freundin hat fünf Jahre lang eine Mörderkohle verdient. Fast das Dreifache von dem, was ich gekriegt habe.«

»Und damit hatten Sie kein Problem?«

»Nö.«

»Und wären Sie auch dazu bereit, Elternzeit zu nehmen? Sich fast ganz allein um die Erziehung zu kümmern?«

»Keine Ahnung. Über Kinder haben wir uns nie Gedanken gemacht. Meine Ex war nicht unbedingt der größte Kinder-Fan.«

»Aber gehen wir einmal davon aus, dass es doch Kinder gegeben hätte.« Nun schaufelt sie gerade die Fritten in sich hinein.

»Ich weiß nicht. Vermutlich schon. Alles andere wäre ja auch unsinnig gewesen … bei der Verteilung unserer Gehälter.«

»Und wenn Sie einmal heiraten?« Frau Penner lässt nicht locker. Als ob sie unbedingt beweisen möchte, dass ich ein unverbesserlicher Chauvinist bin. »Was wäre dann? Würden Sie den Namen Ihrer Frau annehmen?«

Ich sage: »Ich weiß nicht.« Ich denke: Im Leben nicht!

»Wieso? Was fänden Sie daran denn schlimm?«

»Keine Ahnung.« Ich überlege kurz. »Gilt man dann nicht irgendwie als Weichei?«

»Das tut man wahrscheinlich. Aber ist das nicht traurig, dass wir in unserer Gesellschaft so denken? Von der Frau wird zwangsläufig erwartet, dass sie ihren Namen aufgibt.«

»Sind Sie denn verheiratet?«

Außer dass Frau Penner äußerst emanzipiert zu sein scheint und sich samstagabends Unmengen an Fast Food reinzieht, weiß ich nämlich noch recht wenig über sie.

»Ja, das bin ich«, sagt sie stolz und wendet sich nun ihrer Apfeltasche zu.

»Na, herzlichen Glückwunsch.«

»Danke.«

»Und wie haben Sie das geregelt? Hat Ihr Mann auch Ihren Namen angenommen?« Ich hoffe, sie bekommt meine Frage nicht in den falschen Hals, aber ihr Name ist ja nun wirklich ein wenig speziell.

»Ich bitte Sie! Bei meinem Nachnamen!« Sie muss selbst lächeln. »Aber meinen eigenen Namen wollte ich trotzdem nicht aufgeben. Ich weiß, dass er albern klingt, aber er ist nun mal ein Teil von mir. Schon immer gewesen. Und deshalb wollte ich mich nicht von meinem Namen trennen.«

Nun bin ich aber doch ein bisschen enttäuscht, dass ihr Mann ihren Namen nicht angenommen hat. Frei nach dem Motto: Ah, guck mal! Da kommt der Penner! Das geht doch direkt ins Ohr.

Ich muss schmunzeln. Damit es nicht so auffällt, nehme ich schnell einen Schluck von meiner Cola. Die ohne Licht, versteht sich. Eine richtige Männercola.

»Aber ich kann Ihnen versichern«, fährt Frau Penner fort, »ansonsten habe ich mit meinem Mann den absoluten Volltreffer gelandet. Nur ein selbstbewusster Mann kann sich mit einer emanzipierten Frau einlassen, finde ich. Aber nach so einem habe ich auch lange genug gesucht! Die stehen nicht unbedingt an jeder Straßenecke.«

»Da bin ich mir sicher.«

»Ich muss Ihnen ehrlich sagen, Herr Seidel, nach Ihrem Tampon-Kommentar war ich ganz schön schockiert.« Frau Penner sieht mich mit ernstem Blick an. »Das wäre Grund genug für eine Abmahnung gewesen – vor allem in Zeiten von *MeToo*. Aber was soll so eine Abmahnung bitte bringen? Ich erreiche doch viel mehr, wenn ich mit den Menschen rede. Deshalb sitzen wir heute hier … und ich muss sagen, bei Ihnen scheinen mir Hopfen und Malz noch nicht ganz verloren«, gibt sie schließlich ihr entscheidendes Urteil über mich ab.

Ich bin erleichtert, dass ich ihren Test bestanden und keine Abmahnung erhalten habe.

»Sie können sich nicht vorstellen, wie viele bei diesem Thema völlig ignorant sind und nicht mal ein Wörtchen darüber hören möchten. Einige meinen, dass das auch gar nicht nötig wäre. Immer wieder habe ich junge Frauen in meinen Klassen sitzen, die ernsthaft glauben, sie hätten dieselben Chancen im Leben wie ein Mann. Einerseits ist es schön, dass manche das heutzutage wirklich glauben, weil es zeigt, dass sich in den letzten dreißig Jahren schon richtig viel getan hat. Andererseits ist es natürlich auch sehr naiv. Jeden Tag trifft man Frauen, die die Frauenbewegung um mindestens zwei Jahrzehnte zurückwerfen. Meine eigene Nichte zum Beispiel. Die ist inzwischen Anfang zwanzig und geht regelmäßig aus. Sie vertritt klipp und klar die These, dass Männer ihre Drinks, ihr Essen, ihren Klub-Eintritt und was sonst noch bezahlen müssen. Da krieg ich Ausschlag, wenn ich so was höre!«

»Da gibt es aber doch viele, die so denken.«

»Ja, ist doch traurig. Und dann? Als Belohnung steigt sie abends mit ihm ins Bett? Für solche Frauen gibt es aber auch eine berufliche Bezeichnung!«

Hui, Frau Penner ist so richtig in Fahrt!

»Aber es ist eben kein einfaches Thema. Wenn Sie zum Beispiel an den ganzen Schönheitswahn denken. Davon sind die meisten Männer doch kaum betroffen. Nur wir Frauen sind so doof und machen den ganzen Wahnsinn mit. Da wird am Wochenende epiliert, gefärbt, lackiert, gezupft, geschminkt, gepudert und diätet.«

»Ähm ...«, sage ich nur kurz und verstumme dann. Ich schaue mir Frau Penner an, wie sie vor mir sitzt – allem Anschein nach gebotoxt, vermutlich operiert, epiliert, gefärbt, lackiert, gezupft, geschminkt und ausnahmsweise nicht diätend.

Frau Penner versteht meinen Einwand.

»Was? Habe ich behauptet, dass der Schönheitswahn an mir vorbeigeht?« Sie packt ihren Wrap aus.

»Na, dann lassen Sie es doch einfach sein!«

»Und alt, fett und hässlich werden? Der gesellschaftliche Druck ist doch so groß ... Das wird einem ja förmlich aufoktroyiert. Ich behaupte immer, ich mache das für mich selbst. Weil ich mich dann besser fühle. Andererseits renne ich zu Hause in Jogginghosen und barfuß herum und nicht im Minikleid und High Heels. Alice Schwarzer sagt immer, dass eine Frau mit High Heels eben nicht so große Schritte machen kann. Recht hat sie. Es spielt schon eine Rolle, welches Geschlecht man hat. Ich sage Ihnen jetzt etwas, das sonst keiner weiß, und dabei bleibt es bitte auch. Wissen Sie, warum ich Sie eingestellt habe?«

»Weil ich so intelligent und charmant bin ... und zudem noch so wahnsinnig bescheiden?«, scherze ich.

»Weil Sie ein Mann sind. Ha! Jetzt sind Sie platt, oder?«

»Was spielt das denn für eine Rolle?«

»Für mich überhaupt keine. Aber offensichtlich für die Schulleitung in Leverkusen. Von dort hagelt es ständig Kritik, weil wir nur Frauen im Kollegium sind. Als ob das so wichtig wäre! Deshalb verdonnern sie alle paar Semester einen Kollegen aus Leverkusen dazu, bei uns auszuhelfen. Die sind schon allein wegen der Entfernung nicht gerade begeistert, bei uns zu arbeiten, und deshalb zetteln die meisten irgendwelche Unstimmigkeiten an, und wir sind dann wieder schuld. Seitdem Sie bei uns sind, ist Ruhe.«

Deshalb wurde ich also vom Fleck weg eingestellt!

»Das bleibt aber bitte unter uns«, sagt sie noch einmal. Ganz leise – wie in einer James-Bond-Geheimmission.

Offizieller Klugscheißer-Tag Nr. 15
(formerly known as chapter 21)

Déjà-vu im Lehrerzimmer. Egal, wann ich dort erscheine, sitzen Barbara und Philomena bereits an ihrem Tisch und widmen sich ihrer Lieblingsbeschäftigung: lästern, lästern, lästern.

»Die Ampelschaltung auf der Römerstraße ist echt der absolute Terror!«, beschwert sich Barbara lauthals, als ich meine Tasche auf einem der Tische abstelle. Ich werde von der Bienenkönigin sogar durch ein kurzes Kopfnicken gegrüßt.

Heute sind also offensichtlich die unverschämten Ampeln Thema des Tages. Letzten Donnerstag war es die Deutsche Post, die ihre *Cosmopolitan* einen Tag zu spät geliefert hatte, den Montag davor gab es irgendein anderes Thema.

Ich hole die Arbeitsblätter für diese Woche aus meiner Tasche, die ich noch fotokopieren muss.

Glücklicherweise kommt in diesem Moment Helga ins Lehrerzimmer, grüßt fröhlich in die Runde und stellt sich hinter mir am Kopierer an. So bin ich wenigstens mit den beiden Krawall-Karoletten nicht mehr allein.

»Wie war denn euer Wochenende bei Alice Schwarzer?«, fragt sie.

»Alice Schwarzer?«, entfährt es Barbara.

»Ja, Timo und Frau Penner waren am Samstag bei einer Lesung, nicht wahr?«

Ich nicke.

»Ich wäre gern mitgekommen«, fährt Helga fort, »aber wir waren leider schon eingeladen.«

»Was macht ihr beide denn bei einer Lesung von Alice Schwarzer?«, empört sich Barbara. »Ihr habt ja wohl so viel mit der Frauenbewegung zu tun wie Donald Trump.«

»Ach ja?«, entgegne ich nur.

»Also bitte!«, echauffiert sie sich. »Du hast Philomena vor einer Woche gesagt, sie solle ihren Tampon wechseln gehen, und die Penner zieht sich an, als sei sie Porno-Barbie.«

Ich seufze innerlich. Anscheinend weist Barbara übernatürlich Fähigkeiten auf, die sie in die Lage versetzen, vom Aussehen einer Person (in dem Fall Frau Penner) auf deren Charakter zu schließen (in dem Fall = nicht emanzipiert). Sie ist quasi der weibliche Uri Geller des Lehrerzimmers. Am liebsten würde ich ihr einen Löffel in die Hand drücken und sagen: *Hier! Verbieg den mal!*

Stattdessen entschließe ich mich dazu, ihren Kommentar zu ignorieren. Ich habe schließlich dazugelernt: Je weniger ich mit Barbara diskutiere, umso weniger Beleidigungen können mir herausrutschen.

»Es hat mir gut gefallen«, sage ich zu Helga und nehme meine Kopien.

Währenddessen setzen die beiden ihre Tiraden fort: »Und dann hatte ich anschließend noch Dr. Trödel höchstpersönlich vor mir. Es ist unglaublich, wie langsam manche Menschen Auto fahren. Solchen Leuten sollte man einfach den Führerschein entziehen!«

Leider ist es nicht immer so einfach, die beiden zu ignorieren!

»He, du«, flüstert mir Helga auf einmal von hinten verschwörerisch ins Ohr.

»Wer, ich?«

»Pssst!«, ermahnt sie mich. Dabei erinnert sie mich an Schlemihl aus der Sesamstraße, der mich im Trenchcoat und mit obskuren Geschäftspraktiken anquatscht. Ich befürchte, jetzt fragt sie mich, ob ich ein *L* kaufen möchte.

»Was ist?«, flüstere ich zurück.

»Kannst du mal gerade mit nach draußen kommen?«

Ohne eine Antwort abzuwarten, geht Helga bereits in Richtung Tür, während der Kopierer auf Höchstleistung arbeitet.

Ich folge Helga nach draußen auf den Flur und vermute, dass sie mir etwas über Barbara sagen möchte.

»Was ist denn?«, frage ich.

»Hier! Guck mal!«

Ach, du Scheiße! Helga hält mir ein Tütchen Gras hin. Ich wusste doch, dass die hier was rauchen! Kein Mensch ist von Natur aus so fröhlich.

»Wie viel willst du denn dafür haben?«, frage ich amüsiert.

»Ach, Quatsch!« Helga fuchtelt wild mit den Armen und versucht, das transparente Plastiktütchen mit dem Gras wieder in ihrer Hosentasche verschwinden zu lassen. »Das habe ich gestern unter dem Bett von meinem Sohn gefunden. Ich weiß nicht, an wen ich mich sonst wenden soll. Meinem Mann will ich davon noch nichts erzählen. Und sonst kenne ich keinen. Glaubst du, dass es das ist, wofür ich es halte?«

»Was fragst du *mich*? Sehe ich wie ein Drogendealer aus?«

»Pssst!« Helga hält verschwörerisch den Zeigefinger vor ihren Mund und schaut sich um. Der Korridor ist jedoch weiterhin menschenleer. »Aber du bist doch noch jung. Du musst dich doch mit so was auskennen.«

»Ich bin doch kein Kiffer!«

»Du meinst also auch, dass es Marihuana ist?«

»Helga, ich glaube kaum, dass dein Sohn Oregano in einem Plastiktütchen unter seinem Bett versteckt.«

»Ach, du Scheiße!« Sie schaut völlig entsetzt und teilweise angewidert auf das Tütchen in ihrer Hand.

»Jetzt mach mal keine Panik. Wie alt ist dein Sohn denn?«

»17.«

»Dann sprich halt mit ihm. Ist doch klar, dass der mal was ausprobieren will in dem Alter.«

»Was ist, wenn das nur der Anfang ist?«

»Du musst ihn halt fragen, wie lange er das Zeug schon raucht. Hast du denn nichts gerochen? Das Zeug stinkt doch wie ein Satz verbrannter Autoreifen.«

»Nö. Ich weiß doch gar nicht, wie das Zeug riecht.«

»Na, dann zünde es mal an, dann weißt du's!«

»Spinnst du?«

Plötzlich öffnet sich die Tür zum Lehrerzimmer, und Barbara tritt heraus. Helga lässt die Plastiktüte mit dem Hasch hektisch in ihrer Hosentasche verschwinden.

»Was ist denn hier los? Wird hier wieder mal fein gelästert?«, bemerkt Barbara im Vorbeigehen.

Helga verdreht die Augen. »Die glaubt auch, dass sich die ganze Welt nur um sie dreht.«

Ich runzle die Stirn: »Ich dachte, ihr kommt hier alle so super miteinander aus.«

»Das kämen wir auch, wenn *die* nicht bei uns wäre!«

Das sind klare Worte! Offensichtlich bin ich nicht der Einzige, der von der guten Barbara genervt ist.

»Ist das der Grund, warum ihr euch nie im Lehrerzimmer aufhaltet?«

Helga nickt: »Klar! Du bist ja erst seit zwei Wochen hier, aber wenn du dir das Gemecker und Gezeter jeden Tag anhören musst, verbringst du irgendwann auch freiwillig deine Pause im Klassenzimmer – oder auch auf der Toilette.«

»Das grenzt ja schon an Tyrannei. Ich meine, wieso lasst ihr euch denn einfach so aus dem Lehrerzimmer vertreiben?«

»Weil wir keine Lust haben, Barbara stundenlang dabei zuzuhören, wie sie sich über Gott und die Welt aufregt. Warte mal noch ein paar Wochen, dann weißt du, wovon ich spreche.«

Als ob ich das nicht jetzt schon täte …

So kann es nicht weitergehen, denke ich mir kurz vor Ende der zweiten Pause. Das ist doch irre! Da beschließen drei erwachsene Frauen, das Lehrerzimmer zu meiden, nur weil dort diese Krawall-Karola ihre Herrschaftsgewalt ausübt. Dagegen muss etwas unternommen werden!

Das klingt doch geradezu nach einer neuen geheimen Mission für Klugscheißer Royale.

Also beschließe ich, das zu tun, worauf ich mich bei ProTrend fünf Jahre lang spezialisieren konnte: Leute zusammenfalten.

Als ich meine kleinen Jedi-Ritter in die Pause entlasse, packe ich schnell meine Sachen, verschließe die Klasse und statte Helga auf der dritten Etage einen Besuch ab.

»Helga!«, sage ich. Sie sitzt am Lehrerpult und packt gerade eine drüsche Scheibe Graubrot aus.

drüsch *(Adj.)* rheinländisch für trocken

Im Klassenzimmer befinden sich noch zwei Schülerinnen.

»Könnten Sie uns bitte kurz allein lassen?«, frage ich. »Wir haben etwas zu besprechen.«

Die Schülerinnen verlassen murrend die Klasse und nuscheln etwas von »Ist ja wie in der Grundschule hier«.

»Was gibt es?«, fragt Helga erwartungsvoll.

»Also, pass auf, ich habe mir über diese Barbara-Sache ein paar Gedanken gemacht. Es kann doch nicht angehen, dass ihr euch von der aus dem Lehrerzimmer vertreiben lasst. Ich finde, irgendwer muss ihr mal gehörig die Meinung sagen! Ich kann verstehen, dass ihr euch nicht zu weit aus dem Fenster lehnen wollt, denn ihr müsst mit der ja noch eine Zeit lang auskommen. Aber ich habe mit dem Ganzen hier doch nichts am Hut. Im Februar bin ich vielleicht schon wieder weg oder ansonsten in einem Jahr. Außerdem macht es mir nichts aus, wenn mich jemand nicht leiden kann. Das habe ich fünf Jahre hinter mir! In dem Callcenter, in dem ich vorher gearbeitet habe, habe ich jedem die Meinung gegeigt, der mir auf die Klöten gegangen ist. Deshalb werde ich jetzt mal runtergehen und der Guten sagen, was ich von ihr halte.«

Helga schaut mich geplättet an.

»Was sagst du?«, frage ich erwartungsvoll.

»Na, ja, ich weiß nicht. Meinst du, das ist wirklich so eine gute Idee?«

Sie scheint sich da nicht ganz so sicher zu sein.

»Klar! Was soll denn passieren? Ich bin hier Aushilfslehrer und das Ganze sowieso nur auf Zeit.«

»Na, ich weiß nicht«, wiederholt sie.

Aber meine Entscheidung steht fest.

Als ich das Klassenzimmer verlasse, höre ich, wie Helga noch einmal »Na, ich weiß nicht« vor sich hin murmelt.

Im Lehrerzimmer sitzen, wie bereits erwartet, nur Barbara und Philomena bei Salat und Kräutertee. Barbara krakeelt wieder mit ihrer beruhigenden Schmirgelpapierstimme durch den Raum: »Die Skulptur, die sie da in den Kreisverkehr gesetzt haben, ist doch nun wirklich das Hässlichste, was man je gesehen hat. Ich habe sofort einen Brief an die Stadt geschrieben.«

Ich frage mich, ob die armen Beamten der Stadtverwaltung bereits eine eigene Abteilung für Barbaras Beschwerdebriefe eingerichtet haben.

»Irgendwer muss denen ja mal sagen, dass sie so nicht mit unseren Steuergeldern umgehen können. Ich bitte dich – da hätte ich ja mit verbundenen Augen aus einem Pritt-Stift, einem benutzten Staubsaugerbeutel, einer Packung Mikado und einem Haufen Kastanien was Schöneres gebastelt!«

»Wir müssen reden!«, unterbreche ich sie bestimmend. Barbara und Philomena schauen mich überrascht an, als ich mich vor ihnen aufbaue.

»Ja, bitte?«, fragt Barbara hochnäsig. So, als müsse ich auf Lebzeiten dankbar sein, eine Audienz bei ihr gewährt zu bekommen.

»Ich wollte nur verkünden, dass ich die Schnauze gestrichen voll habe von euch beiden. Ihr krakeelt hier wie zwei frustrierte Hausfrauen, die den lieben langen Tag nichts Besseres zu tun haben, als sich über jeden Furz aufzuregen: über die Ampelschaltungen in Brühl, über die Deutsche Post, über den blöden Stundenplan, die stickige Luft im Lehrerzimmer und über die strunzdummen Schüler in euren Klassen! Ich kann's nicht mehr hören! Und ich habe den Eindruck, die anderen haben auch keinen Bock, euren geistigen Ergüssen zu lauschen. Oder seht ihr hier im Lehrerzimmer sonst wen herumsitzen?«

Dann wende ich mich speziell an Barbara.

»Die Schüler in der 1a haben mir erzählt, wie du versucht hast, mich bei ihnen schlecht zu machen. Das ist ja mal hochprofessionell. Aber hier kommt ein Newsflash für dich: Du wirst nicht fürs Lästern bezahlt, sondern fürs Unterrichten!«

So! Mehr fällt mir gerade nicht ein. Aber es tut gut! Ich habe viel zu lange meinen Mund gehalten. Es war längst Zeit, dass der alte Timo hier mal richtig aufräumt.

Die Damen schweigen ehrfürchtig.

»Bist du fertig?«, fragt Barbara dann nach einer kurzen Pause in gewohnt überheblichem Ton.

»Jo.«

Dann steht Barbara auf und schaut mir in die Augen.

»Gut, dann pass mal auf, du kleiner Klugscheißer! So langsam reicht es mir nämlich auch! Du kommst hier her ohne Qualifikationen, ohne Studium, ohne Berufserfahrung, aber mit einer riesengroßen Klappe, die du bei jeder Gelegenheit aufreißt. Ich sag dir mal was. Wir sind hier vorher ohne dich klargekommen und werden es auch weiterhin tun! An deiner Stelle würde ich den Ball mal schön flach halten, denn wenn es mir reicht, rufe ich einfach bei der Bezirksregierung oder beim Ministerium an und frage, wie die es finden, dass hier einer arbeitet, der nicht mal studiert hat! Mag sein, dass das hier stillschweigend geduldet wird. Ich persönlich kenne aber einige ehemalige Kolleginnen, die eine Aushilfsstelle suchen. Und die haben allesamt studiert. Was meinst du denn, wen das Ministerium hier lieber sehen möchte? Eine Akademikerin mit abgeschlossenem ersten und zweiten Staatsexamen oder einen kleinen Möchtegern-Lehrer, der bislang weder studiert noch sonst irgendwas erreicht hat. Wenn ich will, habe ich dich hier im null Komma nix raus! Da wärst du nicht der Erste! Den letzten Kollegen aus Leverkusen hatte ich nach einem Monat so weit, dass er sich wieder hat versetzen lassen. Also, überleg's dir gut, sonst kannst du dir wieder brav dein Harz IV beim Arbeitsamt abholen.«

»Und?«, fragt Helga erwartungsvoll, als ich sie wieder auf der dritten Etage besuche, um ihr von meiner Unterhaltung mit Barbara zu berichten. »Wie ist es gelaufen? War sie da? Was hat sie gesagt? War Philomena auch dabei?«

»Also …«, entgegne ich zögerlich. »Ich sag's mal so: Ich werde demnächst auch einfach ein bisschen öfter im Klassenzimmer der 1a und 2a rumhängen. Ist doch auch ganz nett da, oder?«

Offizieller Klugscheißer-Tag Nr. 43
(formerly known as chapter 22)

Man kann sich vieles schönreden – dass man auf ein Auto verzichten kann, gehört allerdings nicht dazu. Inzwischen radle ich jeden Tag in die Stadt, um Lebensmittel zu besorgen. Auf diese Weise habe ich zumindest nicht jedes Mal einen Berg an Sachen, die ich transportieren muss, und ich bekomme zudem alles in meine Stahlrosstaschen verstaut.

Stahl|ross|ta|sche *f.; Gen. -; Pl. -n;* Einkaufstasche speziell für das Fahrrad und somit ein kostengünstiges Äquivalent zu einem Kofferraum für Menschen, die aufgrund plötzlicher Ereignisse ihr Auto verkaufen mussten und somit auf ein Fahrrad angewiesen sind

Bevor ich in den Aldi düse, mache ich jedoch noch einen Abstecher zur Buchhandlung, in der ich gestern zwei Bücher mit Grammatikübungen für die Schule bestellt habe. Langsam habe ich nämlich keine Nerven mehr, mir alle Arbeitsblätter selbst auszudenken. Außerdem brauche ich dringend Lesenachschub. Für viele Menschen gibt es ja nur das eine oder das andere: Fernsehjunkie oder Booknerd. Für mich gab es schon immer beides. In meiner Freizeit hänge ich entweder vor der Glotze, oder ich bin in ein Buch vertieft. Viel mehr brauche ich nicht zum Glücklichsein.

Ich schaue mich gerade nach neuen Titeln um, als ich auf einmal Katharina vor den Neuerscheinungen entdecke, die ich seit dem gemeinsamen Essen bei Andrea und Amadeus nicht mehr gesehen habe, und wundere mich, sie hier in Brühl anzutreffen.

Ich gehe auf sie zu. »Katharina?«

Sie dreht sich überrascht um, lächelt aber, als sie mich sieht. »Timo!«

»Was machst du denn hier?«, fragen wir sodann gleichzeitig, und ich muss lachen, weil es wie in einer billigen Schmonzette klingt.

»Ich wohne hier«, sage ich zu meiner Verteidigung.

»Hier in der Buchhandlung?«, zieht sie mich auf.

»Genau. Ich wohne da hinten zwischen den Jugendbüchern und der Fachliteratur.«

»Sieh an!«

»Nein, ernsthaft, sag mal, was verschlägt dich denn nach Brühl?«, frage ich.

»Ach, mein letzter Vertrag wurde wieder einmal nicht verlängert, und seit zwei Wochen arbeite ich jetzt hier bei einer Drogenberatung. Wieder einmal befristet.«

Sie muss selbst schmunzeln, denn ihre befristeten Verträge sind in unserem Freundeskreis inzwischen schon ein Running Gag.

»Natürlich«, echoe ich. »Aber diesmal darfst du mich im Klub der Leute mit befristeten Verträgen willkommen heißen.«

»Stimmt. Du hattest ja das Angebot von Andreas Abendschule. Hat das geklappt?«

Ich nicke zufrieden und erzähle ihr dann, was sich alles getan hat: Dass ich nun schon seit mehr als einem Monat an der Abendschule unterrichte, dass meine Nachbarin sogar eine meiner Schülerinnen ist, dass nicht alle Kolleginnen gerade handzahm sind und dass mir die Arbeit wirklich Spaß macht.

»Mensch, das freut mich für dich«, sagt Katharina. »Ehrlich. Du klingst richtig glücklich und zufrieden.«

Stimmt. Das bin ich auch.

»Vielleicht war die Kündigung im Callcenter doch nicht das Schlimmste, was dir passieren konnte«, bemerkt sie. »Manchmal braucht man einfach einen Stoß in die richtige Richtung.«

»Ja, vielleicht schon.« Irgendwie denke ich, dass sie recht hat.

Und dann kommt etwas völlig Unerwartetes.

»Sollen wir mal zusammen etwas trinken gehen?«, fragt Katharina auf einmal. Ich bin mir unsicher, wie sie das meint. Trinken-Gehen wie zwei Freunde oder Trinken-Gehen wie zwei Menschen, aus denen mehr werden kann? Dann schiebt sie allerdings schon hinterher: »Jetzt, da ich in Brühl arbeite, bin ich doch sowieso jeden Tag hier.«

Das klingt eher nach *Ach ... wo ich ohnehin in der Gegend bin, können wir ja genauso gut irgendwann einmal etwas trinken gehen.*

»Ja, klar«, antworte ich, verkneife mir allerdings ein *Wieso nicht?*, weil das gewollt lässig klingen würde. »Was schaust du dir denn an?« Ich deute auf das Bücherregal.

»Ach, ich liebäugle mit dem neuen Sebastian Fitzek. Und du?«

»Ich habe mir zwei Bücher für die Schule bestellt.«

Katharina schaut auf ihre Armbanduhr. »Ich muss leider los, weil meine Mittagspause gleich vorbei ist«, sagt sie und schnappt sich den Fitzek. »Also, bis demnächst einmal.«

Ich verabschiede mich und schaue ihr noch kurz hinterher, wie sie zur Kasse geht. Bilde ich mir das ein, oder hat Katharina sich wirklich verändert? Anders sieht sie aus. Und gar nicht mal schlecht.

Ich bin ein wenig irritiert über meine Gedanken. Ich meine, ich kenne Katharina schon seit Jahren von unseren gemeinsamen Abenden bei Amadeus und Andrea, aber irgendwie habe ich sie noch nie richtig zur Kenntnis genommen. Zumindest nicht so wie jetzt. Vielleicht auch, weil ich damals mit Cleo zusammen war.

Auch, dass sie Bücher liest, finde ich enorm sexy. Und, um ehrlich zu sein, hat mich die Tatsache, dass Cleo lediglich Magazinleserin ist, immer ein wenig gestört.

Ma|ga|zin|le|ser|in *f.; Gen. -; -nen;* Frauen, die weder Belletristik noch Sachbücher, sondern ausschließlich Mode- und Klatschmagazine lesen

Keine Ahnung, was mit mir los ist, aber ich schnappe mir ebenfalls den neuen Fitzek-Roman und frage dann eine Mitarbeiterin nach meinen bestellten Büchern.

Offizieller Klugscheißer-Tag Nr. 49
(formerly known as chapter 23)

»Was? Etwa jeder?«, fragt die Klasse unisono mit entsetzt geweiteten Augen. Lautes Stimmengewirr erklingt, und ich versuche, gegen den Lärmpegel anzukommen.

»Jetzt beruhigen Sie sich mal wieder«, sage ich, als es schließlich leiser geworden ist.

»Wirklich jeder?«, fragt Alina, die direkt in der ersten Reihe sitzt. »Ich kann aber keinen Vortrag halten! Das kann ich ja nicht mal auf Deutsch. Wie soll ich das dann auf Englisch hinkriegen?«

»Ihre Vorträge müssen ja gar nicht lang sein, und selbstverständlich können Sie Ihre Referate auch in Ruhe zu Hause vorbereiten. Sie dürfen also ein beliebiges Thema wählen und natürlich auch Zettel oder Moderationskarten verwenden.«

Helga hat mir letzte Woche die sogenannten Stoffverteilungspläne überreicht, in denen festgelegt ist, welche Grammatik und Themenbereiche im jeweiligen Semester durchgenommen werden sollen. Mit Entsetzen habe ich festgestellt, dass sich eine Spalte nur mit dem Bereich *Speaking* befasst. Damit habe ich mich im Unterricht bisher gar nicht beschäftigt. Ich bin ja schon froh, dass meine Schüler inzwischen Vokabeln lernen und sie die notwendige Grammatik halbwegs verstehen. Für das zweite Semester ist festgelegt, dass alle Schüler einen circa dreiminütigen Vortrag vorbereiten und halten sollen, der anschließend auch benotet wird.

»Ab nächster Woche Donnerstag fangen wir mit den Kurzvorträgen an. Dann haben Sie mehr als eine Woche Zeit, sich darauf vorzubereiten. Also, wer möchte denn direkt nächsten Donnerstag starten?«, frage ich und schaue enthusiastisch in die Runde.

Alle sind verstummt. Diejenigen, die ich gerade ansehe, blicken hektisch zur Wand, auf den Boden oder zur Tafel.

»Irgendwer?«, frage ich geduldig. »Dann haben Sie es hinter sich.«

Stille.

»Also, irgendwer muss anfangen.«

Immer noch Stille.

»Dann müssen wir eben per Zufall die ersten vier Referierenden bestimmen«, sage ich und schnappe mir die Anwesenheitsliste. »Faruk, nennen Sie mal fünf Zahlen von eins bis einunddreißig, bitte.«

»Ähm … einunddreißig, dreißig, neunundzwanzig und achtundzwanzig«, sagt er. Auf den Kopf gefallen ist er jedenfalls nicht, denn sein Nachname beginnt mit A.

Einige protestieren lauthals.

»Oh nein, dann bin ich ja dran«, stöhnt Anke, die wiederum als Letzte auf der Liste steht.

Zum Glück bin ich auch nicht auf den Kopf gefallen und sage: »Gut, ich beginne von hinten zu zählen.«

Vereinzelter Jubel – vor allem von Anke – und laute Proteste – vor allem von Faruk – machen sich in der Klasse breit.

»Demnach beginnen nächste Woche Donnerstag Hatice, Faruk, Christoph und Jacqueline mit den Referaten.«

»Ja, super«, jammert Faruk.

»Mensch, so weit hättest du aber mal selber denken können«, grölt Yannik, der neben ihm sitzt.

Nachdem weitere Fragen zu den Referaten geklärt worden sind, fangen wir endlich mit der Wiederholung der letzten Stunde an.

»Okay, letzten Donnerstag haben wir erarbeitet, wie man das *Present Perfect* bildet und wann man es verwendet«, sage ich. »Ich würde das gern wiederholen, bevor wir gleich weitere Übungen aus dem Buch bearbeiten. Elisa, können Sie sich noch erinnern, wann man das *Present Perfect* benutzt?«

Elisa schaut mich aufgeschreckt an.

»Oh Gott«, stammelt sie und beginnt, in ihren Unterlagen zu blättern.

»Erinnern hatte ich gesagt. Nachschlagen kann ja jeder.«

Elisa hört auf zu blättern und schaut mich schuldbewusst an.

»Mmh … bei Dingen, mmh … die gerade im Moment passieren?«, antwortet sie schließlich fragend.

»Dafür benutzt man das *Present Progressive*«, sage ich, während sich bereits ein Dutzend anderer Schüler meldet.

Ich rufe Faruk auf.

»Das *Present Perfect* nimmt man, um über Erfahrungen zu berichten, um ein Resultat zu betonen oder wenn man von Dingen spricht, die in der Vergangenheit angefangen haben und noch nicht abgeschlossen sind«, sagt er mit stolzem Grinsen.

»Sehr gut auswendig gelernt! So soll's sein! Sie dürfen sich gleich ein Fleißkärtchen bei mir abholen«, ziehe ich ihn auf. »Okay, und wie bildet man das *Present Perfect*?«

»Mit einer Form von *to have* plus den Infinitiv plus *-ed* oder bei unregelmäßigen Verben *have* plus die dritte Form«, antwortet Faruk.

»Perfekt! Gut, dann schreibe ich jetzt ein paar Sätze aus *Fuck Grammar* an die Tafel, die wir dann ins *Present Perfect* umformen.«

Lauter Jubel bricht in der Klasse aus. *Fuck Grammar* ist ein orangefarbenes, kleines Buch, das mir Tholo vor sechs Jahren zum Geburtstag geschenkt hat. Darin befinden sich Übungen zu verschiedenen Bereichen der englischen Grammatik, allerdings beschäftigen sich alle Beispiel- und Übungssätze ausschließlich mit Sex.

Seitdem ich angefangen habe, Übungen aus *Fuck Grammar* im Unterricht zu verwenden, habe ich die ungeteilte Aufmerksamkeit meiner Schüler, und jede Stunde verwandeln sich alle in pubertierende und kichernde Dreizehnjährige. Ich bilde da keine Ausnahme!

Komischerweise gab es bislang noch keine Beschwerden bei der Schulleitung oder bei Barbara. Dafür haben wahrscheinlich alle viel zu viel Spaß.

Ich schreibe also fünf halbwegs versaute Sätze an die Tafel, und die Klasse grölt bei jedem Wort.

»Sie erinnern sich an Freds und Mabels sexuelle Abenteuer?«, frage ich. »Die hatten wir ja letzte Woche als Übungen. Damals waren alle Sätze allerdings im *Simple Past*, und nun wollen wir diese ins *Present Perfect* umwandeln. Wer kann das mal versuchen?«

Nachdem die Stunde vorbei ist und die meisten Schüler schon in die Pause gegangen sind, kommen Hatice und Susanne zu mir ans Lehrerpult.

»Also, Herr Seidel, bei Ihnen macht der Englischunterricht richtig Spaß.«

»Das freut mich«, sage ich.

»Nee, ernsthaft. Letztes Semester hatten wir Frau Sorgatz, und die ist einfach nur schlimm und langweilig. Da gab es nie irgendwas zu lachen, und gelernt hab ich da auch nix«, sagt Susanne.

»Ich auch nicht«, pflichtet Hatice ihr bei. »Die konnte gar nicht richtig erklären. Aber bei Ihnen hab ich endlich mal den Unterschied zwischen den ganzen Zeiten begriffen. Ich freu mich immer richtig auf den Englischunterricht.«

»Ja, vielen Dank«, sage ich und bin ein bisschen verlegen wegen der vielen Komplimente, denn anerkennende Worte gab es bei ProTrend wirklich nie.

Voller Freude begebe ich mich schließlich ins Lehrerzimmer und schaue mir Barbara an, wie sie – oh Wunder – ihrer Lieblingsbeschäftigung nachgeht. Heute geht es um die exorbitanten Preise von Lebensmitteln seit der Euroumstellung im Jahr 2002.

»Was grinst du denn so blöd?«, fragt sie zwischendurch.

Und ich sage nur: »Och, gar nichts.«

Offizieller Klugscheißer-Tag Nr. 50
(formerly known as chapter 24)

»Schön, dich zu sehen«, begrüßt Katharina mich am nächsten Tag vor der Giesler-Galerie.

Irgendwie musste ich die ganze letzte Woche immer wieder an sie denken, bis ich mir schließlich einen Ruck gegeben habe: Jetzt mach mal Nägel mit Köpfen und lad sie auf einen Kaffee ein. Dann fiel mir allerdings ein, dass ich ihre Nummer gar nicht habe, weswegen ich zunächst Andrea fragen musste. Dann habe ich darüber nachgedacht, wie ernsthaft Katharinas Angebot wohl gewesen ist, wenn sie nicht einmal gefragt hat, ob wir Nummern austauschen sollen. Dann habe ich mir gedacht: Vielleicht hat sie sich ja genau dasselbe gedacht: *Er hätte ja auch fragen können!* Dann habe ich mir gedacht, dass ich einfach zu viel denke und dass zu viel Denkerei auch nicht gesund ist.

Nachdem wir uns ein nettes Café gesucht haben, unterhalten wir uns zunächst über triviale Dinge: über Andrea, über Cleo, über Amadeus, über Literatur, über dies, über das. Und richtig gut kann man sich mit ihr unterhalten. Es entstehen keine peinlichen Pausen, in denen man krampfhaft nachdenkt, was man denn als Nächstes ansprechen könnte.

Peinlich wird es nur, als meine Mutter unverhofft an unserem Tisch steht. Vermutlich hat sie gerade Mittagspause und macht ein paar Besorgungen in der Stadt.

»Timo! Was machst du denn hier?«, fragt sie, ohne mich auch nur anzusehen. Ihr Blick ist natürlich auf Katharina fixiert.

»Sitzen«, sage ich unflätig. Ich seufze. Es führt offenbar kein

Weg daran vorbei, die beiden einander vorzustellen: »Katharina, das ist meine Mutter. Meine Mutter, das ist Katharina.«

Beiden schauen mich stirnrunzelnd an. Ja, tut mir leid, aber professioneller bekomme ich das ad hoc nicht hin.

»Freut mich«, beginnt meine Mutter und streckt Katharina die Hand entgegen. »Und woher kennen Sie beide sich?«

»Wir kennen uns durch gemeinsame Freunde«, antwortet Katharina brav.

»Ach, wen denn?«

»Katharina ist eine Freundin von Andrea«, werfe ich schnell ein. Ich muss dringend die Notbremse ziehen, bevor das hier ein gemütliches Beisammensein zu dritt wird. Daher frage ich, so höflich, wie mit diesen Worten nur möglich: »Musst du nicht dringend weiter?«

»Störe ich etwa?«, fragt meine Mutter und grinst mich breit an.

»Ja«, sage ich geradlinig, während Katharina im selben Moment ein höfliches »Nein, durchaus nicht!« entgegnet.

»Schon gut.«

Zum Glück verabschiedet sich meine Mutter alsdann, und ich atme erleichtert auf.

»Meine Mutter«, sage ich, so als ob ich mich für ihr unangekündigtes Erscheinen entschuldigen müsste.

»Ach, das war deine Mutter?«, erwidert Katharina gespielt überrascht.

Humor hat sie jedenfalls.

Ich kann hingegen nicht fassen, wie nervös ich bin. Einerseits ergibt meine Nervosität durchaus Sinn, wenn man bedenkt, dass ich seit mehr als fünf Jahren kein Date mehr hatte, anderseits ist es völlig absurd, da ich nicht einmal weiß, ob das hier überhaupt ein Date ist.

Unser Treffen verläuft ansonsten aber gut, sodass sich mein Datefieber als unbegründet erweist.

> **Date|fie|ber** *n.; Gen. -s; kein Plural;* Neologismus aus den Wörtern *Date* und *Lampenfieber*; Aufregung, die man vor einem Date empfindet

Ich erfahre vieles über Katharina, was ich noch nicht wusste: Dass sie Sozialpädagogik studiert hat (was sie sicher irgendwann einmal erwähnt hat, ich aber wieder vergessen habe), dass sie schon in sämtlichen Schulen im Umkreis gearbeitet hat (selbstverständlich immer nur mit befristeten Stellen), dass sie mir nicht sagen möchte, welche Abi-Note sie hat (was sie wiederum sympathisch macht, da ich davon ausgehe, dass sie ziemlich gut abgeschnitten hat), dass sie keinen Kaffee mag (lieber Tee), dass sie ausgesprochen eloquent ist (was sie natürlich nicht sagt, sondern was ich feststelle), dass Patricia Highsmith ihre Lieblingsautorin ist (womit sie definitiv weitere Pluspunkte bei mir sammelt – Minuspunkte hätte es dagegen zum Beispiel für Bridget Jones gegeben) und dass sie unendlich optimistisch ist (was mich wahrscheinlich am meisten beeindruckt). Dabei hat sie dazu keinen erkennbaren Grund, wenn man ihre Odyssee auf dem Arbeitsmarkt bedenkt.

»Also? Wieder einmal ein befristeter Vertrag?«, frage ich, als wir auf ihre neue Arbeitsstelle zu sprechen kommen.

»Ja«, nickt sie. Mehr nicht. Ganz gelassen.

Ich hingegen würde verrückt, wenn man mir jahrelang einen befristeten Vertrag nach dem nächsten anbieten würde, der dann letzten Endes doch nie verlängert wird. Vor allem, wenn sich alle anderen um mich herum beruflich auf der Überholspur befinden.

»Macht dich das nicht fertig? Immer nur befristete Verträge? Nie zu wissen, wie es in ein paar Monaten weitergeht?«

»Ach, weißt du, ich habe mich inzwischen damit abgefunden. Man kann das Leben sowieso nicht planen.« Sie nimmt einen Schluck Tee. »Du hast ja mitbekommen, wie lange sich das bei mir schon fortsetzt. Irgendwann hast du einfach keine Kraft mehr, dir immer wieder Sorgen zu machen. Und du hast auch keine Lust mehr dazu.«

»Aber man macht sich doch automatisch Sorgen, oder nicht?«

Sie zuckt mit den Schultern. »Natürlich, anfangs schon. Da habe ich mir ständig Gedanken gemacht. Wie geht es in drei Monaten weiter? Wovon bezahle ich dann meine Miete? Aber das ändert ja nichts an deiner Situation. Außerdem hat es bisher immer auf die ein oder andere Weise geklappt. Und im Notfall habe ich ja auch noch Freunde und Familie, die mich bestimmt nicht im Stich lassen würden.«

Ich muss an meine Situation denken, die momentan tatsächlich ziemlich vergleichbar ist.

»Ich befürchte, ich bin noch meilenweit davon entfernt, mir keine Sorgen über die Zukunft zu machen«, stelle ich fest.

»Aber das ist doch klar. Wie gesagt, das ging mir am Anfang nicht anders.«

»Ich hoffe«, sage ich und muss unwillkürlich seufzen, »dass ich bald weiß, was ich in Zukunft machen möchte. Ich muss einfach noch mal von vorn anfangen.«

»Hast du denn schon eine Idee, was du machen möchtest?«

Ich schüttele kurz den Kopf. »Ich weiß nicht. Früher hatte ich mal vor zu studieren, aber dafür bin ich inzwischen zu alt.«

»Findest du?«

»Du etwa nicht?«

Katharina denkt nach. »Eigentlich nicht«, sagt sie schließlich. »Idealerweise wärst du natürlich einige Jahre jünger und würdest noch zu Hause wohnen. So musst du natürlich alles selbst finanzieren, aber bevor du jetzt die restlichen dreißig Jahre vor dich hin jobbst, solltest du vielleicht doch noch mal in den sauren Apfel beißen und eine richtige Grundlage für deine Zukunft schaffen.«

»Mmh, muss ich mir mal durch den Kopf gehen lassen«, sage ich, um ihren Vorschlag nicht sofort abzutun, auch wenn ich jetzt schon weiß, dass Studieren für mich nicht mehr infrage kommt.

Nach einer Dreiviertelstunde muss Katharina wieder zurück zur Arbeit.

Abends, nach der Schule, resümiere ich noch ein wenig, wie das Treffen verlaufen ist. Vor allem bin ich mir nach wie vor nicht sicher, ob das nun ein Date war oder nicht. Will ich überhaupt, dass es ein Date war?

Ich war so lange in einer Beziehung, dass ich gar nicht mehr weiß, woran man überhaupt erkennt, wenn man einen anderen

Menschen gut findet. Irgendwie fühle ich mich wie der absolute Dating-Anfänger – wie damals in der Pubertät, als ich mit dreizehn Jahren erfahren habe, dass mich Sabrina Lange aus dem Biologiekurs mochte und mit mir »gehen wollte«. Damals wusste ich auch nicht, ob ich die wirklich mochte oder ob ich einfach nur eine Freundin wollte, weil Amadeus auch schon eine hatte. Ihr Nachname war jedenfalls kein Vorzeichen, denn lange ging die Sache mit Sabrina Lange nicht.

Jetzt fühle ich mich jedenfalls genauso unsicher wie als Dreizehnjähriger. Nach fünf Jahren Beziehung hat man das Einordnen solcher Gefühle wahrscheinlich evolutionär bedingt verlernt.

Irgendwas war da heute jedenfalls. Wie letztes Mal in der Buchhandlung auch. Irgendein Funke.

Andererseits finde ich die ganze Situation auch befremdlich. Ist es nicht eigentlich tabu, etwas mit einer Frau aus dem engen Freundeskreis anzufangen? Sollte ich mich nicht schon allein deswegen zurückhalten?

Mir brummt der Schädel vom vielen Nachdenken. Dafür bin ich einfach nicht der Typ. Also schnappe ich mir ein Buch, werfe mich ins Bett und knipse mein Gehirn aus. Die Zeit wird schon zeigen, ob hieraus etwas wird.

Offizieller Klugscheißer-Tag Nr. 63
(formerly known as chapter 25)

Geduldig warte ich im Lehrerzimmer auf Helga. Nachdem es letzte Woche bei der Benotung der Referate so viele Proteste gab, hat sie angeboten, mit mir zusammen einige mögliche Bewertungskriterien durchzugehen.

Ich bin froh über ihr Hilfsangebot, da ich bei der Benotung bislang einfach nur nach dem Bauchgefühl gegangen bin. Ich kann zwar auf Wortschatz, Aussprache und Inhalt achten, habe aber im Großen und Ganzen keine Ahnung, wie ich vorgehen soll. Vor allem aber habe ich Helga angesprochen, weil sie die Vorsitzende der Fachkonferenz Englisch ist und ich weiß, dass sie die Beschwerden nicht direkt an die Penner oder, schlimmer noch, an Barbara weiterträgt.

Vorletzte Woche hatte ich mich noch gefreut, dass inzwischen alles so gut lief, und dann hagelte es wieder haufenweise Proteste, als ich die Noten der ersten Referate bekannt gab. Viele meinten, die Benotung sei unfair und völlig willkürlich. Ehrlich gesagt konnte ich dem auch nicht ganz widersprechen und meinte stattdessen, dass ich noch einmal über die Benotung nachdenken würde. Ich war selbst überrascht, wie einsichtig ich mich gezeigt hatte.

ein|sich|tig *(Adj.)* Verständnis für die Gründe anderer zeigen
Hinweis: Die Spezies Klugscheißer ist mit dem Konzept der Einsicht generell nicht vertraut und muss sich diese erst mühsam aneignen.

Helga begrüßt mich, als sie mit einem Stapel Papiere unter dem Arm ins Lehrerzimmer kommt.

»Danke, dass du extra früher gekommen bist«, sage ich, aber Helga winkt nur ab, als sei es das Selbstverständlichste der Welt. Ich glaube fast, für sie ist es das sogar. Ich habe selten einen so freundlichen Menschen gesehen, der auch noch so sehr mit sich selbst im Reinen ist.

»Jederzeit, jederzeit!«

Sie legt ihre Papiere ab und fischt zwei Blätter heraus.

»Sollen wir denn vielleicht nach oben in einen der Klassenräume gehen?«, fragt sie. »Bevor Du-weißt-schon-wer kommt.«

Ich nicke einvernehmlich, und wir suchen einen der leeren Klassenräume im ersten Stock auf.

Geduldig erklärt mir Helga die zwei Bewertungsbögen, die sie mir mitgebracht hat. Beide Bögen haben eine Reihe an Aspekten aufgelistet, die ich bisher gar nicht berücksichtigt habe.

»Ich finde diesen Bogen hier besser«, sagt sie. »Hier kannst du bei jedem Kriterium jeweils ankreuzen: *Trifft zu, trifft eher zu, trifft weniger zu* oder *trifft gar nicht zu.* Das ist hilfreicher, als wenn du dort nur drei Smileys stehen hast.«

Helga zeigt auf den anderen Bogen, der die Kriterien mithilfe dreier Smileys mit einem lachenden, geraden und traurigen Mund verdeutlicht.

»Bei dem Bogen tendiert man dann nämlich dazu, immer den mittleren Smiley anzukreuzen, und dann hast du später lauter Dreien, während du dich bei diesem Bogen im mittleren Bereich immer noch dazu entschließen musst, ob es eher gut oder eher schlecht war, verstehst du?«

Später erklärt sie mir noch, wie man aus den ganzen Kreuzen eine faire Endnote ermittelt und dass man die Kriterien auch den Schülern zugänglich machen sollte. Ganz zum Schluss bietet sie mir an, sich zwei Vorträge mit mir zusammen anzuhören, während sie ihre Klasse zwischenzeitlich mit Aufgaben versorgt.

Katja hält einen holprigen Kurzvortrag über ihre Lieblingsserie *Grey's Anatomy* und Dimitri über seinen Lieblingsrapper Eminem.

Ich hatte kurz die Befürchtung, dass meine Schüler verwirrt sein könnten, wieso Helga mit in meinen Unterricht kommt, aber sie hat das Ganze sehr souverän gelöst, indem sie zu Beginn der Stunde einfach gesagt hat: »Herr Seidel hat mir erzählt, dass Sie hier so interessante Referate vortragen. Ich hoffe, es stört Sie nicht, wenn ich mich mal kurz zu Ihnen setze?«

Sie hat es echt drauf! Nicht nur, dass sie mir zur Seite steht, sondern sie weiß außerdem noch, was sie sagen muss, dass ich nicht wie der hinterletzte Hampelmann dastehe.

In der ersten Pause gehen wir unsere Bewertungsbögen zu den Vorträgen durch, und ich freue mich wie ein Schreinerlehrling, der sein erstes Mobile gebastelt hat, als wir beide auf dieselbe Endnote kommen.

»Vielen Dank noch mal«, sage ich, während Helga wieder ihr drüsches Graubrot aus ihrer Tasche holt. »Ich weiß nur nicht, was ich mit den Schülern mache, die ihr Referat schon gehalten haben. Die kann ich ja jetzt gar nicht mehr richtig bewerten. Also zumindest nicht nach diesem Bogen.«

»Lass sie das Referat doch einfach noch mal halten«, schlägt Helga vor.

»Ich weiß nicht. Was soll ich denen denn sagen, wieso sie das noch mal machen müssen?«

»Sag es einfach so, wie es ist. Dass du beim Bewerten falsch vorgegangen bist und nun nach neuen Kriterien alle gleich bewerten möchtest.«

»Dann steh ich doch wie der hinterletzte Stadtplanfalschfalter da!«

Stadt|plan|falsch|fal|ter *m.; Gen. -s; Pl. -;* Synonym für Anfänger

»Ach, Quatsch!«, schmunzelt sie. »Kein Mensch ist perfekt, und wir machen alle mal Fehler. Sogar Lehrer. Und das darf man dann auch zugeben.«

Sie zwinkert mir zu.

»Ich komme mir nur so dämlich vor, dass ich nicht selbst auf die Idee gekommen bin, irgendwelche Kriterien aufzustellen.«

»Woher sollst du so etwas denn auch wissen? Sie haben dich hier ja direkt ins kalte Wasser geschmissen.«

»Ja, aber was mögen die Schüler jetzt von mir halten?«

»Mach dir darum mal keinen Kopf! Glaub mir, deine Studis verlieren wegen so etwas nicht den Respekt vor dir – im Gegenteil. Ich bin mir sicher, dass sie es dir hoch anrechnen, wenn du zu deinem Fehler stehst und ihn nun ausbessern möchtest. Ich finde sowieso, dass du wirklich toll mit deinen Studis umgehst, was man so hört. Nicht zu freundschaftlich, sehr sachlich, aber auch nicht zu distanziert. Das ist nämlich ein sehr beliebter Anfängerfehler bei Lehrern an der Abendschule. Die meisten Kollegen haben ja vorher an einer Tagesschule unterrichtet – also mit Kindern und Jugendlichen gearbeitet. Das ist natürlich schon etwas anderes. Wir haben es hier mit Erwachsenen zu tun, und die meisten sind mehr oder weniger freiwillig hier. Da gibt es also einen riesigen Unterschied zur Tagesschule. Daher machen viele den Fehler, ihr Verhalten als Lehrer und ihren Unterricht völlig umzukrempeln. Das heißt, während sie im Umgang mit Jugendlichen recht konsequent und autoritär waren, lassen sie jetzt hier alle Leinen los und pflegen einen kumpelhaften und, wie ich finde, nicht angebrachten Umgang mit unseren Schülern. Das geht sogar so weit, dass sie unsere Studis duzen und sich selbst auch duzen lassen. Das hat ja fast schon was mit Anbiedern zu tun und erzeugt auch sprachlich eine Nähe, die gar nicht vorhanden ist. Ein gutes Beispiel ist da Barbara. Die lässt sich nämlich duzen.«

Das überrascht mich wiederum.

»Du kannst ja mal an einem Klassenzimmer lauschen, wenn sie unterrichtet«, fährt Helga fort. »Darin herrscht ein einziges Tohuwabohu. Da lernt natürlich niemand etwas! Bei dir sind die Schüler aber richtig leise und passen auch auf. Gerade bei Referaten ist normalerweise immer eine riesige Unruhe in der Klasse. Also Respekt, Timo! Du hast scheinbar das richtige Händchen für diesen Beruf.«

Als ich abends zu Hause auf meinem scheußlich beigen, aber tatsächlich sehr bequemen Sofa sitze und ein wohlverdientes Bier trinke, klingen mir Helgas Worte noch im Ohr. Darüber, dass die Schüler nicht auf mich hören könnten, habe ich mir nie wirklich Gedanken gemacht. Das hat automatisch funktioniert und war irgendwie eine Selbstverständlichkeit für mich.

Wenigstens scheine ich auch mal etwas richtig zu machen. Nachdem ich mit der Benotung der Referate so völlig danebengelegen hatte, dachte ich, wirklich gar nichts auf die Reihe zu kriegen, aber Helgas Worte haben mich wieder aufgebaut.

Offizieller Klugscheißer-Tag Nr. 132
(formerly known as chapter 26)

Zweieinhalb Monate später ...

Zusammen mit Steffi breche ich am zweiten Weihnachtstag zu Andrea und Amadeus auf, die wieder eingeladen haben. Diesmal habe ich mich vorab allerdings informiert, mit welchen Überraschungen ich rechnen darf. Aber weder Désirée noch Frederik werden kommen. Und auch Cleo hat keine Begleitung angekündigt. Stattdessen habe ich diesmal gefragt, ob Steffi und ihr Sohn Noah mitkommen können. Da Steffis Freund die Weihnachtstage über arbeiten muss, wären sie sonst allein gewesen.

Katharina wird leider nicht da sein, da sie über die Feiertage bei ihren Eltern im Sauerland ist. Das wäre ohnehin irgendwie merkwürdig geworden. In den letzten Monaten haben wir zwar häufig geschrieben und uns hin und wieder mittags in der Stadt getroffen, aber im Grunde bin ich mir nach wie vor nicht im Klaren darüber, wie wir nun zueinander stehen. Irgendwie habe ich das Gefühl, dass es ihr ähnlich geht. Denn niemand von uns beiden unternimmt irgendetwas, das über Freundschaftlichkeiten hinausgeht.

Ein Zusammentreffen wäre daher eigenartig gewesen, da die Fronten nicht einmal zwischen uns beiden geklärt sind. Wie hätten wir uns da vor den anderen verhalten sollen? Noch merkwürdiger wäre es allerdings, wenn wir als Paar aufgetaucht wären. Vor allem für Katharina. Frei nach dem Motto: *So, liebe Cleo, da du Timo nicht wolltest, habe ich ihn mir jetzt einfach mal geschnappt. Mal schauen, wie wir zwei zurechtkommen. Wenn es nicht klappt, reiche ich ihn dann an Désirée weiter.*

Wie gesagt: Befremdlich!

Aber zum Glück bleibt mir das gegenwärtig erspart.

Erfreulich ist zudem, dass ich nicht die Straßenbahn nehmen brauche, da Steffi natürlich fährt. Im Gepäck habe ich diesmal zivilisierterweise ein Gastgeschenk für Andrea und Amadeus, ein Weihnachtsgeschenk für Tholo, eines für Cleo (weil ich mir ziemlich sicher bin, dass sie auch eines besorgt hat) – und eines für Noah. Ich möchte nicht, dass der Kleine ohne Geschenk dasteht, wenn die Erwachsenen sich beschenken.

»Hallo, Alter!«, begrüßt mich Amadeus herzlich. Wir haben uns tatsächlich schon seit einigen Wochen nicht mehr gesehen.

Wir umarmen uns kurz.

»Das hier ist Steffi, und das da unten ist Noah.«

»Danke für die Einladung« sagt Steffi und überreicht Amadeus eine kleine Verpackung mit Geschenkpapier und großer Schleife. Hab schon gefragt: Darin ist ein Flaschenöffner von Alessi.

»Oh, vielen Dank! Ja, immer gern! Timos Freunde sind auch unsere Freunde!«

Dann bückt er sich hinunter und streckt Noah die Hand entgegen: »Na, und du bist Noah? Ich bin der Amadeus.«

Noah sträubt sich etwas und möchte Amadeus nicht die Hand geben. Wer kann es ihm verübeln? Hoffentlich tätschelt er ihm als Nächstes nicht den Kopf. Das habe ich als Kind immer besonders gehasst, weswegen ich mir geschworen habe, auf Lebzeiten keinem Kind den Kopf zu tätscheln.

»Sag Guten Tag!«, fordert Steffi ihn auf und gibt ihm einen sanften Schubs.

Noah sträubt sich jedoch weiterhin.

»Er ist wahrscheinlich zu schüchtern«, sagt Amadeus und steht wieder auf. »Er kennt mich ja auch noch nicht.« Dann tätschelt er ihm mit Schmackes den Kopf, sodass der arme Noah zweimal seinen Hals in den Rumpf gedrückt bekommt.

Als wir ins Wohnzimmer kommen, läuft im Hintergrund – wie sollte es auch anders sein – eine Weihnachts-CD von irgend so einer Brülluschi.

»Stasi-Stefanie?«, brüllt Cleo entsetzt, die auf dem Sofa sitzt und anscheinend nicht wusste, dass ich einen Gast mitbringe. »Was machst du denn hier?«

Steffi schaut leicht sauer wegen des Spitznamens, den Cleo und ich ihr verpasst haben. Sie muss ja nicht wissen, dass ich sie früher auch so genannt habe.

»Hallo«, grüßt Steffi trotzdem höflich. »Ich bin mit Timo hier.«

»Mit Timo?«

Ich kann mir nicht helfen, aber Cleos Stimme klingt ungewöhnlich schrill. Vermutlich denkt sie, dass Steffi und ich jetzt zusammen sind.

»Guck mal, Noah! Da ist Cleo! Die kennst du doch bestimmt noch, oder?«

Aber Noah sieht sichtlich unbeeindruckt aus und scheint sich auch nicht erinnern zu können. Stattdessen ergreift er meine Hand.

»Das ist ja eine Überraschung! Ihr beide!«, säuselt Cleo.

Ich lasse sie erst einmal im Ungewissen.

»Ja, wir beide«, wiederhole ich.

Dann kommt Andrea aus der Küche, in Festtagskleidung, aber mit Kochschürze, und begrüßt die neuen Gäste.

Wir umarmen uns. Das bekannte Gewusel geht los. »Das hier ist Steffi.« Immer noch. »Danke für die Einladung!« Verweis auf das Geschenk, das Amadeus noch in der Hand hält. »Das ist Noah.« Er drückt meine Hand noch etwas fester. »Och, nee, was bist du für ein Süßer! Hast du denn Hunger? Willst du ein Plätzchen? Hab ich selbst gebacken.«

Noah lässt meine Hand los und folgt Andrea wie hypnotisiert in die Küche. So ein Verräter!

Als Nächstes kommt Tholo, dem ich inzwischen gebeichtet habe, dass ich mit Désirée Sex hatte.

Ein einziger Albtraum war das! Wie sagt man seinem besten Kumpel, dass man einen Quickie mit seiner Ex-Freundin hatte? Klar, auf die einzig mutige Art und Weise: per WhatsApp.

Danach war erst mal einige Wochen Funkstille. Wer kann es

ihm verübeln? Ich bestimmt nicht. Aber seit Kurzem haben wir wieder Kontakt, und ich glaube, er hat mir größtenteils verziehen. Jedenfalls ist es heute fast wie in alten Zeiten, als er mich begrüßt.

Zum Essen tischt Andrea uns ein vorbildliches Drei-Gänge-Menü auf, mit dem sie locker das *Perfekte Dinner* gewonnen hätte. Für Noah hat sie sogar extra Fischstäbchen mit Pommes gemacht. Wahrscheinlich, weil sie schon geahnt hat, dass er keinen Gänsebraten mag. Spätestens jetzt sind Andrea und er dicke Freunde!

Während des Essens versucht Cleo herauszubekommen, ob (und gegebenenfalls seit wann) Steffi und ich zusammen sind. Zuerst beginnt sie ein triviales Geschwafel über Vermieter, um dann speziell auf ihren Ex-Vermieter, also Steffis und meinen derzeitigen Vermieter, zu sprechen zu kommen. Sehr elegant, wie ich finde. Zumal es ja auch so ein allseits beliebtes Thema ist. Ich meine, wer hat nicht schon etliche zwanglose Menüs damit verbracht, über die Mannigfaltigkeit von Nebenkostenabrechnungen zu philosophieren? Cleo schafft es jedenfalls in einem dreiminütigen Monolog über Nebenkostenabrechnungen im Allgemeinen und Straßenreinigungskosten im Besonderen (die ja nicht nach Bewohner, sondern nach Quadratmeterzahl berechnet werden) schließlich die von ihr angestrebte Frage »Oder wohnt ihr noch gar nicht zusammen?« zu stellen.

Selbst Tholo atmet erleichtert auf, dass Cleo sich bei dieser Gehirnakrobatik nicht ernsthaft verletzt hat.

»Wuff! Der Adler ist gelandet!«, sagt er und macht eine landende Bewegung mit seiner linken Hand.

»Wir?«, fragt Steffi erstaunt. »Wieso sollten wir zusammenwohnen? Ich bin doch mit Matthias zusammen.«

»Was? Ähm, ja, ähm, ich dachte nur, dass …«, stammelt Cleo vor sich hin. »Ähm, weil ihr doch heute zusammen hier seid.«

Steffi lacht laut auf. »Ach so! Du dachtest, Timo und ich sind zusammen. Nee! Nee!«

Cleo sieht aber nach wie vor nicht sehr viel schlauer aus. Schließlich haben wir Stasi-Steffi früher nicht besonders gut leiden können.

»Steffi ist in meiner Klasse an der Abendschule«, kläre ich sie auf.

»Ach? Echt jetzt?«

»Ja, das ist ein Zufall, was?«, meint Steffi. »Mir sind fast die Augen rausgefallen, als Timo am ersten Schultag in unsere Klasse kam! Voll peinlich!«

»Und wie läuft es so in der Schule?«, fragt Cleo. Aber ich weiß gar nicht, an wen von uns beiden sie ihre Frage richtet.

»Super«, entgegne ich.

»Man hört nur Gutes!«, meint Andrea, die gerade mit einem Nachschub Bratensoße aus der Küche kommt. »Vor ein paar Wochen hatten wir eine Konferenz in Leverkusen, bei der auch Frau Penner war und dich in den höchsten Tönen gelobt hat.«

»Ach? Echt jetzt?« Cleo klingt wie eine defekte Schallplatte. Meine Brust schwillt indes vor Stolz.

»Ja, Timo ist der Beste! Das finden auch alle in unserer Klasse«, beteuert Steffi. »Am Anfang haben sich alle ein wenig von unserer Klassenlehrerin gegen Timo aufhetzen lassen, aber inzwischen haben sie verstanden, dass es Timo nur gut mit uns meint.«

»So was Unkollegiales! Wer ist denn eure Klassenlehrerin?«, möchte Andrea wissen.

»Die Sorgatz!«

Andrea seufzt: »Ach, die! Die dürft ihr gar nicht ernst nehmen! Die ist nur auf Krawall gebürstet! Bis vor einigen Jahren war die noch in Leverkusen und hat das ganze Kollegium auf Trab gehalten. Ständig alle gegeneinander ausgespielt. Wir sind so was von froh, dass wir die nicht mehr ertragen müssen. Keine Ahnung, was die für ein Problem hat!«

»Ja, das hat unsere Klasse inzwischen auch verstanden. Die lästert nämlich über alles und jeden. Am Anfang haben wir darauf noch gehört, aber inzwischen nimmt die keiner mehr ernst.«

»Wisst ihr eigentlich, dass Andrea seit diesem Semester stellvertretende Schulleiterin ist?«, verkündet Amadeus stolz.

»Herzlichen Glückwunsch«, gratuliere ich. »Warum hast du denn nichts gesagt?«

In der Außenstelle in Brühl ist das bisher auch nie erwähnt worden, aber wir haben auch nicht viel mit der Hauptstelle zu tun. Wir haben sogar getrennte Lehrerkonferenzen.

»Weil sie dafür zu bescheiden ist«, beteuert Amadeus.

»Na dann!«, sage ich und hebe mein Weinglas. »Darauf sollten wir anstoßen!«

Alle heben ihre Gläser und beglückwünschen Andrea zu ihrer Beförderung, während im Hintergrund eine Frauenstimme *Oh, how the years go by* trällert. Und diesmal klingt die Musik gar nicht so schlecht. *We fight, we laugh, we cry, as the years go by.*

»Ich kann mir Timo gar nicht als Lehrer vorstellen«, platzt es aus Cleo heraus, nachdem wir alle angestoßen haben. Sie schaut mich an und hält kurz inne. »Also, doch, als Lehrer kann ich ihn mir schon vorstellen, denn ein Klugscheißer war er ja schon immer. Nur als *beliebten* Lehrer kann ich ihn mir nicht vorstellen …«

Tholo lacht laut. Mit solchen Seitenhieben seinerseits muss ich wohl noch einige Zeit lang rechnen.

»Doch, doch, Timo ist ein super Lehrer! Wir freuen uns immer auf seinen Unterricht«, eilt Steffi zu meiner Rettung.

»Mir macht es aber auch mördermäßig Spaß«, bekräftige ich. Und als Tholo sich wieder einigermaßen eingekriegt hat, sage ich: »Zum ersten Mal in meinem Leben habe ich das Gefühl, dass ich wirklich etwas Sinnvolles mache.«

Cleo wirft mir einen dieser vielsagenden Blicke zu, den ich nicht wirklich deuten kann.

»Timo macht aber auch Sachen mit uns im Unterricht, die sonst kein Lehrer durchnehmen würde«, prustet Steffi los. »Wie heißt noch mal das Buch, aus dem du uns immer diese versauten Texte kopierst?«

»*Fuck Grammar.*«

»Ja, genau!« Steffi bekommt sich vor Lachen kaum ein, während sie einige Beispielsätze zum Besten gibt.

»So etwas machst du mit deinen Schülern?«, fragt Tholo entsetzt.

»Ja, klar«, antwortet Steffi für mich. »Wir finden das total klasse. Seitdem können auch alle die Grammatikregeln.«

Es ist doch immer wieder erstaunlich, wie sehr man auch erwachsene Menschen mit simplem Sexkram begeistern kann.

»Bekommst du da keinen Ärger? Wenn du so Porno-Grammatik mit deinen Schülern machst?« Cleo legt die Stirn in Falten, dennoch scheint sie sichtlich amüsiert. So, als würde sie denken: *typisch Timo*.

»Wieso? Die sind doch alle erwachsen«, verteidige ich mich. »Ich habe vorher gefragt, ob jemand Probleme damit hat, und alle meinten, es wäre okay. Sonst hätte ich das auch nicht gemacht ...«

»Nur die Sorgatz hat natürlich versucht, wieder Krawall zu schlagen, nachdem sie die ganzen versauten Sätze an der Tafel gesehen hat«, fällt Steffi mir ins Wort. »Aber die Penner meinte, solange die Klasse damit einverstanden ist und wir dabei was lernen, können wir machen, was wir wollen.«

Und dann sagt Cleo tatsächlich: »Typisch Timo.«

Genau so, wie ich es eben in ihrem Gesicht gelesen habe.

Nun werde ich doch etwas wehmütig, was daran liegen kann, dass ich immer noch in der Lage bin, zu erahnen, was Cleo gerade denkt, auch wenn sie nichts sagt. Es kann auch daran liegen, dass sie mich wieder so ansieht, wie sie es am Anfang unserer Beziehung getan hat. Vielleicht liegt es aber auch an dieser verflixten Weihnachtszeit, die jeden ein wenig nostalgisch werden lässt.

Weltschmerz hat mein Vater immer zu solch einer Stimmung gesagt. Eines der wenigen Wörter, das seinen Weg ins amerikanische Englisch geschafft hat.

Welt|schmerz *m.; Gen. -es; kein Plural;* (bildungssprachlich) ein Gefühl der Melancholie, ausgelöst durch den Vergleich des tatsächlichen Zustands der Welt mit dem des Idealfalls

Oder es liegt daran, dass im Hintergrund tatsächlich mein Lieblingsweihnachtslied läuft: *'Til the Season Comes 'Round Again* von Kenny Rogers. Mein Vater hatte das Lied an unserem letzten gemeinsamen Weihnachtsfest ständig gespielt, bevor er wenige Wochen später gestorben ist. Seitdem hören meine Mutter und ich es an Weihnachten, um ihm zu gedenken. Später wurde es auch zu einem von Cleos Lieblingsliedern. Keine Ahnung, wie es nun in Andreas Playlist gelandet ist, denn es ist nicht wirklich sehr bekannt.

»Wann gibt's denn Göschänke?«, quengelt Noah, der gerade etwas lustlos mit seinem *Dr. Wackelzahn* spielt, den Steffi für ihn mitgebracht hat.

»Du hast doch vorgestern schon Geschenke bekommen«, meint Steffi. »Heute gibt es nichts mehr.«

»Aber Timo hat doch Göschänke mit«, protestiert Noah.

»Ja, du kriegst auch eins«, sage ich.

»Wann? Wann? Wann? Wann?«

»Fangt ruhig schon damit an«, sagt Andrea und stapelt Teller aufeinander. »Er hat doch den ganzen Abend so brav mit uns am Tisch gesessen.«

Selbstverständlich darf Noah als Erster sein Geschenk auspacken. Ich habe ihm im Internet ein Spongebob-Schreibset bestellt, weil er im nächsten Jahr eingeschult wird. Ganz hastig reißt er das Papier auf, während ihn alle beobachten. Nach und nach bestaunt Noah Lineal, Bleistift, Anspitzer, Radiergummi, Notizheft und Stiftebox. Er flippt fast aus vor Freude, denn für ihn ist Spongebob das, was Sofía Vergara für mich ist.

Steffi schenkt mir einen Gutschein aus der Mayerschen und meint, den könne ich doch bestimmt gut gebrauchen. Tholo schenkt mir, wie immer, ein neues Potpourri an Scherzartikeln. Seitdem er vor zwei Jahren in Köln einen Scherzartikelladen entdeckt hat, zeigt er hierfür ähnliche Begeisterung wie Noah für Spongebob, und wir bekommen zu jeder Gelegenheit Furzspray, Plastikkotze, Korkenzieher mit Linksgewinde, färbende Seife, Scherzbonbons mit Knoblauchgeschmack und Hundehaufenspray geschenkt. Wobei ich, ehrlich gesagt, noch gar nicht an die Möglichkeiten gedacht habe, die sich hier in Bezug auf Barbara ergeben.

Das tollste Geschenk aber kommt von Cleo, Amadeus und Andrea zusammen. Es ist nur ein Umschlag, in dem ein selbst gebastelter Gutschein steckt. Darauf steht: *Gutschein für deine eigene Waschmaschine. Liefertermin ist der 4. Januar.*

»Ja, spinnt ihr denn?«, sage ich. »Das ist doch viel zu teuer!«

»Keine Sorge«, sagt Amadeus. »Das meiste hat Cleo bezahlt.«

Na, das macht es auch nicht besser!

Aber ich freue mich irrsinnig. Denn für meine Wäsche bin ich in den letzten Monaten nach wie vor einmal in der Woche zu meiner Mutter gependelt. Mit dem Fahrrad und prallen Wäschesäcken rechts und links des Gepäckhalters.

»Und wie geht's ab Februar weiter?«, fragt Tholo mich im Laufe des Abends, als wir es uns bereits auf den Sofas bequem gemacht haben.

»Keine Ahnung. Bisher habe ich mir darum noch keine Gedanken gemacht.«

»Wie?«, fragt Steffi entgeistert. »Im Februar beginnt doch das neue Semester.«

»Ja, aber ich habe ja nur einen befristeten Vertrag.«

Bei den beiden Wörtern muss ich doch tatsächlich kurz an Katharina denken.

»Wie? Heißt das etwa, dass du ab Februar nicht mehr da sein wirst? Das geht doch nicht! Da müssen wir doch was machen!«

»Na ja. Ich denke, ich werde wohl noch ein Semester bleiben. Aber über kurz oder lang muss ich mir etwas anderes suchen.«

»Wieso das denn?«

»Weil ich kein Lehrer bin!«

»Ja, dann werd doch einer!«, fordert Steffi.

Na, die ist ja witzig!

»Wie stellst du dir das vor? Dafür müsste ich erst mal studieren. Das dauert doch Ewigkeiten, und ich bin ja schon achtundzwanzig.«

»Das ist doch egal! Du bist doch spitze als Lehrer. Ich finde, das ist genau der richtige Beruf für dich. Und was willst du denn ansonsten machen?«

Ja, wenn ich das mal wüsste.

»Du solltest wirklich mal darüber nachdenken«, meint auch Andrea. »Du sagst doch selbst, dass es dir Spaß bringt.«

»Wie lange studiert man da denn überhaupt?«, knurre ich.

»Ich glaub, sieben Semester sind die Regelstudienzeit. Danach noch anderthalb Jahre Referendariat.«

»Fünf Jahre? Danach kann ich ja direkt in Rente gehen.«

»Jetzt übertreib mal nicht!«, versucht Steffi, mich zu überzeugen.

»Kümmer dich lieber mal um Noah!«, sage ich zu ihr und deute auf den Kleinen, der auf der Couch eingeschlafen ist und droht, gerade herunterzupurzeln.

»Oh ja. Äh? Kann ich ihn irgendwo schlafen legen?«, fragt Steffi etwas verlegen.

»Ja, natürlich. Du kannst ihn ins Schlafzimmer bringen. Da ist es auch ruhiger«, sagt Andrea.

»Lass! Ich mach schon«, sage ich und hebe den kleinen Schlumpf vorsichtig von der Couch. Ich sehe, wie Cleo mich dabei wieder so komisch mustert.

Im Schlafzimmer lege ich Noah ins Bett, decke ihn zu und lasse ihm die Nachttischlampe an – für den Fall, dass er aufwacht.

Als ich wieder in den Flur komme, sehe ich, wie Cleo gerade im Badezimmer verschwindet.

Ich überlege. Soll ich? Schließlich haben wir Amadeus' und Andreas Badezimmer beim letzten Mal schon entehrt. Was macht es also? Zumal meine Vermutung sich doch bewahrheitet hat: Als Single hat man tatsächlich wenig Sex! Also mit anderen! Es sei denn, die nymphomane Freundin des besten Freundes stattet einem zu Hause einen Besuch ab.

Ich klopfe an die Badezimmertür.

»Ich bin's«, sage ich verschwörerisch.

Cleo schließt die Tür auf und lässt mich hinein.

»Was willst du?«, fragt sie.

»Nix!«, entgegne ich ganz unschuldig.

Dann entsteht eine lange Pause.

Ich sage nichts.

Sie sagt nichts.

»Du wärst bestimmt ein guter Vater. So, wie du mit dem Kleinen umgehst«, sagt sie dann plötzlich aus heiterem Himmel. Aber ganz nachdenklich und apart sieht sie aus – und ihr Blick schweift irgendwie ins Leere.

»Wie kommst du jetzt darauf?«, frage ich. Wahrscheinlich ist sie auch nur in melancholischer Weihnachtsstimmung. Kenny Rogers kann das schon mal bei einem auslösen.

»Och, nix.« Wieder dieser leere Blick. »Ich dachte immer, Vater zu sein wäre nichts für dich.«

»Quatsch! Ich habe in letzter Zeit öfter auf ihn aufgepasst, während Steffi in der Schule war. Außerdem«, sage ich und mache kurz eine Pause, »ich habe doch immer gesagt, dass ich gern Kinder haben möchte. Du warst diejenige, die um keinen Preis welche wollte.«

»Tja, man sollte wohl niemals nie sagen.«

Ja, so sieht es aus! Echte James-Bond-Ideologie. Offensichtlich hat Cleo sich auch ein wenig verändert. Nicht nur ich.

Seitdem ich sie mit Grippostad versorgt habe und sie sich mit ihrem HIT-Einkauf bei mir bedankt hat, haben wir uns nicht mehr gesehen. Ab und an haben wir scherzhaft ein wenig hin- und hergemailt, und ich war erstaunt, wie locker wir wieder miteinander umgehen konnten. Auch heute Abend. Wir haben uns kein einziges Mal angezickt oder waren unterschiedlicher Meinung. (Abgesehen von dem kurzen Tiefschlag: *Ich kann mir Timo gar nicht als beliebten Lehrer vorstellen.*) Ob das daran liegt, dass wir nicht mehr zusammenwohnen? Oder daran, dass wir solange zusammengewohnt haben?

»Ich muss sagen, Timo, ich bin echt beeindruckt.«

»Wovon?«

»Na, von allem. Sieht so aus, als ob du dein Leben echt gut in den Griff bekommen hättest. Auch ohne mich.«

Sie macht eine Pause. Und auch ich sage nichts. Ihre Gedanken scheinen gerade irgendwo anders zu sein.

Aber dann fasst sie sich wieder. »Das mit der Schule scheint ja richtig gut zu laufen. Das freut mich.«

»Mir macht es auch wirklich Spaß«, entgegne ich.

»Dann solltest du das mit dem Studium wirklich machen!«

»Ich weiß nicht«, sage ich. »Ich kann mir kaum etwas Schlimmeres vorstellen, als nach fast zehn Jahren noch einmal die Schulbank zu drücken. Das mit dem Studieren hat doch auch damals schon nicht geklappt. Wieso sollte es diesmal hinhauen?«

»Na ja, ich weiß nicht. Ich hab so das Gefühl, dass es diesmal klappen könnte. Aber das musst du wissen. Du solltest zumindest darüber nachdenken und es nicht direkt abtun.«

Cleo klingt ganz anders als in unserer Beziehung. Damals hätte es geheißen: *Timo, du musst studieren. Worauf wartest du noch? Irgendwann musst du doch mal etwas aus deinem Leben machen! Du kannst doch nicht ewig im Callcenter arbeiten.* Aber vielleicht hat sie das auch immer nur gesagt, weil sie mein Bestes wollte.

»Vor allem, wenn es dir solchen Spaß macht!«, fügt sie hinzu.

Es ist komisch, wie mit ein wenig Abstand nur noch die positiven Erinnerungen überwiegen, die man an die gemeinsame Zeit hat. Ich glaube, erst dann kann man herausbekommen, ob man wirklich zusammengehört. Erinnert man sich mehr an die Streitereien und die gemeinen Dinge, die man sich an den Kopf geworfen hat? Oder doch eher an all die schönen Momente, die man hatte?

Jetzt, wo Cleo hier vor mir auf dem Rand der Badewanne sitzt, sehe ich sie und mich wie im Zeitraffer.

Ich sehe sie auf dieser Party in Neuss. Im Februar. Unser erstes Aufeinandertreffen. Sie kommt mit einigen Freundinnen etwas später als ich und sagt, ihr sei kalt. Ich fasse mir in den Schritt und sage: *Guck mal! Hier ist es schön warm.* Cleo scheuert mir eine. Dennoch gehen wir an diesem Abend zusammen zu ihr nach Hause. Der erste Sex! Wow! Wir lachen, wir streiten, wir beschließen, dass ich bei ihr einziehe. Cleo schließt ihr Studium ab. Wir feiern. Ich breche mein Studium ab. Wir diskutieren. Sie bekommt nach unzähligen Bewerbungen ihren Traumjob bei Werbal. Cleo freut sich tierisch. Ich freue mich für sie. Wirklich! Wir feiern zusammen mit Freunden und stoßen auf ihren neuen Job an. Cleo kauft sich ihr erstes Auto. Einen Mini Cooper. Ich bekomme Komplexe und kaufe meinen BMW. Noch mehr Lachen, noch mehr Streiten, noch mehr Sex. Wow! Unsere Beziehung wird paradox. Cleo verdient eine Mörderkohle. Die Streitereien werden immer mehr. Zur einen Hälfte streiten wir wegen des Geldes, zur anderen, weil ich nichts aus meinem Leben mache. Und zur *dritten Hälfte* wegen des Haushalts – wie gesagt, das Leben mit Cleo wird paradox. Da gibt es dann auch schon mal dritte Hälften. Diskussionen, Dramen, Durchatmen. Versöhnungssex. Wir beneiden Tholo und Désirée, weil dort alles so harmonisch läuft. Noch mehr Diskussionen, noch mehr Drama, nochmals Durchatmen. Ich sehe Cleo, die ihren ersten Preis für ihre Arbeit bei Werbal verliehen bekommt. Ich bin so stolz auf sie. Sie kauft sich einen neuen Mini Cooper. Mit noch mehr Extras. Der Kredit für meinen BMW läuft aber leider noch. Wir gehen feiern! Mit vielen Freunden. In die Disco. Jemand pöbelt Cleo an. Nennt sie *Schlampe*. Ich haue ihm eins auf die Nase. Das erste Mal, dass ich mich prügele. Für Cleo! Denn für sie hätte ich alles getan! Wir sind unzertrennlich. Wir sind eins. Wir sind wir. Ich sehe Cleo und mich im Kino. Wir knutschen. Wir teilen Popcorn. Wir teilen Nachos mit Käsesoße. Ich sehe Cleo und mich auf dem Sofa. Wir kuscheln. Wir schauen fern. Wir hören Musik. Auch Kenny Rogers, wenn Weihnachten ist. Ich sehe Cleo, wie sie für uns kocht. Nie richtig gut, aber das ist egal. Ich sehe Cleo und mich im Sommer im Freibad. Ich sehe all die tollen Menschen, die wir zusammen kennengelernt haben und mit denen wir größtenteils auch heute noch befreundet sind. Ich spüre Cleos weiche Haut und ihre Lippen. Beides riecht nach Satsuma. Nach ihrer Body Butter, die ich ihr oft aus der Stadt mitgebracht habe. Doch dazwischen immer wieder Streitereien. Wir entfernen uns immer mehr voneinander. Ich verliere den Kontakt. Ich verliere meinen Job bei ProTrend. Ich verliere Cleo. Sie zieht aus. Ich fühle mich allein. Rede mir ein, dass es mir nichts ausmacht. Erstes Wiedersehen im Supermarkt. Diese Eifersucht! Wir haben Sex bei Amadeus und Andrea im Badezimmer. Ich fahre mit dem Fahrrad nach Vochem, um ihr Grippostad zu bringen. Cleo kauft mir Kinder Pinguí.

Und dann sehe ich Cleo. Hier. Jetzt. Wieder im Badezimmer.

Und wieder bin ich mir nicht sicher. Ist das nur Nostalgie? Gehören wir vielleicht doch zueinander? Oder haben wir uns dafür einfach immer zu viel gestritten? Denn das haben wir getan. Klar. Das tun doch alle! Das gehört nun mal zum Leben dazu!

Fünf Jahre kann man nicht mal eben so ausradieren. Die sind einfach da! Die sind ein Teil von einem. Ob man will oder nicht.

Cleo schaut mich an. Wir sagen nichts. Ich spüre, dass sie dasselbe fühlt. Dass sie dasselbe denkt. Denn ich kenne Cleo. Ich brauche sie nicht zu fragen. Ich kann es in ihrem Gesicht lesen.

»Timo«, sagt sie nach einer weiteren langen Pause, in der nichts passiert. Wir stehen uns einfach gegenüber und sehen uns an. So richtig. So, wie wir es schon lange nicht mehr getan haben. »Meine Wohnung ist sehr groß«, sagt sie.

Ich runzle die Stirn.

»Meine Wohnung ist sehr groß. Groß genug für zwei.«

Ich sage nichts.

»Findest du nicht auch, dass wir uns heute richtig gut verstanden haben?«

Ich nicke.

»Also, wenn du willst ... Ich meine, also ich will. Sollen wir ... na, eventuell noch einmal ... einen Versuch starten?«

Ich denke kurz an Katharina. Und ich weiß, dass ich mir überhaupt nicht sicher bin. Weder in Bezug auf Cleo noch in Bezug auf Katharina. Aber trotzdem nicke ich. Und hoffe, dass es kein Fehler ist.

Cleo atmet erleichtert auf. Ich sehe ein Lächeln auf ihrem Gesicht – und ihre Augen wirken glasig. Meine vielleicht auch.

Wir umarmen uns. So, wie wir es lange nicht mehr getan haben. Ich rieche endlich wieder Satsuma-Body-Butter.

Den ganzen Abend lang mache ich mir Gedanken über Cleo und mich. Aber ich muss auch an Katharina denken, die ein so toller Mensch ist. Doch die fünf Jahre mit Cleo haben einfach eine andere Bedeutsamkeit. Und irgendwie möchte ich uns doch eine zweite Chance geben. Hat die nicht jeder Mensch verdient? Und wir beiden doch auch.

Andererseits gruselt es mich bei dem Gedanken, direkt wieder bei ihr einzuziehen. Wieder in alte Muster zu verfallen. Mich wieder abhängig zu machen. Gerade jetzt, wo ich endlich auf eigenen Beinen stehe.

Bevor die ganze Gesellschaft wieder aufbricht, ziehe ich Cleo kurz zur Seite und beichte ihr meine Bedenken. Aber Cleo versteht mich und sagt: »Wir müssen nicht direkt wieder zusammenziehen. Wir können uns Zeit lassen.«

Offizieller Klugscheißer-Tag Nr. 144
(formerly known as chapter 27)

Ich kann es kaum fassen, wie sehr mir die Schule in den Weihnachtsferien gefehlt hat. Meine Jedi-Ritter, die Kolleginnen (außer Barbara natürlich), Frau Penner, der Unterricht. Einfach alles!

Da habe ich glatt das Gefühl, wirklich gebraucht zu werden. Nach und nach erfahre ich sogar immer mehr über meine Studis und wieso sie irgendwann die Schule geschmissen haben. Jeder hat eine eigene Geschichte. Und keine dieser Geschichten ist wirklich schön.

Susanne zum Beispiel ist früher von einer Klassenkameradin gemobbt und sogar mit einem Messer bedroht worden, sodass sie schließlich zu viel Angst hatte, weiter zur Schule zu gehen. Christoph hat sich mit den falschen Leuten eingelassen und ist mit fünfzehn Jahren auf die schiefe Bahn gerutscht. Inzwischen ist er wieder clean. Und Laura kommt von der Förderschule. Ihr fällt das Lernen unheimlich schwer. Dafür habe ich noch nie einen so sozialen und hilfsbereiten Menschen wie sie getroffen. Ich weiß nicht, ob sie ihren Schulabschluss schaffen wird. Es wird sicherlich knapp, aber wir alle versuchen, ihr zu helfen, wo wir nur können.

Meinen Gutschein für die Mayersche habe ich direkt gut anlegen können. Dort habe ich bei den englischen Kinderbüchern *The Giving Tree* von Shel Silverstein wiedergefunden. Ich weiß noch, dass meine Tante in den USA mir das früher vorgelesen hat. Damals habe ich es aber nicht verstanden.

In den Ferien habe ich zu diesem Buch eigene Arbeitsmaterialien erstellt. Wie es scheint, gefällt den meisten das Buch. Nur bei einer Frage entsteht eine Diskussion in der 2a.

»Das dürfen Sie nicht fragen«, behauptet Cindy, die eine der Besten in der Klasse ist.

»Was darf ich nicht fragen? Was der Autor uns mit diesem Buch sagen wollte?«, wiederhole ich verwundert in die Runde. Ich dachte, als Lehrer darf ich fragen, was ich will!

»Das hat Frau Amsel gesagt. Das hatten wir kurz vor den Weihnachtsferien in Deutsch.«

»Ja, genau.«

Die meisten in der Klasse stimmen ihr zu.

»Ähm? Darf nur *ich* das nicht fragen oder generell niemand?« Ich habe keine Ahnung, was die von mir wollen.

»Nein. Keiner. Man darf überhaupt nicht danach fragen, was ein Autor einem mit einem Text sagen will.«

»Aha. Und das sagt wer? Gibt es da jetzt Konventionalstrafen? Von der Lektürepolizei oder von wem?«

Ist ja lächerlich, das Ganze!

Lek|tü|re|po|li|zei *f.; Gen. -; kein Plural;* laut Timo Seidels Schülerinnen und Schülern eine ominöse Vereinigung, die Lehrerinnen und Lehrern verbietet, Fragen nach der Autorenintention zu stellen

»Nein, wirklich, Herr Seidel«, meldet sich nun auch Guido zu Wort. »Das hatten wir wirklich im Deutschunterricht.«

»Ja, und wieso darf man das nicht fragen?«

»Weil jeder seinen eigenen Text liest«, antwortet er und blättert dabei wüst in seinen Deutschunterlagen.

»Ja, genau«, bestätigt Cindy. »Und irgendwas mit Stuhlbeinen und Assoziationen und so. Am besten lassen Sie sich das noch mal von Frau Amsel erklären.«

Mein Gehirn legt sich in Falten. »Ja, das glaube ich auch.«

In der nächsten Pause suche ich daher erst einmal meine neue Mentorin auf, die im dritten Stock hinter dem Lehrerpult in ihrem Klassenzimmer sitzt und – wie kann es auch anders sein – eine drüsche Scheibe Graubrot auspackt.

»Sag mal, Helga, die 2a behauptet steif und fest, dass man nicht danach fragen darf, was ein Autor einem mit seinem Text sagen wollte.« Helga nickt, während sie von ihrem Butterbrot abbeißt. »Wieso nicht?«, frage ich.

»Weil jeder seinen eigenen Text liest«, versucht Helga, zwischen ihrem Graubrot hervorzubringen.

»Ja, so weit waren wir eben auch schon. Ich verstehe das nicht. Bei uns im Deutschunterricht haben wir ständig ein Gedicht vor den Latz geknallt bekommen und sollten sagen, was der Autor einem damit sagen will.«

»Das ist aber aus heutiger Sicht nicht mehr zulässig. Ach, was heißt aus heutiger Sicht? Das wird von den Literaturwissenschaftlern schon seit Ende der 70er-Jahre an den Universitäten unterrichtet. Oder zumindest sollte das so sein.«

»Ja, und wieso ist das nicht zulässig?«

»Weil jeder Leser seine eigenen Konnotationen hat. Und wir die Konnotationen des Autors nicht kennen.«

Das Wort *connotations* kenne ich aus dem Englischen.

»Konnotationen? Das sind so was wie Assoziationen?«

»Genau.« Helga legt ihr Graubrot beiseite. »Das heißt, dass sich jeder aufgrund seiner ganz eigenen Erfahrungen unterschiedliche Dinge bei einem Begriff vorstellt. Wenn ich dir zum Beispiel sage, dass du dir einen Stuhl vorstellen sollst, dann stellst du dir einen ganz bestimmten Stuhl vor.«

Jetzt kommen also die berüchtigten Stuhlbeine zur Sprache, die Cindy schon erwähnt hat.

»Der Stuhl, den du dir vorstellst«, fährt Helga fort, »ist dann zum Beispiel aus Holz und hat vier Beine. Aber jemand anderes stellt sich einen ganz modernen Stuhl vor. Mit vielleicht drei Beinen und einem Drehteller unten, verstehst du? Weil er genau diesen Stuhl zu Hause stehen hat. Die Antwort ist also immer geprägt von den eigenen Erfahrungen.«

»Und was hat das mit Texten zu tun.«

»Bitte ein wenig Geduld, der Herr! Das, was ich dir gerade erklärt habe, machen wir permanent – ohne, dass es uns bewusst ist. Wir konnotieren den ganzen Tag lang. Ansonsten könnten wir Texte und das, was gesagt wird, gar nicht verstehen. Wenn ich dir nun zum Beispiel den Satz *Der Mann geht in einen Raum und setzt sich auf einen Stuhl* aufschreibe, dann stellst du dir nicht nur einen ganz bestimmten Stuhl vor, sondern auch einen ganz bestimmten Mann und einen ganz bestimmten Raum. So funktioniert das bei einem Wort, bei einem ganzen Satz und bei einem Text. Jeder bringt beim Lesen eigene Erfahrungen mit ein. Wir werden aber niemals wissen, welche Erfahrungen der Autor selbst gemacht hat.«

Ich ziehe einen Stuhl heran und setze mich zu Helga ans Lehrerpult, während ich ihr weiter zuhöre.

»Jeder Mensch hat natürlich andere Erfahrungen gemacht«, erklärt sie weiter, »und deshalb stellt sich bei jedem Leser ein anderes Bild im Kopf ein. Deswegen sagen wir, dass jeder seinen eigenen Text liest. Und das ist auch völlig legitim.«

»Und was heißt das dann für meinen Unterricht? Dann kann ich doch gar keine Texte mehr interpretieren lassen, weil ja dann jeder automatisch recht hat, oder was?«

»Nein! Das heißt nur, dass es nicht mehr *die eine* Lösung gibt, so, wie es früher noch üblich war. So kennst du es wahrscheinlich auch noch aus deiner Schulzeit.«

Ich nicke.

»Das war ja auch immer das Schlimme am Deutschunterricht. Und das ist auch der Grund, warum bei vielen Leuten zum Beispiel Gedichte so verhasst sind. Die Lehrer kaufen sich eine Gedichtinterpretation und wollen dann die eine Musterlösung von ihren Schülern hören, die bei ihnen im Lösungsbuch steht. Aber Gedichte sollen ja oft mehrdeutig sein. Der Leser soll sich eigene Gedanken machen. Sonst hätte der Autor vielleicht eine ganze Geschichte darüber geschrieben, aber stattdessen hat er sich für ein kurzes Gedicht entschieden, das viel Raum für Interpretationen lässt.«

Ich verstehe. Das, was Helga mir da gerade erklärt, macht tatsächlich Sinn. Vielleicht lernt man an der Universität ja doch das ein oder andere? Und vielleicht ist es doch keine dumme Idee, ein Studium ernsthaft in Betracht zu ziehen.

»Kann ich jetzt mein Brot weiter essen?«, fragt Helga und reißt mich aus meinen Gedanken.

Offizieller Klugscheißer-Tag Nr. 145
(formerly known as chapter 28)

Ich stehe gerade in einem Gravis-Laden in Köln, um mich nach einem neuen Computer umzusehen, als ich auf einmal eine flache Hand spüre, die mir von hinten gegen den Kopf schlägt.

»Ey, du Arsch! Warum hast du Tholo von uns beiden erzählt?«

Ich drehe mich erschrocken um und sehe Désirée, die mit verschränkten Armen vor mir steht.

»Öhm. Hallo, Désirée.«

»Nix *Hallo, Désirée*! Spinnst du, Tholo zu erzählen, dass wir Sex hatten?«, brüllt sie durch den ganzen Laden.

»Psst«, sage ich und schaue mich besorgt um. Die ersten Blicke haben wir bereits auf uns gezogen.

»Ihr habt euch doch sowieso getrennt. Was macht es dann noch für einen Unterschied?«, zische ich ihr so leise wie nur möglich zu. »Tholo und ich sind schließlich beste Kumpel, deshalb musste ich es ihm irgendwann sagen.«

»Ja, super. Jetzt hält er mich für die hinterletzte Schlampe.«

»Glaub mir, das ist noch das Mildeste, was er über dich denkt!«

»Du bist echt voll die Tratschtante, Timo. Kannst du so was nicht einfach für dich behalten? Wem haste noch davon erzählt? Wir hatten doch beschlossen, niemandem etwas davon zu sagen.«

»Moment mal! *Wir* hatten überhaupt nichts beschlossen! Du bist einfach vorbeigekommen und hast alles im wahrsten Sinn des Wortes in die Hand genommen!«

»Du hättest ja nicht mitzumachen brauchen, wenn es dich so gestört hat.«

»Als wenn ich da noch eine Wahl gehabt hätte.«

Désirée ist sichtlich sauer.

»Och, du armes Opfer! Du tust ja gerade so, als ob ich dich gezwungen hätte! Aber für dich sind sowieso immer nur die anderen schuld! *Du* hattest ja keine Wahl! Weißt du, Timo, du bist so ein Arsch! Kein Wunder, dass Cleo sich von dir getrennt hat!«

»Tja, offensichtlich hast du es nicht gehört, aber Cleo und ich sind wieder zusammen«, sage ich.

Sie muss ja nicht wissen, dass es eigentlich gar nicht so gut läuft. Viel zu oft frage ich mich, ob das mit der zweiten Chance eine so gute Idee war. Wir verstehen uns zwar, und Streitereien gibt es auch keine, aber unsere Leidenschaft scheint sich irgendwie gleichzeitig mit den Meinungsverschiedenheiten, die wir immer hatten, verabschiedet zu haben.

Désirée zieht überrascht die Augenbrauen hoch.

»Ihr beide? Wieder zusammen?«, prustet sie sarkastisch.

»Jawohl.«

»Na, dann hoffe ich doch mal, dass ihr reinen Tisch gemacht habt und Cleo dir auch das mit dem Kind gesagt hat.« Désirée wirft mir ein süffisantes Lächeln zu.

Ich habe keinen Plan, wovon sie da redet. »Was soll das wieder heißen?«

»Ja, da fragst du am besten mal Cleo, denn das geht nur euch beide etwas an.«

Désirée genießt offensichtlich das Gefühl der Überlegenheit, grinst mich noch einmal selbstzufrieden an, dreht sich um und lässt mich ratlos zwischen den Laptops stehen.

Doch dann, bereits nach wenigen Schritten, scheint sie es sich anders zu überlegen. Sie dreht sich um und ruft mir zu: »Ach, nee, warte mal! Die Sache zwischen dir und mir sollte eigentlich auch zwischen uns bleiben. Aber trotzdem musstest du es Tholo sagen. Dann kann ich das jetzt genauso machen. Die liebe Cleo war nämlich schwanger, als sie bei dir ausgezogen ist. Mit deinem Kind! Hat sie dir das auch gesagt?«

Ich stehe mit offenem Mund da. Was sagt sie da? Cleo ist schwanger? War schwanger? Mit unserem Kind?

»Stattdessen hat sie es wegmachen lassen. Aber das ist ja auch kein Wunder! Wer will dich schon als Vater haben?«

Ich kann nicht glauben, was ich da höre. Cleo war schwanger? Und hat abtreiben lassen? Unser Kind?

Wie hypnotisiert verharre ich und kann das Ganze nicht begreifen.

»Du lügst«, sage ich nur. Ganz automatisch. Es kann nur gelogen sein. Das kann alles nicht wahr sein. Das hat sich Désirée ausgedacht, weil sie so frustriert ist. Weil ich sie abgewiesen habe. Weil ich nicht mehr auf ihre Nachrichten geantwortet habe. Weil ich Tholo von uns beiden erzählt habe.

»Ach, meinst du? Dann ruf doch mal Annette an. Die war dabei, als Cleo es hat wegmachen lassen.«

Ich kann mich nicht bewegen. Wie sie das sagt. Es hat wegmachen lassen. *Es.*

Immer noch stehe ich mit weit geöffnetem Mund da. Was ist, wenn Désirée die Wahrheit sagt? Ich meine, wer denkt sich so etwas aus?

»Wann?«, frage ich schließlich.

»Weiß ich nicht mehr. Kurz nachdem ihr euch getrennt habt.«

Désirée dreht sich wieder um. Ohne sich zu verabschieden, geht sie weg. Diesmal wirklich. Irgendwie spüre ich, dass sie nicht gelogen hat.

Es dauert ein paar Minuten, bis ich mich wieder bewegen kann. Meine Gedanken sind völlig wirr, und ich kann nicht mehr klar denken. Ich nehme mein Handy und wähle Cleos Nummer. Es springt aber sofort die Mailbox an. Auf der Arbeit sagt mir eine Kollegin, dass sie schon weg sei.

Ich verlasse den Gravis-Store und eile in Richtung U-Bahn. Ich nehme die nächste Bahn der Linie 18 und fahre bis Brühl-Vochem. Von dort aus presche ich zu Cleos Wohnung. Auch wenn sie gar nicht dort ist. Ich werde warten, bis sie nach Hause kommt. Ich möchte wissen, ob Désirée die Wahrheit gesagt hat. Ich muss wissen, ob Cleo wirklich unser Kind abgetrieben hat.

Ich renne so schnell, dass ich völlig verschwitzt bei Cleos Haus ankomme. Ich drücke auf die Klingel mit dem Namen Schulte.

»Hallo?«, fragt Cleo über die Gegensprechanlage.

»Mach auf!«, sage ich hart.

»Wer ist denn da?«

»Timo!«

Cleo drückt die Tür auf, und ich renne die zwei Stockwerke hoch. So schnell, wie ich vermutlich noch nie irgendwelche Treppen hochgerannt bin.

»Timo! Das ist aber eine ...«

»Ist es wahr?«, brülle ich sie an.

Cleo zuckt verunsichert zusammen und starrt mich mit entgeistertem Blick an. Als ob sie sagen wolle: *Was ist denn mit dir los?*

»Ist was wahr?«, fragt sie verstört.

»Warst du schwanger?«

Cleos Gesicht verändert sich schlagartig. Sie braucht kein weiteres Wort mehr zu sagen. Es *ist* wahr!

Ich drehe mich wieder um und renne genauso schnell die Treppen hinunter, wie ich sie vor fünf Sekunden noch hochgerannt bin.

»Timo! Warte!«, höre ich Cleo rufen. Verzweifelt. Panisch.

Noch ein Stockwerk, dann bin ich wieder an der Eingangstür.

»Timo! Warte! Lass es mich erklären!«, höre ich sie durch das Treppenhaus rufen.

Was gibt es da zu erklären? Cleo war schwanger und hat unser gemeinsames Kind abgetrieben. Ohne auch nur mit mir darüber zu sprechen!

Ich renne durch die Tür, die hinter mir ins Schloss fällt.

Von Vochem aus jogge ich in Richtung Brühl die Römerstraße entlang. Es fängt leicht an zu regnen, aber das ist mir egal. Bis nach Hause sind es bestimmt noch vier Kilometer, aber das macht mir nichts aus. Ich muss mich bewegen! Ich renne, als ob mein Leben davon abhinge. Ich renne teilweise schneller als die Autos neben mir auf der Straße fahren, die wegen des Feierabendverkehrs nur schleppend vorankommen.

Nach einer Weile kann ich nicht mehr. Ich bin zu schnell gelaufen, sodass ich Seitenstechen bekomme. Ich stöhne vor Anstrengung und verringere mein Tempo. Es nieselt immer noch. Mein Gesicht ist ganz nass.

Anstatt weiterzurennen, gehe ich zügig. Ich will jetzt nur noch nach Hause. Unter die Dusche.

»Herr Seidel?«, höre ich eine Stimme neben mir.

Ich bleibe stehen. Es ist Katja, eine Schülerin aus der 1a, die mich überrascht anschaut. Vermutlich ist sie auf dem Weg zur Abendschule.

»Ist alles in Ordnung?«

Ich nicke nur, weil ich immer noch atemlos bin. Meine Seite schmerzt jetzt noch mehr als vorhin.

Katja kommt ein wenig näher. »Ist wirklich alles in Ordnung? Weinen Sie etwa?«, fragt sie besorgt.

»Nein. Nein. Das ist nur der Regen«, sage ich. »Alles in Ordnung. Wir sehen uns morgen!«

Ich gehe strammen Schrittes weiter.

Eigentlich könnte ich mir keine peinlichere Situation vorstellen: Auf offener Straße zu heulen und dann noch von einer meiner Schülerinnen dabei gesehen zu werden. Aber darum mache ich mir momentan keine Gedanken. Mir schwirrt nur eine Sache im Kopf herum: Wie konnte Cleo nur so etwas tun? Das ist doch keine Entscheidung, die sie allein treffen konnte. Es war schließlich nicht nur ihr Kind!

Meine Gedanken drehen sich völlig wild und durcheinander. Ich könnte jetzt Vater sein! Ich versuche zu rechnen, wie lange es her ist, dass Cleo und ich uns getrennt haben. In welcher Woche war sie damals wohl? Ich versuche, mir einen kleinen Schlumpf vorzustellen. Wenn es ein Junge wäre, würde ich ihn Moritz nennen. Ein Mädchen Ella. Ich würde mit ihm (oder ihr) nur Englisch sprechen. So würde er (oder sie) direkt zweisprachig aufwachsen. So wie ich. Das kann nie schaden!

Ich stelle mir vor, wie ich mit ihm (oder ihr) spazieren gehe. Zuerst mit dem Kinderwagen. Danach wir beide zu Fuß. Dann beide auf dem Rad.

Ich denke darüber nach, wie sich mein Leben verändern würde. Mit einem Kind. Dann wüsste man endlich, wofür man das hier alles auf sich nimmt. Für wen man sich anstrengt. Für wen man jeden Morgen aufsteht, und für wen man einfach alles tun würde. Sogar studieren.

Ich kann es nicht fassen, dass ich hier im Regen flenne. Das totale Klischee! Jetzt müsste nur noch Robin Beck um die Ecke kommen und *Tears in the Rain* trällern.

Wann habe ich eigentlich das letzte Mal geheult? Ich weiß nicht. Das ist schon Ewigkeiten her.

In Brühl-Mitte beschließe ich, in Richtung Haltestelle zu gehen und das letzte Stück mit der Straßenbahn zu fahren. Es wäre zwar nur noch gut ein Kilometer, aber meine Seite schmerzt zu sehr. Ich kann nicht mehr. Ich möchte nicht mehr.

Gerade als ich an der Haltestelle ankomme, fährt mir die Bahn vor der Nase weg. Jetzt heißt es zwanzig Minuten warten, weil erst dann wieder eine kommt, die bis nach Bonn fährt. Denn für alle anderen ist hier Endstation.

Aber das Warten ist mir egal. Ich muss mich ausruhen. Muss mich hinsetzen. Muss nachdenken. Allein. Deshalb setze ich mich auf einen der Sitzplätze an der Haltestelle. Der neben mir ist frei. Ich starre den orangenfarbenen Plastiksitz an. Da hätte in ein paar Jahren der kleine Moritz sitzen und so was fragen können wie *Papi, wann kommt denn die nächste Bahn?*. Und ich hätte geantwortet: *Leider erst in zwanzig Minuten*. Aber dort sitzt keiner! Für Moritz war auch schon längst Endstation. Und ich durfte nicht mitentscheiden.

Dass ich irgendwann einmal Kinder haben möchte, steht schon immer fest. Nur mit Cleo habe ich über so etwas nie richtig geredet, denn sie mag keine Kinder! Hat sie jedenfalls immer gesagt. Da hätte ich eigentlich schon merken müssen, dass wir gar nicht zusammenpassen. Damals hätte ich eigentlich sofort einen Schlussstrich ziehen sollen. Aber ich war ja zu bequem und fand es viel zu praktisch mit Cleo. Solange wir zusammengewohnt haben, musste ich mein Leben gar nicht in den Griff bekommen. Sie hatte schon recht, was das angeht.

Irgendwann kommt meine Bahn, und ich steige ein. Es sind kaum Plätze frei, weswegen ich stehen muss. Aber es ist ja eh nur eine Haltestelle.

Jetzt würde Moritz meine Hand halten, damit er von der Geschwindigkeit der Straßenbahn nicht umgerissen würde. Und ich würde ihn gut festhalten und aufpassen, dass er sich nicht wehtut.

Schließlich komme ich zu Hause an und schleppe mich, immer noch ermattet, die fünf Etagen nach oben. Mein Körper ist nass von Schweiß und Regen, und mir ist kalt. Ich ziehe mir die nassen Klamotten aus und stelle mich unter die Dusche.

Meine Gedanken kreisen immer noch, als das heiße Wasser auf meinen Kopf prasselt. Das tut gut!

Ich höre, wie mein Handy klingelt. Ich bleibe aber stehen und lasse weiter das heiße Wasser auf meinen Kopf prasseln.

Es prasselt.

Und prasselt.

Immer mehr und immer mehr. In der Hoffnung, dass es meine wirren Gedanken wegspült.

Ich höre, wie das Handy erneut klingelt.

Aber ich bleibe hier unter der Dusche. Von einer Plexiglasscheibe abgetrennt von der Welt.

Ich kann mich nicht bewegen. Will mich nicht bewegen.

Stattdessen prasselt das Wasser auf mich herab.

Und prasselt.

Es ist heiß. Mir ist heiß. Zu heiß.

Ich drehe das Wasser ab und steige aus der Dusche. Der Badezimmerspiegel ist vollständig beschlagen. Auch die Fenster der Küche, die dem kleinen Badezimmer gegenüberliegt.

Langsam trockne ich mich ab und ziehe mich an. Ich reiße eines der Küchenfenster auf und spüre die kalte Winterluft. Das tut gut!

Unten sehe ich Cleo, die gerade mit ihrem Mini Cooper in eine der Parktaschen fährt. Ich gehe vom Fenster weg. Ich will sie nicht sehen.

Wenige Sekunden später klingelt es an der Tür.

Ich bleibe im Flur stehen.

Es klingelt wieder. Sturm.

Ich will sie nicht sehen! Ich gehe ins Wohnzimmer und schalte den Fernseher ein. Aber ich kann die Klingel trotzdem hören. Immer wieder. Sie gibt nicht auf.

Ich weiß nicht, wie lange, aber bestimmt etliche Minuten lang versuche ich, ihr Klingeln zu ignorieren, bis ich schließlich die Haustür aufdrücke. Ich warte nicht im Flur, bis Cleo nach oben kommt, sondern setze mich wieder auf das beige Sofa.

Ich starre weiter auf den Fernseher – ohne wirklich wahrzunehmen, was dort gezeigt wird. Ich höre, wie Cleo in die Wohnung kommt. Im Türrahmen zwischen Flur und Wohnzimmer bleibt sie stehen.

»Timo?«, fragt sie vorsichtig. »Können wir miteinander reden?«

Was gibt es schon zu bereden? Ich weiß bereits alles, was ich wissen muss.

»Lass es mich bitte erklären.«

Aus den Augenwinkeln heraus beobachte ich, wie sie zögerlich das Wohnzimmer betritt. Vor dem Sofa bleibt sie stehen und schaut sich in der Wohnung um. Seit unserer Trennung war sie schließlich nicht mehr hier. Natürlich hat sich einiges verändert.

Dann setzt sie sich neben mich auf die Couch. Ich starre auf den Bildschirm.

»Woher weißt du überhaupt von der Schwangerschaft?«, fragt sie. Fast schon in einem vorwurfsvollen Ton, so, als ginge mich die ganze Sache überhaupt nichts an. »Du weißt doch selbst, dass wir uns nur noch gestritten haben. Jeden Tag. Gerade als ich beschlossen hatte, dass ich mich von dir trennen will, habe ich festgestellt, dass ich schwanger bin. Nicht gerade der perfekte Augenblick für ein Kind, oder?«

»Das war aber nicht nur deine Entscheidung!«, sage ich schließlich. »Da hatten zwei weitere Menschen auch noch etwas mitzureden. Einen von denen wirst du jetzt aber nie kennenlernen, weil er nicht mehr da ist.«

Cleo schweigt.

Ich fixiere den Fernseher.

»Mensch, ich wusste doch nicht, dass das zwischen uns wieder etwas wird. Konnte ich damals wissen, dass du dein Leben jemals in den Griff kriegen würdest? Du konntest ja nicht einmal Verantwortung für dich selbst übernehmen!«

»JA, IST JA GUT«, brülle ich sie an. »Das hast du mir ja oft genug vorgeworfen. Aber vielleicht bist auch nur du diejenige, die keine Verantwortung übernehmen wollte. Verantwortung für ein Kind zum Beispiel. Weißt du, es ist schon komisch, dass du mir bei unserer Trennung vorgeworfen hast, ich würde immer nur an mich selbst denken. Aber so, wie es aussieht, bist du diejenige, die nur an sich selbst gedacht hat. Wahrscheinlich wolltest du kein Kind wegen deines beschissenen Jobs. Dann hättest du ja drei Monate lang nicht zur Arbeit gehen können. Wäre das nicht schlimm gewesen?«

»Das ist nicht fair, Timo.«

»FAIR?«, brülle ich wieder. »Du willst mir erzählen, was *nicht fair* ist? Ich sage dir, was nicht fair ist. Dass du einfach für uns beide entschieden hast. Das wäre *unser* Kind gewesen, nicht nur deins! Und ich hätte dieses Kind haben wollen!«

Cleo schweigt. Vermutlich, weil sie das ohnehin schon wusste.

Als sie nach einer Minute immer noch nichts sagt, drehe ich mich um, schaue ihr in die Augen und brülle: »VER-SCHWINDE!«

So laut, wie ich sie noch nie angebrüllt habe. So laut, wie ich noch nie irgendwen angebrüllt habe.

Cleo steht auf und geht zur Wohnungstür. Als sie sich umdreht, um noch etwas zu sagen, wende ich mich wieder zum Fernseher. Einige Sekunden später fällt die Wohnungstür zu.

Lange Zeit sitze ich da und starre auf die Glotze. Erst nachdem RTL bereits die Wettervorhersage verkündet hat, nehme ich wieder wahr, was dort gezeigt wird.

Ich habe das Bedürfnis, mit jemandem zu reden. Aber mit wem? Nachdem ich lange überlegt habe, fällt mir nur eine Person ein, mit der ich jetzt sprechen möchte. Ich stehe auf und hole ein Blatt Papier aus meiner Schultasche, auf dem alle Telefonnummern des Kollegiums stehen.

»Ist das etwa fair?«, frage ich in den Telefonhörer, sobald Frau Penner abhebt.

»Wer ist denn da?«

»Timo. Timo Seidel.«

»Herr Seidel, was ist denn los?«, fragt sie besorgt.

»Sagen Sie mir. Ist das fair?«

»Ja, was denn?«

»Sie sind doch so dafür, dass Frauen abtreiben dürfen!«

»Wovon reden Sie?«, fragt Frau Penner perplex.

»Von meiner Ex-Freundin. Ich habe gerade erfahren, dass sie schwanger war und abgetrieben hat. Mir hat sie davon allerdings nichts gesagt, sondern sie hat das einfach im Alleingang beschlossen. Ist das etwa fair?«

Eine kurze Pause entsteht.

»Nein, das ist nicht fair«, sagt sie.

Genau! Das ist es nicht.

Ich sage nichts mehr, denn das ist alles, was ich hören wollte. Das ist alles, was ich jetzt hören musste. Es ist nicht fair. Es ist nicht fair. Es ist nicht fair.

»Möchten Sie vorbeikommen?«, fragt Frau Penner.

»Mmh …« Ich überlege. »Ich weiß ja nicht mal, wo Sie wohnen.«

»Ich wohne in der Bonnstraße. Wissen Sie, wo das ist?«

Natürlich weiß ich das. Es ist mit dem Fahrrad gerade mal zwei Minuten entfernt von hier.

Ich nicke.

»Herr Seidel? Sind Sie noch da?«

»Ja«, sage ich, immer noch verstört. »Ich … mmh, ich komme vorbei.«

Und dann füge ich noch ein »Danke« hinzu, bevor sie mir die Hausnummer nennt.

Zwei Stunden später sitze ich wieder auf meinem Drahtesel und fahre durch den eiskalten Wind nach Hause. Das Gespräch mit Frau Penner hat mir unendlich gutgetan. Vor allem hat sie mir in einer Sache Klarheit verschafft. Ich habe eine Entscheidung getroffen, die mein kommendes Leben verändern wird.

Aber da gibt es noch etwas anderes, das ich in Angriff nehmen möchte. Als ich auf meinem beigen Sofa liege, greife ich nach meinem Handy und wähle Katharinas Nummer.

»Hast du Lust, nächsten Freitag mit mir etwas essen zu gehen?«, frage ich sie direkt, nachdem sie abgehoben hat.

»Klar, wieso nicht?«, entgegnet sie, bevor ich konkreter werden kann.

»Für ein Date!«, schiebe ich deshalb hinterher.

Stille am anderen Ende.

Mein Herz pocht. Vielleicht hätte ich das doch etwas wortgewandter anfragen können?

»Bist du nicht wieder mit Cleo zusammen?«, fragt sie schließlich zögernd.

Ich seufze. Natürlich weiß sie das von mir und Cleo, auch wenn ich bei unseren Treffen stets versucht habe, Cleo nicht zu erwähnen. Vermutlich weiß sie es aber von Andrea.

»War«, sage ich nach kurzem Überlegen. »Ich war zwischenzeitlich wieder kurz mit ihr zusammen. Wir haben versucht, uns eine zweite Chance zu geben, aber irgendwie …« Ich zögere. Soll ich das wirklich laut sagen?

»Irgendwie was?«, hakt Katharina nach.

»Irgendwie habe ich zu oft an dich gedacht.«

Offizieller Klugscheißer-Tag Nr. 149
(formerly known as chapter 29)

Hier sieht alles noch aus wie vor fünf Jahren, denke ich mir, als ich die Treppen zum Studierendensekretariat der Kölner Universität hinuntergehe. Genau an dieser Stelle bin ich damals vor ein paar Jahren abgeschmiert und habe ein elegantes Fußbodenpeeling, zum Amüsement aller anderen Anwesenden, hingelegt.

Fuß|bo|den|pee|ling *n.; Gen. -s; Pl. -s;* das Abschürfen der oberen Hautschicht durch Stürzen oder Fallen und Entlanggleiten auf dem Boden

Das ganze Wochenende habe ich mich auf heute gefreut, wohl wissend, dass es die richtige Entscheidung für mich ist. Für mein Leben. Für meine Zukunft. Für ... Moritz.

Das Unterrichten macht mir immensen Spaß. Daran besteht kein Zweifel. Ich glaube inzwischen wirklich, dass dieser Beruf der richtige für mich ist.

»Der Nächste, bitte!«, sagt die Mitarbeiterin des Sekretariats, die für die Buchstaben St bis Z zuständig ist.

»Ach, du scheiße! St bis Z«, sage ich, als ich mich auf den Stuhl setze, der vor ihrem Schreibtisch platziert ist. »Mmh ... ich sehe gerade, dass ich mich falsch angestellt habe. Ich heiße Seidel. Timo Seidel.«

Die Mitarbeiterin schaut schmollend auf das Schild, das in großen Lettern *St bis Z* zeigt und rollt mit den Augen.

»Und Sie sind sicher, dass Sie studieren möchten? Wenn das hier schon nicht klappt.«

»Entschuldigung«, sage ich und stehe wieder auf.

»Jetzt bleiben Sie schon sitzen«, sagt sie entnervt. »Sie haben ja lange genug gewartet. Also, was kann ich für Sie tun?«

»Ja, also zunächst möchte ich meinen Namen von Seidel in Steidel ändern, und dann würde ich mich gern einschreiben. Für die Fächer Englisch und Deutsch auf Lehramt.«

»Welches Lehramt?«

»Sekundarstufe I.«

»Das gibt's nicht mehr.«

»Wie? Das gibt's nicht mehr? Sind die Real- und Hauptschulen letzte Woche abgeschafft worden?«

»Das heißt jetzt Bachelor of Arts mit Studienprofil Lehramt«, korrigiert sie mich. »Deutsch ist zulassungsbeschränkt. Das können Sie nicht einfach so studieren.«

»Äh?« Ich verweise mit den Händen auf mich. »Ich bin steinalt. Bekomme ich da nicht eine Wartezeit angerechnet?«

»Haben Sie Ihr Abiturzeugnis dabei?«

Ich überreiche ihr die beglaubigte Kopie.

»Ja, okay. Bei so alten Studenten geht das in der Tat!«, sagt sie, und ich meine sogar ein Lächeln erkennen zu können. »Also einmal Englisch und Deutsch?«

»Jo«, sage ich. Stolz wie Oskar!

Als ich wieder nach draußen komme, sehe ich, dass es angefangen hat zu regnen. Klar hat es das. Ich habe ja schließlich keinen Schirm dabei! Ich warte ein paar Minuten ab, aber es hört nicht auf.

Also gehe ich trotz des Regens zur Weißhausstraße in Richtung Straßenbahn. Direkt neben dem Uni-Hochhaus pfeift der Wind wie bescheuert. Der Regen peitscht mir um die Ohren.

Plötzlich kommt mir Birte entgegen. Mit Schirm!

»Hallo, Timo!«, grüßt sie mich.

Sofort springe ich unter ihren Schirm.

»Hi! Das ist mal ein Sauwetter, was?«

»Das kannst du laut sagen.«

»DAS IST MAL EIN SAUWETTER, WAS?«, brülle ich.

Birte lacht. »Mensch, schön, dass wir uns mal sehen«, sagt sie.

»Ja, finde ich auch. Zuletzt an dem Abend im *Ring Ma Bell*, oder? Ich habe schon gehört, dass das mit dir und Tholo nichts geworden ist.«

»Nee, leider nicht. Kennst du ja. Manchmal passt es halt, manchmal nicht. Aber es war trotzdem was Besonderes. Bestell ihm auf jeden Fall mal schöne Grüße.«

»Ja, das werde ich machen! Und? Wie geht's dir so? Bist du noch bei *ProTrend*?«

»Ja, klar. Immer noch.«

»Und wie läuft's da so?«, frage ich.

»Ach, kennst du ja. Immer das Gleiche halt.«

Ja, in der Tat. Daran kann ich mich noch erinnern. Aufstehen, frühstücken, duschen, ins Callcenter fahren. Sechs Stunden am Telefon hängen, immer dieselben Fragen beantworten, immer dieselben Abläufe eintippen, wieder zurück nach Hause fahren, abends mit Freunden treffen, essen, fernsehen. Am nächsten Tag wieder dasselbe. Am Tag darauf auch. Fünf Jahre lang. Gott, wie ich das *nicht* vermisse.

»Ja, immer das Gleiche«, wiederhole ich.

Nur zum Glück nicht mehr bei mir! Bei mir hat sich in den letzten Monaten einiges getan. Ich arbeite als Aushilfslehrer und führe meinen eigenen Haushalt. Am kommenden Freitag habe ich mein erstes offizielles Date seit langer Zeit, auf das ich mich sehr freue. Und in den nächsten Monaten wird sich noch viel mehr ändern, denke ich mir.

Jahrelang habe ich mir nicht vorstellen können, doch noch einmal zu studieren. Allein bei dem Gedanken, vier- bis fünfmal die Woche in die Uni fahren zu müssen, habe ich bereits Ausschlag bekommen. Doch jetzt umklammere ich die Immatrikulationsunterlagen fest in meiner Jackentasche, damit sie bei dem Unwetter nicht wegfliegen. So, als ob es ein Lottoschein mit sechs Richtigen wäre.

Frau Penner hat mir versprochen, dass sie Himmel und Hölle

in Bewegung setzen wird, mich als Aushilfslehrer zu behalten, damit ich mein Studium finanzieren kann.

Und wenn jemand das hinkriegt, dann ist es die Penner!

Ich verabschiede mich von Birte und gehe schnellen Schrittes zur Bahnhaltestelle. Natürlich bin ich trotz Schirmpause pitschnass geworden. Aber das ist mir egal, denn ich bin endlich an der Universität eingeschrieben. Im April geht es los!

Ich steige in eine Bahn der Linie 18, und als ich aus dem Fenster schaue, sehe ich ein riesiges Werbeplakat für *ProTrend*.

Und ich muss schmunzeln. Ob Frau Bürgele noch glücklich mit ihrem Plüschosterhasen ist?